DESTINO MIGRANTE

I0630597

ESCRITORA Y POETA
MARLA RODAS

Jóvenes Escritores Latinos
info@jelusa.org

#JEL - Creando Activistas
a Través de las Letras

DESTINO MIGRANTE

Publicado por #JEL Jóvenes Escritores Latinos
Editorial #JEL Jóvenes Escritores Latinos
info@jelusa.org
info@mbc-education.com
Impreso en Los Estados Unidos de América

ISBN: 978-1-953207-03-6

Diseño de portada Frank Lugo

MARLA RODAS DE RAMIREZ

De la Escritora y Poeta Marla Rodas:

Millones de personas emigran de sus países natales en busca de oportunidades y llegan a los Estados Unidos para enriquecer esta gran nación. Este fenómeno se conoce como "pérdida de cerebros" para los países que se quedan atrás y muchas veces sin volver a ver a sus ciudadanos emigrados.

El caso de Marla Rodas, nacida en Malacatán, San Marcos, Guatemala, es diferente. Ella salió de su amada Guatemala a los 18 años y como una verdadera embajadora de su cultura, enriqueció a los Estados Unidos con sus contribuciones literarias, su gran amor por la humanidad, su sentido de justicia y regresó a su país natal llevando los frutos de su trabajo en favor de la niñez de Guatemala.

Buscando ayudar a la niñez, la Escritora Rodas funda GUATE ESCRIBE, una organización sin fines de lucro que apoya académicamente a muchos niños guatemaltecos a continuar con sus estudios y, como ella, que trabajen para convertirse en orgullos guatemaltecos.

Marla Rodas, maestra de educación sin ejercer, creció al cuidado de sus abuelos y se convirtió en madre... sus dos grandes amores, Abel y Julián.

La Escritora Rodas es autodidacta y amante del conocimiento, dentro de sus muchos aprendizajes completó estudios en el curso de Computación Asociado a Los Negocios y en Cosmetología, ambos, en la Ciudad de Miami Florida.

Ella da ejemplo de trabajo y ayuda a causas como la igualdad de género, el respeto a la mujer y en general, a las causas justas.

Su pasión más grande es escribir y ha escrito poesía desde que tiene uso de razón. Sin embargo, es hasta el 2009 que comienza a involucrarse en la industria de la escritura, participando en concursos de poesía en Centro de Estudios Poéticos en Madrid, España donde uno de sus poemas, "Terco Corazón," aparece plasmado en el libro "Palabras al Viento", realizando así, otro de sus sueños de que su trabajo literario sea publicado.

También ha participado en concursos de microrrelatos en Indeleble Editores en Guatemala.

Su trabajo en las letras es reconocido a nivel internacional y sus libros son reconocidos como parte importante del legado literario hispano a nivel mundial.

En el 2010 publica su primer libro "**Segmentos de Agonía**" en USA, el mismo que se encuentra disponible en la prestigiosa librería Barnes & Noble y también en Amazon.com.

Su segundo libro "**Caminos sin Rumbo**" se publica en su amada Guatemala en el año 2015.

Su tercer libro "**Suspiros en Poesía**" se publica en USA en el año 2017.

Su cuarto libro "**Voces de la humanidad**" en USA 2019, disponible en Amazon.com.

Cabe mencionar que tiene una lista de muchas de sus colaboraciones literarias en numerosas organizaciones y antologías.

Haciendo otro sueño realidad incursionando como novelista al escribir su primer novela: "**DESTINO MIGRANTE**".

En noviembre del 2017, nombrada Embajadora de Buena Voluntad por Golden Rules. (Embajador Clydes Rivers).

Fue miembro de La Cámara de Comercio Hispana de Ontario www.onthcc.com

Fue Productora y Locutora de su propio Programa "TU VOZ ES MI VOZ" en la radio www.radiocentroamerica.com tuvozesmivoz502@gmail.com

Fue Miembro de ADELA (Asociación de Escritores Latinoamericanos).

Actualmente la Escritora Rodas es directora de la organización literaria Jóvenes Escritores Latinos-Guatemala (#JEL-Guatemala), por medio de la cual motiva a jóvenes y adultos a convertirse en activistas a través de la literatura y, junto con su equipo juvenil, coordinó la antología juvenil "**COMO SALVAR NUESTRO PLANETA ¡HOY!**". Esta antología busca despertar a temprana edad el respeto por los recursos naturales y la salud de nuestro planeta.

Esta fabulosa trayectoria literaria y humanitaria hacen de la Escritora Rodas un verdadero orgullo guatemalteco.

Escrito por la escritora **#JEL MiriamBurbano** Fundadora y Presidente de Jóvenes Escritores Latinos.
Los Ángeles, California 2020

Dedicatoria...

DESTINO MIGRANTE es dedicado al valiente hombre, quien descubrió mis miedos y me encerró en la habitación para que los desbordara a punta de teclado.

DESTINO MIGRANTE es dedicado a Abel y Julián, que seguirán unidos a mí, por un torrente sanguíneo y de un cordón umbilical que jamás será cortado, porque está conectado por siempre a mi corazón y son un motivo de querer hacer grandes cosas.

DESTINO MIGRANTE es dedicado en memoria a los migrantes fallecidos por la pandemia Coronavirus COVID-19.

Agradecimiento

Siempre agradecida con mi Dios por su infinito amor y por su misericordia para conmigo.

Agradezco a mis abuelos que me ven desde el infinito… ¡Gracias!, por dejarme soñar en sus mágicas historias.

Hely, ¡Gracias!

DESTINO MIGRANTE

ESCRITORA Y POETA

MARLA RODAS

Descripción:

DESTINO MIGRANTE es una novela de colores múltiples, de blanco y negro, de paisajes grises que llegan desde sus inicios.

Las siete generaciones que atraviesan esta obra llevan una lucha constante con el destino y con la gente que quiere aprovecharse de cualquier forma y a toda costa de los protagonistas. La magnitud de las tragedias, los abismos que se abren y los descensos que atraviesa a cada generación, haciéndola cada vez más vulnerable, pero a la vez más sabia y experta en defender su honor.

Guatemala y el escenario de tragedias que han abrazado el corazón de sus habitantes, es el mismo que abraza a estas generaciones, a tal grado se siente su realismo, que al leerla uno no sabe si es ficción o el escenario es el mismo en el que han vivido los guatemaltecos. Con sus viajes y sus guerras, sus leyendas y sus alegrías, toca el fondo cada generación, se levanta y vuelve a tocar fondo.

Es en cada principio la alegría de un final infeliz, la verdad se repite como un fuego inapagable.

La autora con su genial imaginación nos lleva a un viaje, que una vez empezado no queremos terminar, la realidad y la ficción son dos líneas que se entrelazan para darle vida a cada generación, y poco a poco nos lleva a conocer esa parte de Guatemala y su gente que muy pocos conocen: Los brujos y sus ángeles oscuros, sus demonios con nombre y apellido, su gente trabajadora en busca de un mejor porvenir, los mantos rojos de sangre y muerte que se ocultan entre las selvas, los árboles con sus verdades ocultas entre las ramas, la virtud de hacer leña del árbol caído, la amargura de no doblegarse y no vender la dignidad.

Leer "DESTINO MIGRANTE" es adentrarse en una realidad que el mundo no ve a simple vista, es mucho más que sólo una novela de ficción. Para entenderla hay que ver la vida desde un punto aislado, porque no todo lo escrito en ella es ficción, habrá quien llore los muertos como suyos y se llene de rabia y de tristeza con las tragedias que aquí suceden.

Marla Rodas se abraza a plasmar en esta novela, la vida de mucha gente que en Guatemala ha crecido y vivido con estos colores, con estos mismos escenarios, la gente humilde en busca de tranquilidad le brinda su confianza a quien no la merece, con el alma puesta en un hilo van creyendo en las mentiras de los que sólo buscan aprovecharse de ellos.

La gracia y magia de esta novela es interminable, quien tenga la dicha de leerla tendrá la oportunidad de entender entre otras cosas, las historias de amor que no llegan a un final feliz, pero que, a pesar de todo, siempre salen victoriosos aquellos que con la verdad y frente en alto van intentando cambiar para bien el mundo, dejando su vida en el intento.

"DESTINO MIGRANTE", es sin duda una novela fantástica, llena de aventura, drama y suspenso, merecedora de ser leída.

Ismar Escobar
Poeta y escritor

DESTINO MIGRANTE

PRIMERA GENERACIÓN

Álgidas ráfagas de viento acarician las sedosas mejillas de las flores de cerezo, dando aviso al comienzo del deseado abril. Tan parecido al desafecto ausente de la vida de aquel pequeño, que mira desde la ventana como el viento arrastra la vida de aquella flor; solo, perdido, despegado del casco familiar crece Roderick Meyer Jr. Tan inocente y audaz a su corta edad. Es educado severamente en la escuela popular de su lugar de origen; no parece dejarse intimidar ante los gigantes compañeros que al principio quisieron estimular el miedo a través de las burlas. Sentado como todos los demás niños, con la diferencia que su atención está enfocada en aprender; siendo el más pequeño en terminar el ciclo escolar básico y con las mejores calificaciones.

Muy pocas veces ha visto a su padre, el deber a la patria mantiene alejado de la familia al militar Roderick Meyer, apenas si reconoce su rostro, lo tiene presente por el retrato que forma parte de los adornos del frío y desolado salón de descanso, junto a otras viejas fotografías familiares y sin faltar la de la boda de sus padres.

La hermosa Katherine Klein; denota cansancio en su mirada, se ha perdido el brillo del azul que irradiaban sus ojos. Desde que su esposo pasó a formar parte de las filas del ejército, ella ha vivido encerrada en su propio mundo, se desahoga escribiendo poemas de amor y uno que otro de desamor, causados por la ausencia de su amado esposo. Apenas se reconoce el mensaje que escribe, el agua que brotan sus ojos borra algunas letras. Desde que se casaron; ella ha pasado en el encierro de su habitación, esperando que termine la guerra y por fin su amado esposo regrese para realizar la vida que juró ante un altar lleno de flores de cerezo. Los años la van consumiendo, aislada en sus cuatro paredes y olvida por completo, que existe un pequeño, necesitado del cuido maternal. El consentido de la ama de llaves, quien es la única que le dedica toda la atención para no verlo tan desanimado; se ha convertido en su compañera de juegos, en lo que cabe es feliz con su [1]Oma, como él le llama.

Ella le prepara sus platillos favoritos, incluso, el Junior le ha pedido que le escriba las recetas, para cuando se case, su esposa pueda prepararlas; en esos momentos de felicidad del Junior, se escuchan sus carcajadas en aquella enorme cocina, haciendo eco en todos los rincones de la casa grande. Su tiempo favorito es pasarlo en la

---

[1] *Oma: Abuela*

cocina; comiendo su conserva favorita, la cuajada con pretzel y las papas con salchicha, ama las recetas de su Oma. Después; solo en su habitación, se sienta junto a la ventana y disfruta del paisaje mientras estudia, también para pasar desapercibido el abandono; para no sentir la misma monotonía, cambia el escenario al salón de descanso, idéntica ventana con la diferencia que se deja ver quién pudiera asomarse a la entrada de la casa.

Un año antes de terminar la educación básica, sigue la misma rutina; sentado en el mismo lugar, junto a la ventana del salón de descanso, el Junior Meyer visualiza a un hombre que por un momento piensa es su padre, de inmediato se dirige a la puerta; el militar más allegado a Roderick Meyer trae consigo un pergamino, llevando hasta la puerta de la casa, la mala noticia. Sus ojos se humedecen al leer el contenido del pergamino; el militar no puede contenerse y lo estrecha en un fuerte abrazo de consuelo, balbuceando unas palabras le dice:

—¡²Es tut mir so leid, mein herzliches beileid!

El Junior dirige su mirada hacia la fotografía del apuesto militar, que a sus treinta y cuatro años

---

² *Es tut mir so leid, mein herzliches beileid*: *Lo siento mucho, mis sinceras condolencias.*

perdió la vida en combate.

La preocupación se apodera de él; no sabe cómo decirle a su madre la ausencia eterna de su padre; sabiendo el dolor que ha tenido por años, tan solo por la ausencia de cumplir con su deber patriótico. Ella, por la mañana de todos los días; sentada en la mecedora, con vistas al horizonte, pasa las primeras horas del día, esperando el regreso de su amado esposo.

Ese día fue diferente, muy de mañana ha pedido que le sirvan un té cargado con muchas flores de tilo; el efecto de la poción no se hizo esperar y, escribiendo los versos de esperanza y el anhelo de abrazar al esposo que ama desde el día que lo conoció, se ha quedado dormida.

El Junior abre la puerta del cuarto de su madre, con el cuidado de no hacer sonar la cerradura. Ve a su madre recostada encima del rústico escritorio, con el pincel con punta de acero en la mano y su rostro cubriendo los papeles escritos de poemas, <había hecho cientos de ellos>. Él, se queda quieto por segundos, asustado, pensando lo peor, que su madre también ha muerto; ella siente la presencia de alguien y de golpe endereza su cuerpo; rápidamente toma el pincel que soltó al ser asustada y mira hacia la puerta; y en un suspiro de alivio dice:

—¡Ah!, ¡[3]Mein sohn du bist es!

---

[3] *Mein sohn du bist es: Hijo mío eres tú*

Poniéndose de pie a prisa, extendiendo sus brazos, poniendo una cara melancólica, con sus ojos aguados; como pidiendo perdón por la ausencia. Su corazón late acelerado cada vez más rápido, conforme su hijo se está acercando a ella; puede sentir que algo malo está pasando. Al Junior le tiembla la mano que sostiene el pergamino y el presentimiento hace que ella se desplome de golpe, él corre para levantarla, pero sus fuerzas se entumieron ante el dolor de su madre, sin aún decirle la mala noticia; no menciona palabra y se abrazan como nunca lo habían hecho; lloran hasta el cansancio, sin soltarse. Tirados en el frío piso, no miden el tiempo hasta la mañana siguiente.

El ama de llaves entra sin avisar, pues la puerta sigue abierta; asustada corre hacia ellos y los mueve con gestos de susto, pensando que la muerte les ha llegado. Ellos despiertan aturdidos y por querer levantarse de prisa. Sus ojos denotan tristeza, están hinchados y rojos del llanto que ha causado la muerte del militar; el ama de llaves les ayuda a levantarse y no entiende qué está pasando, ese día está de vuelta después de salir algunos días para ir a visitar a su familia.

Los preparativos para el sepelio están listos, la bella Katherine apenas se sostiene en pie, su rostro evidencia la agonía que lleva por dentro. Su hijo la sostiene del brazo para recibir las condolencias; el funeral ha sido al estilo militar con todos los honores y de igual manera como en el día de su boda... ¡Está lleno de flores de cerezo, la temporada vuelve a coincidir!

Un año ha pasado con la lentitud llena de tristeza después del entierro del militar. Katherine aún no se recupera de su gran pérdida, la ausencia es insostenible, no ha vuelto a escribir poesía.

Roderick Jr., prepara su viaje a otro país; los planes para continuar sus estudios fuera del país ya estaban hechos antes de que su padre muriera. Él está fascinado por conocer otros lugares, ha soñado siempre con viajar por todo el mundo; aunque dejar a su madre tan triste, lo ha hecho desistir. Su madre lo ve guardar las pertenencias que hace algún tiempo atrás había preparado para su viaje, él le explica sus razones de suspenderlo.

Katherine sabe que ese viaje ha sido un sueño para su hijo y ya había sido aprobado por su padre. Lo convence diciéndole:

—[4]Keine sorge, mir geht's gut, umso mehr, als ich weiß, dass mein sohn niemals aufgeben

---

[4]*Keine sorge, mir geht's gut, umso mehr, als ich weiß, dass mein sohn niemals aufgeben würde, seine träume zu verwirklichen:* No te preocupes, estoy bien, especialmente porque sé que mi hijo nunca dejaría de hacer realidad sus sueños.

würde, seine träume zu verwirklichen.

Aunque ese año a pesar del desgaste emocional de Katherine; habían compartido tantos momentos inolvidables, están más unidos que nunca, ella pudo compartir tiempo de calidad con su hijo. Tuvo que pasar una desgracia, para que ella abriera los ojos y el corazón y, poder aprovechar y disfrutar la compañía de su hijo. Le entristece tanto el viaje de Roderick Jr.; pero le da su mejor rostro, sacando fuerzas y manteniéndose sonriente con la felicidad de su hijo, él no nota que su madre muere por dentro.

Ni una lágrima derrama al despedirse; ella le demuestra alegría para que él esté tranquilo; sin imaginar el Junior, que esas sonrisas son las últimas que mira en el rostro de su madre y la última vez que las manos suaves le hacen una cruz dando su bendición. ¡El último abrazo!

No ha pasado un año de su partida; cuando recibe la angustiante noticia que su madre ha caído en cama. La tristeza la ha consumido en una oscura depresión y nadie la puede levantar de aquella enorme cama. Él viaja de inmediato; sostiene la esperanza de encontrarla con vida y nunca más irse de su lado.

Ella no escribe desde el fallecimiento de su esposo; pide al ama de llaves papel y tinta; con poca fuerza en su mano sujeta el pincel y escribe una carta para su adorado hijo. En ella; implora su perdón por los años de carencia maternal, causados por obstinarse tanto al amor de su padre, también le suplica no entristecer por su muerte; ella por fin descansará al lado de su padre. Sus últimos deseos con anterioridad ya los ha plasmado en un testamento, en grandes pergaminos con un sello de legibilidad. No quiere que su hijo se aferre a un lugar, ni por herencia, ni por nostalgia; le autoriza a que venda todo, si ese fuese su deseo. El Junior no puede llegar a tiempo y su madre en el último suspiro, completa la carta y le escribe un: *¡[5]Ich liebe dich sohn!*

Roderick Jr.; llora ante el cuerpo de su madre y le cumple la voluntad. Es enterrada al lado de su padre en el cementerio familiar; y vuelve a coincidir el tiempo cuando los cerezos florecen y las tumbas parecen alfombras acolchadas, como recién bordadas con tanta delicadeza.

Roderick Jr., después de enterrar a su madre, vuelve a retomar su carrera de Ingeniero Civil y permanece en aquella ciudad bohemia, hasta obtener la licenciatura. De vez en cuando en sus pensamientos cuerdos, se sorprende de lo fuerte que ha sido para sobrellevar la pérdida de sus padres, la devoción por los libros, le alivia las penas que le causan la soledad.

Vuelve a casa después de graduarse, no quiere permanecer mucho tiempo en un lugar que

---

[5] *Ich liebe dich sohn: Te amo hijo*

lo atormenta con tantos recuerdos, tanto buenos como malos. Su estadía ha sido como el atardecer rompiendo la aurora, de la noche a la mañana. El tiempo necesario para vender los bienes que ha heredado. Empaca algunas pertenencias, entre ellas la fotografía de su padre, la de la boda de sus padres, las argollas de matrimonio de ellos y un medallón de oro que su madre había usado desde el matrimonio, fue el regalo de su padre. Guarda todos los poemas que su madre había escrito, entre los escritos, encuentra las recetas de sus platillos favoritos; el ama de llaves, lo está ayudando a empacar, él se entretiene viendo las recetas y mira a su Oma; con sus ojos llenos de lágrimas la abraza.

Ella le dice que un día le pidió a su madre escribir las recetas; el Junior Meyer le dice que se lleva las cosas más valiosas para él, entre ellas las recetas, lo demás son posesiones sin un apego.

Por el amor y el trabajo descomunal que ha tenido el ama de llaves por la familia, le regala la casa grande. Ella con llanto desmedido le dice que cuando desee volver, es, sigue y seguirá siendo su casa. En un interminable abrazo se despide del ama de llaves, jurando que se mantendrá en contacto con ella, sin importar en qué lugar del mundo estuviese.

Antes de partir va a la tumba de sus padres; lleva las flores de cerezo que tanto le gustaban a su madre; los alrededores de la casa están llenos de estos árboles, ¡Vuelve a coincidir la temporada!

Deja sus suspiros en gotas saladas; algunas bañan los botones de las flores, que aún no dispone colocarlas en las tumbas.

El nudo en su garganta lo ahoga y sollozando suelta palabras de despido:

—¡[6]Auf wiedersehen liebe eltern, auf wiedersehen Sajonia!

Cambia el destino de su vida; sin importar que tan riesgoso fuesen esos cambios y a qué desafíos está a punto de enfrentar. Los viajes son demasiado largos para ir de un país a otro, sin embargo, eso no ha sido impedimento para el Junior Meyer; es amante de la aventura y de lo desconocido. Su rumbo lo lleva a emprender camino para Francia; su fascinación por las culturas y las artes, lo lleva a estudiar dos carreras simultáneas, "Arqueología y Antropología".

Permanece en aquel lugar, solo el tiempo que pueda durar el aprendizaje.

Vuelve a empacar sus pertenencias de valor sentimental y emprende el viaje a Barcelona; algunos de sus compañeros de clases, que ya habían estado en España, ilusionan sus emociones por aquel lugar. Ha sido autodidacta desde que tiene uso de razón y los idiomas no han sido el

---

[6] *Auf wiedersehen liebe eltern, auf wiedersehen Sajonia: Adiós queridos padres, adiós Sajonia.*

problema, nada impide realizar una nueva aventura.

Se matricula en la carrera de literatura; y el misterio de la historia le inyecta el deseo de estar metido en la biblioteca, como un hambriento de conocimiento, se devora libro tras libro.

En su clase están dos jóvenes que provienen de la ciudad de Guatemala, sus padres españoles. Estos jóvenes pueden quedarse a vivir en España, si así fuese el deseo de ellos; uno de ellos, tiene a sus abuelos viviendo en Barcelona, se están quedando allí. A pesar del rápido avance académico de su lugar de origen, los padres de estos jóvenes se empeñaron en que se gradúen en la universidad de donde ellos son originarios. Todo lo hacen por complacer a sus padres; desde hablar el castellano a la perfección, hasta encontrarse en un lugar, que a pesar de que debieran considerar su madre patria, se sienten fuera de lugar; son discriminados por ser criollos y, no es eso lo que a estos jóvenes les preocupa, porque ellos aman la tierra que los vio nacer, los inquieta la manera cruel que se comporta el ser humano con otro ser humano.

En tan poco tiempo los lazos de amistad con el Junior Meyer se fortalecen; tanto que Antonio pide a sus abuelos, hospedar a su nuevo amigo hasta terminar el ciclo académico.

Hablan tanto de su patria, de la naturaleza, de

la arqueología, la cultura maya, del clima, de las mujeres guapas y de tantas maravillas que produce el país, que han despertado la curiosidad del Junior Meyer; ellos le ofrecen estadía, cuando decida viajar a la bella Guatemala.

Ya casi eran los últimos días de clases. Para ellos, el tiempo se les hizo eterno. En unos cuantos días estarán de vuelta a su patria. Los abuelos de Antonio desean que nunca su nieto se vaya de España, pero él regresa a donde ha dejado el ombligo.

Es el día de partir y todos están a punto de salir cuando miran al Junior Meyer, también con sus maletas listas. Francisco y Antonio se miran, Antonio le dice al Junior Meyer que no tiene que irse de inmediato, son ellos, los que tienen que regresar a casa. Él puede quedarse el tiempo que desee, siempre y cuando estén de acuerdo los abuelos... y se echan a reír. El Junior Meyer riendo les dice que no será fácil deshacerse de él, ha decidido partir en el mismo viaje que sus amigos y conocer el maravilloso país que le han pintado.

El Junior Meyer, graduado de las mejores universidades de varios países y con las mejores calificaciones, tiene como resultado un vocabulario fluido en varios idiomas y una hoja de vida enriquecida con títulos honoríficos.

El largo viaje hace delirar de fascinación al

Junior Meyer por aquel lugar; por ratos se queda en un sueño profundo, que hasta cree escuchar el canto de las sirenas despertando asustado, su cuerpo está húmedo de sudor. Su ansiedad lo delata, va leyendo y preguntando a sus amigos todo sobre su país. Después de varios días con sus noches incluidas, llegan a las costas del Golfo de México; el Junior Meyer piensa que han llegado, sus expresiones emotivas persuaden a su amigo Antonio; que ligeramente con un particular acento español, como si todo sonara a zetas, lo desilusiona diciendo:

—No hemos llegado amigo, todavía faltan varios días a caballo y luego iremos a las costas del pacífico, volveremos a viajar en barco para llegar a tierra guatemalteca, después el camino ya será menos para llegar a casa.

Mientras que apurado, busca a las diligencias que viajan rumbo a la embarcación del pacífico.

Están a buena hora y tienen suerte de encontrar una diligencia que parte ese mismo día, de lo contrario los días de espera hubiesen sido desesperantes, sobre todo por el calor que es asfixiante. El olor característico de ese lugar es tan fuerte que el estómago de Francisco no pudo resistir. Con algunas pequeñeces de dificultad, hay algo mágico que los viene acompañando, casi todo lo han tenido a su favor, hasta el universo brilla para ellos.

De tierras muy lejanas viene el Junior Meyer, a posar sus pies en suelo guatemalteco. Siente una energía extraña que recorre todo su cuerpo, cuando pisa este suelo, quedando conectado de por vida. El color de su piel y hasta su nombre no pasa desapercibido, atrayendo las miradas de las jovencitas recatadas de la sociedad. Algunas apuradas por viajar, dejan una sonrisa para el apuesto Junior Meyer, otras; caminan al compás del ruido que hacen sus incómodos zapatos, otras, en busca del amor que traen los enormes barcos.

Con tan solo veintinueve años, lleno de vida, aventurero, intelectual y de buen ver, se encuentra el Junior Meyer en las costas del pacífico. El color blanco de sus mejillas se torna, al color de un par de manzanas rojas; el calor lo sofoca, sin poder quitarse el traje de la época. Mira por todos lados, como buscando donde poder guardarse del terrible sol que aturde sus sentidos. El color azul oscuro de sus ojos se pierde, en la profundidad del océano pacífico, sin poder refugiarse en algún lugar seguro.

No aguanta más y dice:

—¡[7]Heiliger Gott, wie heiß!

Sus amigos se acercan a él con carcajadas de burla y Antonio sin faltar su acento español le dice:

—¡Vaya, vaya!, te estás derritiendo, las zonas

---

[7] *Heiliger Gott, wie heiß: Santo Dios, qué calor*

costeras del país suelen ser húmedas y calurosas, pero no todo es calor, veréis que cuando lleguemos a la ciudad, todo es primavera.

El pobre Junior Meyer, casi sin poder respirar y con un acento que no se distingue su procedencia, sonando las erres como jotas, dice:

—¡Bueno, bueno!, entonces debemos buscar como irnos a la ciudad, sino moriré aquí sofocado por el calor, ¡No quiero morir tan joven!

Los amigos siguen riendo, pues el extranjero en verdad está a punto de desmayarse; es buena hora para seguir el camino a la ciudad de Guatemala de la Asunción.

Es menos lo que les queda para llegar; Meyer, parece hipnotizado ante la belleza que mira, cada rincón que sus ojos alcanzan a ver es diferente, pero sin perder la hermosura. Todos duermen; mientras él escribe sus experiencias y el contraste de la belleza que hay en aquel lugar místico.

Todo lo que hasta el momento ha conocido le parece fascinante; ni en sus mejores sueños, ni las ciudades más avanzadas, puede compararse ante tanta belleza inexplicable. Por cada pedacito de aquel país que va pasando, se enamora como un loco. ¡No desea irse nunca de allí!

No es un país avanzado como los otros lugares donde ya ha estado; sin embargo, la magia que lo envuelve más y más, es la enorme naturaleza. Ha llegado a un lugar que jamás imaginó, gracias a la insistencia de sus amigos guatemaltecos. Por fin llegan a la Ciudad Guatemala de la Asunción; Francisco Rodríguez, toma camino para su rancho y de igual manera lo hace Antonio, a excepción que lleva la compañía de su gran amigo alemán.

Es exagerada la alegría de los padres de Antonio de la Vega, que ya tienen preparada una gran fiesta, para darle la bienvenida a su hijo, que ha pasado cuatro años fuera. Se sorprenden al ver al simpático joven acompañando a su hijo, pero él de inmediato lo presenta; asegurando ser su mejor amigo. Le improvisan una habitación por el momento, es mejor de lo que esperaba.

Tanto ha pasado en su corta vida; que con mueca de regocijo da un fuerte suspiro, parado frente a la puerta de la habitación que le han designado. Al cruzar la puerta coloca su desgastado y pesado equipaje al piso; cierra la puerta y se recarga en ella. Sus dos hermosos ojos azules dan vuelta, observando cada rincón de aquel enorme cuarto. El piso es de madera, que al caminar rechina al ritmo de cada paso; cerca de la ventana, adorna un enorme gavetero color caoba, le hace juego un elegante ropero y una enorme cama que invita a tomar un sabroso descanso, a cada lado sus respectivas mesas de noche, sin faltar la lámpara de aceite y un jarrón de cristal con flores de la temporada, en esta ocasión huele a gardenias; al final de la habitación un elegante escritorio, a donde se dirige el Junior Meyer. Pone su bolso de cuero y saca de ella la fotografía de sus padres, estrechándola contra su pecho y entre suspiros, derrama algunas lágrimas.

Está tan cansado que se tira a la cama y no se supo de él, hasta el día siguiente. Es despertado cuando llaman a su puerta. Se levanta de golpe sin saber para donde agarrar, desconoce el lugar donde se encuentra, por unos minutos se queda quieto y en total silencio; hasta que escucha:

—¡Erick!, ¡Erick!, es Antonio.

Antonio desde que lo conoce le llama "Erick". Según Antonio porque le es más fácil pronunciar y suena más español.

El Junior Meyer se acerca a la puerta tropezando con el equipaje, que allí dejó la noche anterior de tan cansado que estaba. Abre la puerta y medio aturdido ve aquel juguetón y coqueto amigo que le dice:

—¿Qué tal descansaste?, el desayuno te espera.

El Junior Meyer solo mueve la cabeza, no sabe qué tan temprano o que tan tarde es. Con gesto de adormilado le dice:

—¡Voy!, ¡Voy!

Y sin darle la cara a su amigo, cierra la puerta con delicadeza. Se dirige al gavetero; allí, encima está una palangana de porcelana, con su respectiva vasija llena de agua, medio se lava la cara y las manos y con paso acelerado se dirige al comedor. Saluda a los presentes y se queda parado como una estatua.

Antonio le dice:

—¡Dormiste como un tronco!

El Junior Meyer con su acento peculiar responde:

—¡No!, ¡No jonco!

Todos ríen y el amigo Antonio se levanta de su asiento y con algunas palmadas en la espalda, le dice:

—¡Venga, mi buen amigo Erick!, este será tu lugar en la mesa, al lado mío.

Erick, aturdido por lo desconocido, pide disculpas por no haberse quedado más tiempo anoche y poder conocerlos mejor. La mamá de Antonio le dice que entiende lo cansado que venían y que fue una imprudencia hacer una fiesta que no pudieron disfrutar. Por la alegría de la llegada de su amado hijo; los señores De la Vega tienen otra pequeña fiesta, con la crema y nata de la sociedad, en pocas palabras "con sus allegados".

Les adelanta María Antonieta de De la Vega, cuando se retira a la cocina:

—Tienen toda la mañana, para desempacar y hasta una siesta se pueden dar, pero los quiero bien guapos antes de las cuatro de la tarde.

El Junior Meyer les ha caído bien a los padres de Antonio; pareciera que lo conocen de toda la vida, la aceptación ha sido de inmediato y rápidamente le toman mucho cariño, tanto como a un hijo.

Después del desayuno; Antonio lleva al Junior Meyer a dar una vuelta por los alrededores de sus tierras. Antonio desde niño monta caballo, es un diestro en equitación y ya está montado en su caballo favorito, un negro azabache de sangre caliente; en cambio Roderick, se la ha pasado metido entre libros, pero tampoco es un ignorante en el dominio de montar caballo y rápidamente se monta en el caballo que su amigo sostiene para él.

Antonio le va contando a su amigo, cómo han obtenido las tierras; pocos españoles poseen caballerías de terreno entre ellos sus padres, heredadas por sus abuelos, quienes a través de la grave crisis que padecía España, los abuelos de Antonio invirtieron una fortuna en aquellas tierras.

El Junior Meyer, quiere tener una propiedad en ese lugar tan único. Puede comprar lo que quiera, el dinero es lo de menos, su fortuna la lleva en lingotes de oro.

—Regresemos a casa, mamá advirtió que estuviéramos puntuales en su dichosa fiesta.

Dice Antonio cabalgando apurado y con carcajadas, reta al Junior Meyer. Él en cambio no pone atención, disfruta del paisaje y va acercándose a la propiedad en un alegre trote. Caída la tarde, el mayordomo está erguido y muy elegante al pie de la puerta, en espera de la llegada de los convidados. Se escuchan los primeros carruajes al ritmo del andar de los caballos, conducidos por los cocheros de cada familia invitada. Empiezan a llegar los invitados, todos con sus mejores galas; la clase burguesa de los alrededores y amigos muy cercanos de la familia De la Vega, poco a poco van pasando al salón de descanso. El sonido del piano alegra los oídos de los amantes de la música clásica, las elegantes mesas están servidas, pero aún faltan algunos invitados. Arriba una hermosa y joven mujer, con voz de aprecio pronuncia el mayordomo:

—¡Bienvenida Marquesa!

Ella con elegancia y humildad se inclina, como diciendo gracias. Su belleza irradia en cada paso que va dejando, la madre de Antonio la recibe con tanto apego. El despistado Francisco, el coqueto Antonio y el Junior Meyer, están en círculo conversando; cuando los ojos de Meyer se pierden en la mirada de la Marquesa, ella desprende su vista de él y sigue conversando con María Antonieta, como para despistar el interés que le ha provocado el desconocido. Los amigos le truenan los dedos al Junior Meyer, como para regresarlo a la realidad. Antonio le pone la mano en el hombro y le dice:

—¡Vaya que si no es guapa! y la joven más cotizada por estos lares.

Mientras observa a la hermosa Marquesa.

El Junior Meyer está mudo, Francisco con sus arrebatos imprudentes dice:

—¡Huérfana y heredera de una incalculable fortuna!

Con gestos de silencio y casi tapándole la boca a Francisco, Antonio susurra:

—¡Shshshsh!, no seas imprudente.

Meyer no entiende el misterio que envuelve a la Marquesa y menos las palabras de Francisco, él solo quiere acercarse a la bella dama.

Antonio lleva al Junior Meyer para que conozca de cerca a la mujer que, con solo una mirada le ha robado el corazón. Ella al ver que los caballeros se aproximan se sonroja y extiende el abanico para airearse el rostro. Con gestos de confianza, Antonio y Francisco, saludan a Martina como hermanos de crianza; en seguida Antonio presenta a su amigo extranjero.

Martina no ha aceptado a ningún pretendiente y menos, ver a alguien con ojos insinuadores como ha visto al Junior Meyer. Las resentidas de la sociedad son como culebras ponzoñosas, lanzando palabras venenosas en contra de Martina, por el hecho de no estar casada a la edad de veintiocho años.

Roderick y Martina quedan flechados por cupido, desde el mismo instante que se vieron. Para ambos ese día ha sido uno de los más felices que han tenido. Esa noche es de alegría para la vida del Junior Meyer, no quiere que termine la noche, no importa que caiga de sueño, solo desea inmortalizar esa velada.

Abre los ojos soñando despierto, acostado en la enorme cama, recordando aquel rostro delicado, pensando si ella es un sueño o de verdad es una realidad; cuando tocan la puerta y con palabras fuertes, se escucha:

—¡Erick, Erick!, ¿Ya estás despierto?

Con paso cansado, Roderick se va acercando a la puerta y al abrir, cambiando la erre por la jota en sus palabras, dice:

—¡Pasa amigo, pasa!, de verdad, no quiero despertar de mi hermoso sueño.

Antonio se rasca la cabeza y medio se ríe, confundido dice:

—¿Cuál sueño hombre?, te espero en el comedor y vamos a cabalgar un rato.

Mientras tanto en la casa de la bella Marquesa; ella frente al espejo del tocador, donde todas las mañanas, una de sus sirvientas, le peina sus cabellos negros y de a poco le forma unas ondas que terminan en unos largos canelones; toma su perfume favorito y bombea el exquisito aroma de jazmín sobre su cuello; no deja de pensar en el gallardo extranjero y con una sonrisa seductora se mira al espejo, percatándose de no ser descubierta por la sirvienta.

Sus pensamientos se pierden:

«¿De dónde habrá salido, tan apuesto caballero?»

La sirvienta conoce muy bien a Martina y al verla tan pensativa pregunta:

—¡Ama! ¿Se encuentra bien?

Pero Martina sigue perdida en el recuerdo de la noche anterior. La sirvienta vuelve a decir con voz fuerte, casi gritando:

—¡Mi ama!

Bajando de la nube del amor y volviendo en sí a Martina, quien no puede ocultar su emoción y sonriente toma las manos de su sirvienta. Más que de atender sus cosas personales, es su confidente, su mejor amiga, casi su hermana.

—¡Me he enamorado!, ha sido amor a primera vista.

Dice con los ojos iluminados de alegría.

Perpleja y sin saber que decir se queda Josefa por la noticia.

Martina sacude las manos de Josefa diciendo:

—¿Vaya que sí te has quedado muda?, venga hombre dime algo.

Josefa no deduce, cómo, cuándo y dónde esto ha pasado.

—A ver mi ama, cuente su historia de amor.

Jala de un brazo a Martina, para llevarla al viejo sillón, donde pasan las horas de ocio, leyendo sus novelas favoritas o los poemarios que colecciona Martina es una romántica empedernida. En esta ocasión, para saber sobre la existencia de la persona que trae por las nubes a su querida ama. No han sentido las horas que han pasado conversando sobre el tema. A Martina se le iluminan las pupilas negras, cuando relata cada escena vivida la noche anterior.

Los jóvenes montados en sus respectivos caballos, desde las colinas de aquellas tierras con aires frescos de la temporada, disfrutan de la hermosa vista y platican de los acontecimientos de la fiesta de anoche. Carcajeando Antonio, no puede creer que su amigo, recién llegado al país ya está flechado por el amor. Meyer con su desatinado acento, cambiando erres por jotas, como diciendo no me molestes:

—Desde que te conozco, no te he conocido una novia, ¿Qué pasa con vuestra merced?, no me digáis que sois de otros gustos.

Echado de la risa, Meyer mira a su amigo.

Para Antonio eso no es gracia, él es un empedernido enamorado tal y como dicen: "un amor en cada puerto". Tal vez ya ha perdido la cuenta de cuantos amores han pasado por su vida y ni idea tiene de los tantos hijos que debe tener regados por todos lados y con gestos de engreído y sin faltar su acento español, contesta:

—No he desperdiciado las delicias que me ofrece la vida, pero no me aferro a un solo amor y para tu tranquilidad, a Martina la he visto con ojos de hermano y para decepcionarte, creo que se quedará para vestir santos.

Soltando sus encantadoras carcajadas y desmontando del caballo, sigue diciendo:

—No te creáis Erick; lo digo porque desde que tengo uso de razón, de nadie recibe pretensiones.

Sobando la cara del caballo y sin parar de reír, continúa diciendo:

—A nuestros padres se les cruzó por la cabeza la idea de querer casarnos, tanto Martina como yo, se los dejamos bien claro, que nosotros nos habíamos visto y crecido como hermanos y eso incluye a Francisco también.

Meyer solo escucha y se siente feliz por tal aclaración. Tendidos en el llano de aquella hermosa pradera platican largo tiempo, sobre todo de las intenciones que tiene el Junior Meyer con la bella Martina y su deseo de comprar tierras en aquel país de la eterna primavera.

Le menciona a Antonio, que entre los invitados de anoche; conoció al doctor José Mazariegos, rector de la universidad. Le cuenta que le platicó, que recién crearon la facultad de

Ingeniería y una plaza como maestro le ha ofrecido. Meyer emocionado, sin faltar su acento, cambiando erres por jotas, le dice a Antonio:

—Quedamos en que el lunes, nos reuniremos para platicar del asunto.

—¡Eso sí que es un notición!

Dice Antonio con su acentito y levantándose de prisa, para felicitar a su amigo.

—No me hago muchas ilusiones, soy un extranjero y habrá mucha competencia.

—Aunque te comáis algunas palabras y no digáis bien las erres, ni las jotas, sois la persona idónea y ejerceréis como profesor en la cuarta universidad fundada en América.

Termina diciendo Antonio, dándole un golpe por el hombro. Después de tantas alegrías; desde lo profundo del corazón y con el castellano mal pronunciado se le sale decir a Meyer:

—¡Quiero cortejar a Martina!, no quiero perder ni un minuto más, para volver a verla, quiero saber si ella siente lo mismo que yo, sino despertar de mi sueño y poner los pies sobre la tierra, como me habéis dicho.

Con cara de asombro, Antonio mira a su amigo y de un salto monta, diciendo:

—No se diga más... ¡Arre, arre caballito!, que pronto habrá boda.

El caballo sale a galope y tras esas huellas va el Junior Meyer; perdidos en la polvareda que va dejando la cabalgata. Antes de llegar a la casona; los mozos están alborotados por los aparecidos que se acercan sin avisar. Uno de ellos sostiene su sombrero, para que el viento no se lo vuele, por la corrida que está por emprender; entrando por la parte de atrás de la casona, por la entrada de la cocina; de prisa entra y ve a Josefa, preparando fruta para su ama.

—¡Niña Chepa, niña Chepa!

Entra gritando y se quita el sombrero; Josefa pregunta:

—¿Y a vos qué te pasó, parece que miraste al diablo?

En el corto castellano, porque no es su lengua materna, continúa:

—No niña; el joven Antonio y un blanco, blanco, vienen para aquí.

A Josefa se le cae el cuchillo, pues el joven Antonio le causa mariposas en el estómago. Se asoma por la enorme ventana para fisgonear; sus nervios se alborotan al ver que el joven Antonio baja del caballo junto con su acompañante; de prisa va al salón de descanso donde se encuentra Martina y con voz nerviosa le dice:

—¡Ama, ama!

—¿Qué pasa Josefa?, he escuchado tanto alboroto, hasta los perros están ladrando.

—El joven Antonio con un blanco, blanco, han llegado.

Martina se pone de pie, como si un alfiler hubiera traspasado sus naguas y corre tan rápido como puede en dirección a la habitación, detrás va Josefa:

—¡Ama espere!, ¿Qué hago? ¿Qué digo?

—¡Apúrate!, ¡Apúrate!, deprisa Chepita, ayudadme a retocarme un poco.

Martina no esperaba tan pronto, la visita que tanto añoraba; no han pasado ni veinticuatro horas y el Junior Meyer y Martina, mueren por verse.

Josefa poco entiende lo que le pasa a Martina por la plática que tuvieron en la mañana, pero a ella la delatan los nervios de ver al joven Antonio.

—Si que te he contagiado mis nervios.

Josefa moldea los cabellos de Martina escondiendo su nerviosismo y con el corazón agitado dice:

—¡Ja!, ama, ¿Nunca la había visto tan ansiosa por la visita del joven Antonio?

Reflejando una mirada celosa, por el espejo.

—No es Antonio y lo sabéis, ¡Es su amigo! pero ¡Vamos, rápido, mi perfume!

Sus manos tiemblan, cuando toma el envase del agua de colonia y ella misma se susurra: «*¡Tranquila Martina!... ¡Tranquila!*».

Mientras bombea su perfume, viéndose al espejo.

Tocan la puerta de la habitación y en seguida Josefa se dirige para abrir. Una voz joven dice:

—¡Niña Chepa!, el joven Antonio y un blanco, blanco, buscan a la ama.

—Ya va en seguida, serviles algo de tomar. Contesta Josefa a la criada.

Las dos mujeres se dirigen al salón de descanso, por el respeto que Josefa le tiene a Martina; ella va dos pasos atrás. Los dos caballeros se ponen de pie y colocan una mano atrás de su cintura y con la otra, toman la mano de las señoritas y saludan en reverencia.

Las miradas de las parejas se quedan conectadas unas a otras; el Junior Meyer, sin parpadear, está perdido en la negra mirada de Martina; Antonio no pierde tiempo para clavar sus ojos avellanados en la tierna mirada de Josefa.

Antonio observa que el ambiente está un poco tenso y dice:

—No ha cambiado nada tu casa Marquesa.

Ella inquieta levanta su bultoso vestido para poder sentarse y mira a Antonio diciéndole:

—Sabéis que no me gusta que me llaméis Marquesa; tomen asiento por favor.

Extendiendo su mano como señal a donde tienen que sentarse.

—Y decidme, ¿A qué debo tan improvisada y agradable visita?

Con voz aguerrida y haciendo el papel de padrino, Antonio toma aire y suelta sus primeras palabras:

—¡Al pan pan y al vino vino!... mi amigo se ha enamorado y os viene a pedir tu mano querida Martina.

Ellas tosen, como si las palabras de Antonio llevasen polvo de chile, que les arde la garganta. El silencio reina por unos minutos y el ambiente del salón se torna tenso. Josefa que está parada al lado de Martina y viendo que su ama parece un papel de lo pálida que la tienen las palabras de Antonio y sin pensar dice:

—Joven Antonio, usted siempre tan bromista.

—No he hablado más en serio en toda mi vida como el día de hoy.

Martina con ojos de enamorada dice:

—¿Son ciertas las palabras de Antonio?

Dirigiendo su mirada a los ojos del Junior Meyer; sin quitar sus ojos azules de aquellos ojazos negros y con un suspiro dice fuertemente:

—¡Es cierto!

Ella sonrojada de lo que escucha y volteando a ver a Josefa, casi tartamudeando:

—¡Querida!, mi abanico por favor.

Todo se torna a zozobra, el Junior Meyer está nervioso, desea que la reunión termine en un sí por parte de Martina.

Antonio que es presto para romper el hielo, en tono de broma:

—Entonces, ¿Para cuándo es la boda?, de

aquí no salimos sino hay una fecha.

Y se echa a reír para aliviar la ansiedad que delata al Junior Meyer.

Martina toma un trago del fresco de naranja, mientras ventila su rostro con el abanico y agarrando aire; mirando a Meyer dice:

—Me gustan los últimos días del año para iniciar un año nuevo con una nueva vida.

No esperaban una respuesta de esa magnitud y el Junior Meyer, se levanta de su asiento y dice con voz de júbilo y sin faltar su acento de extranjero:

—¡Brindo!, por la buena fortuna de no ser rechazado.

Todos carcajean, como apaciguando la intranquilidad que minutos antes tenían. Todos elevan sus vasos con agua fresca de naranja y brindan por el compromiso.

Antonio se sacude las mangas de su camisa, en tono heroico y haciendo una reverencia dice:

—¡Misión cumplida! Josefita, creo que debemos dejad a los tórtolos para que terminen de conocerse antes del matrimonio.

Riendo los mira y les guiña un ojo; toma a Josefa por el brazo.

La pareja mirándose, sin saber cómo iniciar la nueva etapa de sus vidas.

—Parte de mí te la conté ayer.

Dice Meyer, sin quitar sus ojos de los ojos de

Martina.

Ella sin dejar de ver al galán que tiene enfrente contesta:

—No hay mucho que decir de mí, también la mayoría de mi vida te la conté ayer.

Como para relajarse, ríen juntos. Meyer se levanta de donde está, él ha llegado preparado y metiendo su mano al bolsillo de su pantalón, saca una cajita aterciopelada de color negro. Se acerca a Martina y de rodillas, la toma de las manos y con sus ojos aguados la mira, con su voz nerviosa y el castellano mal pronunciado le expresa:

—Por primera vez me siento enamorado y por primera vez tengo un compromiso; me siento afortunado que sea con vuestra merced.

Abre la cajita y en ella se guarda un anillo de compromiso, sacándolo de inmediato, continúa diciendo:

—Este anillo fue de mi madre y me siento muy feliz de colocarlo en tu dedo, como el sello de nuestro compromiso.

Al poner el anillo; Meyer deposita un tierno beso en la mano suave de Martina y levantando la mirada, se percata que Martina está en un mar de lágrimas. Él inmediatamente se levanta y ella da un paso hacia atrás para limpiar sus lágrimas, luego con una enorme sonrisa le dice que son cosas de mujeres, que no le cause preocupación.

Ella le confiesa que ha esperado por mucho

tiempo ese momento soñado; es como si ya se conocieran de toda la vida. Los agarra la noche platicando de todo un poco; ella contesta las preguntas curiosas de Meyer:

—Mis padres estaban devastados por la muerte de muchos de sus amigos en el terremoto de ese terrible tres de septiembre; mi padre decepcionado del actual gobierno y, cansados de las revueltas de la revolución liberal, decidieron regresar a España por una temporada, me sentí confiada porque con ellos iban los padres de Josefa y ellos no estaban preocupados porque ella se quedaba conmigo. En el camino, fueron asaltados y asesinados cruelmente por desertores de la oposición y nos dejaron huérfanas.

Echándose a llorar amargamente, pues es una aflicción que le duele todos los días; Meyer la consuela y le alcanza su pañuelo. Ella limpia sus lágrimas y sollozando continúa:

—Josefa ha sido como mi hermana desde que somos niñas y después de la muerte de nuestros padres, hemos permanecido más unidas que nunca; no me gusta que me diga "ama" pero no he podido quitarlo de su vocabulario. Dios sabe porqué suceden las cosas, no nos hubiéramos conocido, si hubiese ido con ellos.

Tomando las manos de Meyer continúa diciendo:

—No quise ir con ellos porque amo estas

tierras, amo la cultura de los pueblos originarios, ellos esconden sus costumbres y tradiciones por miedo a ser rechazados o peor aún a ser asesinados; pero conmigo se sienten libres de expresar sus rituales y ceremonias, pediré permiso para poder llevarte.

Las horas se han convertido en minutos; sus ojos están rojos por el llanto, respira profundo y limpia sus lágrimas, se percata que ha oscurecido y con voz sorprendida grita:

—¡Por Dios!, se ha hecho de noche... ¡Josefa!, ¡Josefa!

Continúa llamando a Josefa para despedir a los caballeros.

Antonio se ha desaparecido con Josefa tal como otras veces lo han hecho; Josefa sabe que con él no puede tener nada serio, es un mujeriego empedernido, pero ella vive y muere por él. Disfruta el momento que aquel tenorio pasa con ella, sin complicaciones. A lo lejos escucha la voz de Martina que la está llamando y como puede se viste y acomoda sus cabellos alborotados. Mientras Antonio la observa y disfruta la hermosura de aquella mujer. Ella se queda quieta, lo mira sorprendida y poniéndose nerviosa le dice:

—¡No se quede allí acostadote, levántese, la ama se va a enojar!

Él ya está vestido, se ha quedado envuelto en las sábanas tan solo por hacer enfadar a Josefa; le gusta observar los gestos que ella hace cuando se enoja y más cuando él ignora sus palabras.

Josefa tiene una belleza natural, de cabello negro liso, piel canela, con ojos rasgados color negros, con un cuerpo espectacular escondido en aquel bultoso vestido.

La noticia es una bomba para la sociedad; las habladurías traen entretenidas a las señoras sin nada que hacer. Es lo menos que a Martina le importa, ella luce más radiante que de costumbre, es la mujer más feliz y se ha jurado disfrutar cada momento de felicidad que la vida le brinda. Los rumores buenos y malos son resonados en los rincones de los mesones y en alguna que otra cantina; donde los jóvenes, rechazados por la Marquesa, embriagan su desamor.

El Junior Meyer obtiene el trabajo de profesor; comienza a dar clases el ciclo escolar venidero. La boda está a unos días de realizarse. La sociedad critica:

"La solterona compró un matrimonio con su fortuna, para no quedarse a vestir santos y qué galanazo que se compró, lo que es tener [8]pisto".

Josefa está en el mercado comprando todo lo necesario para la boda y se da cuenta de cómo, las miradas burlonas de algunas señoritas expresan la envidia; ella solo piensa:

---

[8] *Pisto: Dinero*

«¡Pobres!... *Las que se quedarán a vestir santos son ellas, por feas y gordas*».

Medio se sonríe sin bajarles la mirada y sigue en sus menesteres. Callada se queda sin mencionar palabra a su ama de las murmuraciones. Martina ya sabe que la envidia de las mujeres de la sociedad las envenena por dentro. Ella parece una modelo, elegante, culta, adinerada y a punto de casarse con el hombre más guapo que pasea por aquella ciudad; es de esperarse el disgusto de aquellas pobres mujeres amargadas que no brillan por sí solas y la rabia las hiere como daga en el pecho; y para aliviar el resentimiento que las carcome, solo les queda murmurar.

Las campanas de la gran catedral de Santiago replican de par en par, anuncian la gran y única boda. Todo luce impecable; muchas pascuas blancas y Martina deslumbrante, con un vestido blanco como su alma y una diadema de orquídeas blancas elaborada por los guías espirituales mayas, llena de bendiciones.

Los padrinos Antonio y Josefa alcanzan las argollas; con agua bendita han sido salpicadas.

La bendición es proporcionada por el arzobispo.

Ya se respira olor a pino y canela, vísperas a la navidad; los recién casados resplandecen de amor y su felicidad contagia a quien los mira.

El Junior Meyer le ha dado toda su herencia a Martina; ella tiene un lugar secreto en su habitación donde guarda las cosas de valor y sus recuerdos. Ni siquiera Josefa sabe del lugar; le dice a su esposo, que allí ha guardado los lingotes de oro que le ha dado.

Ninguno de los dos necesita trabajar, la solvencia económica es incontable que pueden vivir muchas vidas sin preocuparse; sin embargo, Meyer ya está en su primer día de trabajo y desde muy temprano. Ambos tienen la convicción que se predica con el ejemplo y eso quieren enseñarle a su generación.

Roderick, de a poco va mejorando el castellano y sus conocimientos los comparte con tanto gusto, tal cual ha sido su naturaleza. Ama lo que realiza y todo lo da a manos llenas, igual como el amor a su amada Martina. A sabiendas que es graduado de arqueología; de parte de la universidad le ofrecen ser parte de unas expediciones al Petén, un proyecto en el que le hubiera gustado participar, pero tuvo que rechazarlo.

Esperan su primer hijo y solo desea pasar al lado de su esposa, para disfrutar todos los días del embarazo. Están ilusionados con la llegada del primer Meyer-Cabrera.

En las horas que el Junior Meyer imparte clases; Martina continúa su labor social, enseñando a leer y a escribir a los mayores. Son pocos los jóvenes y algún otro niño que acuden a recibir estas clases. Aunque eso no lo ven con buenos ojos algunos aristócratas, quienes quieren mantener en la ignorancia al pueblo; a quienes han despojado de sus tierras y repartidas a los nuevos hacendados y la población indígena a disposición de estos aliados del gobierno. Martina sufre por los atropellos que padece su pueblo, poco puede hacer por ellos y lo que logra realizar es reprendida por la realeza. A ella no le importa el título de Marquesa, ni la casta española, ni la aristocracia, ni la alta sociedad; a ella lo único que le interesa es que el ser humano sea tratado como tal, porque para ella; todos son iguales bajo los ojos de Dios. Ella entiende y tiene bien claro el mensaje que Jesús vino a predicar.

Acostados; y como ya es costumbre de los Meyer, leer antes de dormir. Uno de esos días, están en la lectura nocturna, cuando a Martina la distrae una vieja bolsa colgada en la silla del escritorio, viendo fijamente y acomodándose mejor para distinguir el objeto que llama su atención, dice:

—¡Amor!

—¡Dime cariño!

Dice el Junior Meyer sin desprender sus ojos del libro.

—La bolsa de cuero que cuelga de aquella

silla.

Señalando con su mano en dirección al escritorio, sin darse cuenta de que su esposo sigue concentrado en la lectura.

—¿Qué guardáis en ella?

Sin levantar la vista, le contesta:

—Poemas de amor que escribió mi madre y las recetas de cocina de mi querida Oma, ¡Oh, Dios! ¡Cómo extraño sus platillos!

Por un momento levanta la vista y cerrando el libro pierde la mirada en aquella bolsa de cuero.

—¿Puedo ver?

Dice Martina bajando de la cama y yendo en dirección para buscar la bolsa.

—¡Por supuesto mi vida!, vamos a ver que encontramos en esa vieja bolsa.

Y se ríe sin perder de vista la silueta de Martina, que va en busca de la vieja bolsa.

—No la he abierto más que para sacar la foto de mis padres.

Dice suspirando profundamente.

Sacan todo lo que en ella se guarda y como niña curiosa, Martina busca entre tantos pequeños recuerdos, revolviendo las curiosidades, hasta que algo atrae su atención:

—¡He encontrado un tesoro!

Exclama cuando toma el medallón que pertenecía a la madre del Junior Meyer, en él se guardan las fotografías en miniatura de sus padres y la de él cuando era niño.

—¡Es hermoso!

Dice… mientras abre la cajita de forma redonda; sorprendida al ver los retratos dentro y llevando una de sus manos al vientre, dirige su vista al rostro de su esposo, diciendo con alegría:

—Deseo que nuestro hijo sea igual que este guapetón niño.

Entre risas el Junior Meyer dice:

—Prefiero que sea igual a su hermosa madre.

Carcajeándose, los dos se pierden en una mirada, como todo el tiempo lo hacen y terminan en un romántico beso. Revolcándose de un lado para el otro sin soltarse y sin dejar de besarse terminan haciendo el amor. Martina se suelta de los brazos de su esposo y riendo, ve que han botado casi todo al piso; Martina toma todos los escritos y con cara de melancolía dice:

—Están escritas en otro idioma.

—¡Si mi amor!, están escritas en alemán.

Por un momento se queda pensativa, observando los manuscritos y con voz de regocijo le dice:

—Se me ocurre que todas las tardes nos pongamos a traducirlas.

Meyer levanta una de sus cejas y sorprendido dice:

—¿Todas?

—Por lo menos las recetas; así tratamos de

hacerte tus comidas.

Por un momento, Meyer viaja hasta la cocina donde fue feliz de niño.

—¡Está bien amor!, empezamos mañana.

Al siguiente día, tal como lo habían mencionado comienzan la traducción. El Junior Meyer escribe carta a su recordada Oma; usa muchas hojas para contarle todo lo que hasta ahora ha vivido y lo feliz que es al lado de Martina.

Una a una, han sido traducidas al castellano las recetas del ama de llaves y uno que otro poema de la difunta Katherine.

El Junior Meyer es sorprendido, cuando al terminar de cenar le traen el postre. La expresión de su rostro es entre alegría y nostalgia, cuando mira el recipiente con conserva, con tanta emoción le da un beso a Martina y agradece a Josefa el esmero de realizar su postre favorito.

El Junior Meyer y Martina hacen actividades juntos, sin descuidar las individuales, a pesar de venir de dos culturas completamente diferentes, son la pareja perfecta. Han compaginado a la perfección sin esfuerzo alguno.

Después de algún tiempo por insistencia de Martina; Meyer tiene el acercamiento con las comunidades mayas. Él está fascinado por todos los conocimientos que ellos poseen, ha quedado anonadado por la cultura, la gastronomía y la perspectiva amplia del universo. Sus estudios como antropólogo y arqueólogo han sido una herramienta perfecta, para poder entender el misterio del mundo maya. Él ha tenido el entendimiento y la sabiduría para conectar con ellos y, ellos han sentido la conexión directa de su corazón sincero, que ha sido considerado casi idéntico al de Martina. Sus reuniones con la comunidad maya son más frecuentes, que tomarse el té con la aristocracia. Con ellos, han conocido el valor de la vida y la sanidad por medio de la naturaleza.

A unos cuantos días de que Martina se consagre como madre, uno de los guías espirituales mayas manda a llamar a los esposos Meyer, con indicaciones de la hora, el día y con los elementos necesarios.

Martina lleva todas las ofrendas, tal como le habían anticipado. La ceremonia se realiza en una cueva secreta del mundo, porque pocos entienden el poder de la madre naturaleza y la sabiduría maya es desconocida por muchos. El altar está lleno de flores y frutas de la temporada, chocolate, [9]copal, candelas de colores prevaleciendo el blanco, amarillo, celeste y verde, sin faltar la canela, pan, diferentes hierbas, [10]panela y otros elementos. El fuego comienza a hablar y está todo

---

[9] *Copal: Resina aromática, utilizada como incienso*
[10] *Panela: Rapadura, piloncillo. Elaborado a base de jugo no destilado de la caña de azúcar*

alborotado, el mensaje no es alentador; "el [11]Tata" quiere prevenir la tragedia, pero ya se ha escrito en el libro de la vida.

Le da un ramillete de hierbas y con las indicaciones precisas le dice en escaso castellano:

—¡[12]Nan!, llevale estas yerbas pa' tu casa y en tu fuego ponele a cocer por un buen rato, luego con esa agua llenás tu tina y te quedás un rato allí; te ponés la ropa sin secar tu cuerpo.

El guía espiritual se despide de Martina en un eterno abrazo y después de la despedida, él regresa al altar a seguir rezando por ella, dejando rodar algunas lágrimas.

---

[11] *Tata: Padre*
[12] *Nan: Madre*

DESTINO MIGRANTE

SEGUNDA GENERACIÓN

Es septiembre y parece que el cielo se está cayendo, el aguacero no cesa. Se escucha la lluvia como pequeñas pedradas en el techo, se puede sentir el zumbido del viento reventado en las puertas de la casona. Los Meyer están en el comedor casi terminando la cena, cuando de repente se escucha un grito:

—¡Santo Dios!

Dice Martina levantándose del asiento y con su mano sostiene su enorme vientre.

Como si le hubiesen puesto zapatos saltarines al Junior Meyer, brinca de su asiento y en un segundo se encuentra sosteniendo a su esposa. Ella lo toma de la mano y con susto dice:

—¡Creo que ya viene!

Mira a su esposo y con tanta ternura deposita un beso en sus labios. En seguida la llevan a la habitación, el parto se ha adelantado.

En la casona de los Meyer, todos corren de un lado para el otro. Josefa está en la habitación con Martina; Meyer no para de dar vueltas y se pasea como descabezado por el espacioso corredor. Los minutos se le hacen eternos, sin ver llegar a la partera. Los gemidos de su amada se escuchan en toda la casa, haciendo resonancia con los centelleos que caen en medio de la noche.

No soporta más y de golpe abre la puerta de la habitación; Josefa y las criadas se quedan en silencio, él se acerca y toma la mano de Martina, la besa y con palabras de consuelo le dice:

—¡Mi eterna amada!, todo va a estar bien, solo dejadme que me quede a tu lado.

Arrodillado junto a ella, le toma su mano y la lleva hacia su rostro para darle de besos y con la misma acaricia su cara.

Uno de los mozos entra precipitado y escurriendo a lluvia dice:

—¡La comadrona está aquí!

Roderick siente alivio y la comadrona se acerca, aún escurre agua por el aguacero; con gesto de pocos amigos señala a la puerta y con señas para que salgan todos. Josefa toma del brazo a Meyer y le dice:

—¡Amo!, deje que la partera haga su trabajo.

Él está bañado en lágrimas, convencido por Josefa sale y se mantiene a la orilla de la puerta.

Comienza a sentir un fuerte dolor en el pecho, como una corazonada de que algo malo está por suceder, no se puede contener más y corre hasta el espacio del patio y cae de rodillas con las manos al cielo, llora tan fuerte como la lluvia, suplicando por la vida de su esposa y de su hijo.

Bañado en llanto y de lluvia se queda postrado sobre la tierra; uno de los mozos va a levantarlo, lo lleva a que se cambie y le dice que la ama no puede verlo en ese estado.

En cada dilatación, Martina deja un poco de vida; les ha amanecido y aún la labor no termina. El cielo en su constante llovizna se vuelve colaborador del percance. La comadrona pasando su mano sobre su frente y con voz despiadada, no da ningún consuelo:

—La criatura viene atravesada y la edad de la mujer, no ayuda... ¡No sobrevivirán!

Meyer se avalancha sobre ella, sostiene fuertemente su cuello y con ojos amenazantes mira a la partera y le dice:

—¡Salve a mi esposa!

Martina no luce bien y con las pocas fuerzas que le quedan, llama a su esposo y con voz débil pronuncia estas palabras:

—¡Esposo mío! Gracias, por lo feliz que me habéis hecho hasta el día de hoy, te suplico que no digáis nada ante los designios de Dios, ya está escrito en el libro de la vida, solo promete que cuidaréis a nuestro hijo y seguiréis siendo el gran hombre que he amado.

Dirigiéndose a Josefa:

—¡Josefa hermana mía! Nunca le faltéis a mi hijo y cuida de mi esposo.

Dice con aliento de fatiga.

Toma el brazo de la comadrona y apretando con las pocas fuerzas que aún le quedan, le suplica:

—¡Salve a mi hijo!, yo no importo, ¡Salve a mi hijo!

Martina haciendo su último esfuerzo por salvar la vida de su hijo inhala aire, obedeciendo la voz de la comadrona que repite muchas veces:

—¡Pujá, pujá!, se está acomodando ¡Ya casi!

Hay un espacio de silencio y el aguacero es más intenso y por un momento, se congela el tiempo, ni la lluvia hace ruido al llanto imponente del recién nacido.

Por fin ha llegado el doctor de la ciudad, empapado como un trozo de papel a punto de deshacerse.

Martina en su último aliento de vida susurra:

—¡Mi hijo!, quiero ver a mi hijo.

La comadrona se lo alcanza y le dice:

—¡Es un varón!

Lo sostiene sobre su pecho y dándole un beso en la frente le dice:

—¡Dios te bendiga hijo!

Extiende su mano en dirección de su esposo, él no ha dejado de llorar y con dificultad logra pronunciar sus últimas palabras:

—¡Amor mío!, te dejo a mi más grande tesoro, ahora es todo tuyo, ¡Cuidadle!

El doctor toca sus signos vitales y viendo a

los presentes mueve la cabeza y dice:

—¡Lo siento!

El Junior Meyer cae de rodillas junto a la cama y llora como un niño. No pueden desprenderlo del lado de Martina; han pasado dos noches y un día, tirado al lado de su esposa.

Antonio y Francisco por fin lo hacen entrar en razón. La casona está llena de crisantemos blancos y jazmines, todo huele como a Martina le gustaba. Cuando están preparando a Martina, Meyer no deja que le quiten la argolla de matrimonio, ni el medallón. Pone en la caja de muerto, su perfume favorito, los poemas escritos por su madre y un ramo de gardenias. Es enterrada en el cementerio familiar.

Ese día el aire trae olor a copal, los guías espirituales mayas hacen una ceremonia en honor a su querida amiga, para que su imagen perdure en la historia del universo. Martina a sus casi treinta años de vida, le ha llegado su hora.

Después del entierro; el Junior Meyer se encierra en su habitación, perfuma todos los rincones del cuarto, con el perfume favorito de Martina y se queda perdido en la oscuridad. Se sienta en la mecedora donde ella días antes, había pasado acariciando su vientre. Él está ausente, perdido en las sombras de la soledad, parece un muerto en vida, ¡Ya no quiere vivir!

Por algunos días Roderick no ha comido,

aunque a diario Josefa le ha preparado sus platillos favoritos.

Las recetas que fueron traducidas por Martina ya pertenecen a la cocina de Josefa, como parte de la herencia que en ella se ha cultivado.

Pasaron algunos meses y el Junior Meyer se hunde más en su depresión, hasta que de repente escucha el llanto de un bebé. Se apresura a la habitación siguiente de donde proviene el llanto.

Entra a la habitación oliendo a alcohol rezagado y en seguida Josefa coloca al niño en la cuna, con voz de preocupación le dice:

—¡Amo!, su estado le puede hacer daño al niño ¡Dios guarde!, si algo le pasa.

Empujándolo lo saca de la habitación y continúa diciendo:

—¡Vamos!, le preparo un baño y un café bien fuerte así sí, hasta podrá abrazar al bebé.

Y casi arrastrado se lleva al Junior Meyer. Después de los meses que Roderick estuvo perdido en su dolor, no ha sabido de nadie.

Antonio llega a la casona a despedirse. Las malas noticias siguen llegando. Él, se regresa a España pues su abuelo está grave y ha pedido ver a su único nieto. Josefa no tiene tiempo de entristecer por la partida de Antonio; debe estar fuerte para su ahijado Erick y darle fuerzas a su cuñado-amo.

Tantas lágrimas, tanto dolor, muchos días

grises que han pasado en la vida del Junior Meyer, pero después que ha escuchado el llanto de su hijo el día anterior, ya está levantado muy de temprano y mira que el día está resplandeciente; todas las aves tienen un melancólico concierto, mira con otros ojos lo que sucede a su alrededor.

Josefa no se desprende del bebé; si está en la cocina, allí lo tiene. La cocina siempre huele a gastronomía ancestral y de vez en cuando, mezclada con los sabores españoles y alemanes.

Pero en esta ocasión huele a canela y especias por la temporada, hay muchas plantas de pascuas por toda la casa.

—¡Buenos días!

Se escucha una voz varonil. Todos los presentes de inmediato abren camino diciendo en coro:

—¡Buenos días amo!

El Junior Meyer se dirige a donde está el pequeño Erick; con los ojos llorosos, levanta al bebé y con su voz quebrantada dice:

—¡Perdonadme, hijo por abandonarte! y no estar cumpliendo con el juramento que le hice a tu madre.

Acurrucándolo junto a su pecho sin parar de sollozar. Todos están contagiados y lloran al ver la escena tan tierna entre padre e hijo. Parece que vuelve a reinar la paz.

¡Erick!, así llaman al pequeño Meyer

cumpliendo el deseo de Martina; tiene los ojos negros y grandes como su madre y el lunar del linaje Cabrera en el labio superior, el cabello rubio como su padre y la piel blanca como la leche.

Las recatadas señoritas de la sociedad, se sortean la suerte de quién podrá casarse con el viudo Meyer, él no acepta los coqueteos que recibe por donde quiera que pasa. El amor por su amada Martina sigue latente en su corazón y cumpliendo la promesa que hizo ante su tumba, que nunca pondrá sus ojos en otra mujer.

El Junior Meyer ha dejado de ser profesor para dedicarse a la arqueología. Se aferra tanto a su trabajo para poder encontrar distracción del sufrimiento que lo aqueja, no tiene sosiego en viajar en las expediciones al Petén tantas veces puede.

Josefa está entregada al cuidado de Erick y el niño llena el vacío que ha dejado la ausencia de Martina y Antonio.

Celebran el bautizo en su primer año; ha sido un día ajetreado, pero con la satisfacción de que oficialmente Josefa es la madrina del pequeño Erick.

Están casi terminando de limpiar, cuando un campesino llega a buscar a Josefa.

Casi sin aire llega frente a Josefa diciendo:

—¡Niña Chepa!, es urgente.

Josefa preocupada pregunta:

—¿Qué ha pasado que venís tan arriado?

—La Minga, que está por parir.

Dice alzando un poco los hombros como despreocupado.

Josefa está sorprendida, no entiende en qué momento la ahijada de sus padres ha quedado embarazada y de quién. Lo que sabe Josefa es que Dominga trabaja en la hacienda de los De la Vega, pero lo que no sabe hasta ahora es que ha dejado de trabajar por su estado.

Dominga se ha refugiado en una choza cuando supo que estaba embarazada, como escondiéndose de todo el mundo. El campesino al ver inerte a Josefa por la noticia, insiste diciendo:

—La Minga quiere verla niña Chepa; dice la partera que de hoy no pasa.

—¿Cómo puede estar pasando esto?

Dice Josefa mientras busca su rebozo y le dice a la nana de Erick:

—Te recomiendo al nene...ya regreso.

Es la primera vez que Josefa deja al niño al cuidado de la nana Tomasa.

—¡Vamos Juanito!, llevame con la Minga.

Llegan hasta la choza donde la jovencita moribunda se encuentra y con un aliento de alegría llama a Josefa:

—¡Chepa!, ¡Chepa!, gracias por venir.

—¿Qué pasó Minga?, ¿Por qué no fuiste a buscarme?, ¿Quién ha sido el infeliz que ha desgraciado tu vida?

Muchas preguntas a la vez aturden a la joven, pero Josefa sostiene las manos de Dominga y continúa diciendo:

—¡Todo estará bien!, saldrás de ésta.

Dominga aprieta con fuerza las manos de Josefa y con mucho dolor dice:

—La comadrona dice que no sobreviviré, la he pasado muy mal con este embarazo, he tenido mucha vergüenza por eso no te busqué.

Josefa está tan indignada por lo que le ha pasado a Dominga y furiosa le dice:

—¡¿Quién fue, Minga?, decime!

Pero Dominga solo quiere que la escuche.

—Dejame que hable, no me interrumpás.

—¡Hablá pues!

Dice Josefa muy enojada. La comadrona soba el vientre de Dominga, mientras ella le relata a Josefa lo que ha pasado.

—Esa noche el joven Antonio estaba bien [13]bolo y entró a mi cuarto, no pude decir que no; al día siguiente, él ni se acordaba de lo que había hecho y luego se fue para España.

Josefa no puede contenerse y llora mientras escucha a Dominga, está convulsionada de saber que su amado Antonio, hubiese hecho tal atrocidad.

—¡Chepita!, no tengo a nadie; sos la única

---

[13] *Bolo: Ebrio*

persona que podrá cuidar a mi bebé.

—¡No digás [14]babosadas!, vas a estar bien.

Y Dominga le dice:

—¡Chepita!, ya no me interrumpás, dejame hablar, no tengo mucho tiempo.

La comadrona soba y soba el vientre de Dominga y dice:

—¡Pujá!... otra vez… ¡Pujá!

Dominga pujando y apretando las manos de Josefa, sigue diciendo:

—Te pido que le pongás el nombre de su papá, si es varón y si es una niña, ponele Julia como mi mamá.

A Dominga ya no le da tiempo a ver a su hija, la pobre Josefa llora sobre el cuerpo de Dominga y ahora tiene otra responsabilidad, que no sabe cómo la va a afrontar.

Le da santa sepultura en el cementerio de los Cabrera, para que la pequeña tenga donde visitar a su madre.

La niña es bautizada en la iglesia del pueblo, con el nombre de Julia Umul, solo con el apellido de su madre. Josefa no espera al Junior Meyer para contar con su consentimiento y mientras él llega, la niña Julia duerme en la habitación de la nana. Tomasa, es una mujer robusta, de genes garífuna, mantiene su cabellera amarrada con un

---

[14] Babosadas: Tonterías. Cuestión de escasa importancia

pañuelo colorido; trabaja en la casona de los Cabrera, desde que nació Martina, ¡Los años la han agotado!

En uno de esos días de descanso, que el Junior Meyer llega a la casona, Josefa le dice sobre la niña; que se ha hecho cargo de la pequeña sin complicar sus obligaciones y responsabilidades en la casona, a él no le parece ningún problema, su esposa también hubiese estado de acuerdo.

El Junior Meyer le dice a Josefa que le han solicitado ir a una expedición, como Ingeniero Civil al occidente del país, no sabe por cuánto tiempo.

—Mi hijo estará bien aquí, no quiero arriesgarlo en ninguno de mis viajes.

El pequeño Erick está muy acostumbrado a Josefa y queda en las mejores manos.

Josefa le dice al Junior Meyer:

—¡Amo!, vaya tranquilo que usted sabe que lo cuido con mi vida.

—¡Lo sé, lo sé!, la otra semana comienza la institutriz, ya le dije que serán dos niños.

—Pero amo, Julia todavía es muy pequeña.

—¡No importa Josefa!… es un año nada más la diferencia, ella se educará a la par de mi hijo, ¡No estarán separados!, mucho he aceptado que duerma con Tomasa. Cuando ya estén un poco más grandecitos, cada uno tendrá su propia habitación. Debiste haberme dicho del bautizo, la hubiera bautizado con mi apellido, eso le hubiera agradado a Martina; pero lo hecho, hecho está.

Josefa sin decir palabra y con el rostro cabizbajo, derrama unas lágrimas.

El Junior Meyer parado frente a la puerta, a punto de emprender el viaje; abraza fuertemente a su pequeño hijo, lo persigna, tal como lo hacía Martina cuando él se iba al trabajo dándole su bendición. La pequeña Julia también es consentida y recibe el mismo cariño.

La expedición viene trabajándose por toda la orilla, marcando la frontera ya por varios meses. Hasta que por fin se encuentran casi al final de la línea. La diligencia instala el campamento a la orilla del río divisorio.

El lugar *"junto a los malacates"* impresiona al Junior Meyer, el clima es tropical y con una intensa vegetación, sobre todo cafetalera.

En los días de descanso Meyer se pasea a caballo por aquellos lares, deleitando sus ojos azules de hermosos paisajes, le gustan mucho esas tierras.

Entre los matorrales alguien lo observa, Meyer siente la presencia de alguien, busca con su mirada y está alerta por si de la nada sale algo que desconozca. Sin tener suerte de saber si es algún animal o alguna persona, sigue su camino.

En ese lugar cuentan las historias más escalofriantes de los desaparecidos, pero nada asusta al Junior Meyer.

Al campamento ha llegado el rumor, que por esas tierras vive el brujo más temido de la región, ellos no ponen atención a las leyendas de los aldeanos.

El Junior Meyer obtiene varias caballerías de tierra y durante su tiempo libre ha comenzado la construcción de una casona. A ese lugar le ha llamado "Martina", en honor a su difunta esposa. La construcción ya está bastante avanzada, el Junior Meyer ha aprovechado el tiempo de descanso que les dan en la expedición y lo ha invertido en ese proyecto.

Los días han sido agotadores y Roderick ya ha elegido un lugar de descanso, apropiado para esos días soleados. Casi asfixiado por el calor, busca su lugar favorito bajo la sombra del árbol de mango. Se tira y recuesta su cuerpo al pie del árbol, a lo lejos de forma borrosa, ve que se acerca un hombre, en seguida vuelve a ponerse de pie para esperarlo, pues viene justo en la dirección de él. El hombre que aparenta unos veintitantos años, de estatura mediana no pasa del metro setenta y cinco, sostiene un misterioso bastón, Meyer ya puede distinguir la apariencia; piel ceniza, con un despoblado bigote, de buen ver; su cabeza amarrada con un pañuelo rojo y sobre él trae un sombrero de campesino, viste camisa blanca de algodón, pantalón hecho de manta blanca, sostenido con un cinturón de cuero, que detiene la vaina de un machete, del hombro derecho le cruza la cinta de un morral, sus pies calzan [15]caites de cuero; cuando está enfrente del Junior Meyer, se quita el sombrero y con una mirada penetrante dice:

—¡Buenas tardes, señor!

—¡Buenas tardes, señor!

Contesta Meyer extendiendo su mano, aquel hombre de mirada tenebrosa, no extiende su mano y dislocando un acento campesino continúa diciendo:

—¿Dicen que uste es el nuevo amo de estas tierras?

Meyer un poco incómodo con la presencia del misterioso hombre, limpia su garganta y con tono amable responde:

—La gente habla mucho, pero estas tierras son maravillosas y quiero morir en ella sin ser amo de nada, ni de nadie.

El hombre extiende su mano y con una mirada más amistosa le dice:

—Demesio Yoc, pa' servir a Dios y a uste patroncito.

El Junior Meyer, un poco desconfiado, le da la mano:

—Roderick Meyer Jr. también para servir a

---

[15] *Caites: Sandalias*

Dios y para lo que se le ofrezca Demesio.

Sin más conversación, el hombre sigue su camino y entre el espejismo que provoca el calor, se esfuma su silueta.

A todo galope viene uno de los trabajadores que ayudan a Meyer en la construcción de la casona; y con voz agitada habla:

—¡Señor, señor!, ¿Está bien?

Viéndolo por todos lados.

Meyer con cara de medio preocupado, por lo turbado del trabajador pregunta:

—¿Por qué tanto alboroto?, ¿pasó algo en el trabajo?

—¡No, no!, estábamos preocupados por uste.

—¿Por mí?

Contesta Meyer con rostro de asombro y aireándose con su sombrero.

—¡Si señor!, el hombre que estaba hablando con uste, es el brujo más temido de por aquí, nadie se mete con él y dicen que no está muy contento por la construcción de la casona.

El Junior Meyer incrédulo a las palabras del trabajador, le palmea la espalda y con media risa voltea a ver la dirección por donde se ha ido Demesio; diciendo:

—Volvamos al trabajo, mañana tengo que regresar al campamento de la expedición y por lo menos cuando vuelva a regresar, ya tenga un buen lugar donde dormir.

Riendo con el trabajador, para calmar un poco la tensión, que Demesio ha provocado.

Demesio ha llegado a su choza, hecha con sus propias manos, cerca de uno de los riachuelos que abundan por la región. La choza es solo la fachada de su escondite; Demesio es tan misterioso como su mirada y dentro de la choza hay una entrada hacia una enorme cueva.

Entra con el ceño arrugado y cuelga el sombrero en un [16]garabato cerca de la puerta, se dirige directamente hasta donde tiene sus altares. Demesio es el último [17]chamán de los descendientes de una familia, con orígenes de la etnia mam, del sector.

Demesio no entiende porqué el extranjero le causa inquietud. Reúne todos los elementos y varias hierbas; todo lo pone delante de su altar mayor, quiere entender el sentimiento que este hombre le provoca. Enciende un puro elaborado por él, de esos que causan alucinaciones y luego se baña con [18]cusha, enciende candelas y comienza un ritual. Sus oraciones son en [19]mam, pronunciando mucho; "Tata [20]Maximón". El fuego le responde sus inquietudes.

---

[16] *Garabato: Palo de madera en forma de gancho*
[17] *Chamán: Brujo. Líder espiritual*
[18] *Cusha: Bebida alcohólica*
[19] *Mam: Idioma maya*
[20] *Maximón: Deidad sincrética guatemalteca*

El tiempo se ha ido como agua entre los dedos y los niños Erick y Julia van creciendo juntos, bajo la protección y cuidado de Josefa.

El niño Erick tiene el porte de su padre con el enorme corazón de su madre. La niña Julia en cambio; piel algo oscura como bañada por el sol, sus ojos avellanados iguales a los del padre, su cabello liso y negro.

La mezcla de genes da el resultado de un destino migrante, siendo mutilada y olvidada la lengua materna. En el caso de Erick no aprende el idioma de su padre y pierde la conexión con sus raíces alemanas, en el caso de Julia, con la muerte de su madre, es enterrado también su idioma y desde su nacimiento solo ha escuchado el idioma castellano.

Josefa en el afán de que Julia no pierda por completo su identidad, lleva a los niños a presentarlos ante los guías espirituales mayas, para recibir la bendición y la guía a sus caminos. Ella les inculca el amor a las raíces de los pueblos originarios, tal como en vida lo hizo Martina.

Los niños aprenden a amar las costumbres y tradiciones de esta cultura milenaria y aunque nacieron en diferente cuna, se sienten identificados con ellos.

Josefa enseña a Julia todos sus secretos culinarios y los quehaceres de una casa, a sabiendas que quizá nunca realice uno de estos menesteres, pero sabrá corregir si alguien más lo hace por ella y lo hace mal.

El Junior Meyer pocas veces llega a visitar a su hijo, su vida se ha convertido de expedición en expedición, una de las pocas veces que pasa en la casona de la ciudad, le comenta a Josefa de las tierras que obtuvo por el occidente.

—La hacienda se llama "Martina".

Dice con voz de melancolía.

—Todo lo que poseo es para mi hijo.

Y tomando la mano de Josefa continúa diciendo:

—Nada te falta ni te faltará Josefa, prácticamente te has convertido en la madre de Erick y de Julia, como pagar todo lo que has hecho por ellos y por mí.

Lloran como siempre lo hacen cuando tocan el tema de Martina, no pueden evitar ponerse melancólicos. Se les hacen largas las conversaciones hasta encontrarse con la noche y ahora sus miradas son iluminadas por las lámparas eléctricas, para ese entonces, ya ha comenzado el alumbrado eléctrico en las calles de la ciudad y en algunas casas. Sin embargo, en la casona de los Meyer, Josefa mantiene las candelas y las lámparas de aceite en su lugar, ella previniendo que estos inventos no funcionen.

Erick a sus diez años, le promete a Julia que jamás la dejará; empiezan a cambiar sus sentimientos y de los mejores amigos, comienza el cosquilleo del amor jugando alrededor de ellos; de a poco van enamorándose. Erick y Julia visitan muy seguido las tumbas de sus madres, llevan ramos de gardenias.

Erick en una de esas veces; toma las manos de Julia y frente a ellas le dice:

—Aquí frente de mi madre y de tu madre, te prometo que en cuanto me gradúe, ¡Nos casamos!

Entre lágrimas Julia lo abraza vigorosamente.

Erick sigue los pasos de su padre, es inteligente como él y muy joven se matricula en la facultad de Ingeniería Civil.

¡Graduado con honores!, el Junior Meyer no puede faltar a la graduación de su hijo y está presente en la fiesta que Josefa y Julia han preparado para celebrar el éxito del guapo Erick.

Roderick se siente muy orgulloso de su hijo y muy feliz por él.

Como es de costumbre, Roderick no falta en ir a la tumba de Martina a dejarle gardenias y a platicarle el triunfo de su hijo.

Erick anda buscando a su padre y Josefa le dice que ya sabe dónde puede encontrarlo, él se dirige al cementerio familiar y allí ve a su padre de rodillas, enfrente a la tumba de su madre; tiene un semblante diferente, ya no es aquel reflejo de tristeza y amargura. Erick mientras va acercándose a su padre le dice:

—¡Padre!, te he buscado por todos lados y mamá Chepa me dijo que aquí te iba a encontrar, bien que te conoce; tengo algo importante que decirte y qué mejor que aquí frente a las tumbas de nuestros seres queridos.

Erick no quiso decirle madrina a Josefa, para él y para Julia, ella es mamá Chepa.

Roderick le sorprende la seriedad de las palabras de su hijo y con voz ansiosa le dice:

—Debe de ser muy importante lo que querés decirme, a ver mi pequeño ¿Qué es eso que querés decirme?

Roderick para ese entonces ya habla muy bien castellano, con modismos guatemaltecos y sin acento español.

Erick inhala aire y con voz fuerte dice:

—¡He decidido casarme con Julia!

Para el Junior Meyer no es sorpresa, ya lo veía venir y se levanta de prisa para abrazar a su hijo.

La noticia lo satisface inmensamente, porque sabe que su hijo es y será muy feliz al lado de una gran mujer, casi igual como en vida fuera su esposa.

A los casi veintiún años Erick comienza una etapa más en su vida, ha decidido compartir su existencia con Julia y quiere seguir creciendo en todo los ámbitos al lado de ella.

La boda se prepara tal como fue la de

Roderick y Martina; Josefa se siente feliz y organiza todos los detalles del matrimonio de Erick y Julia.

Otro acontecimiento importante que el Junior Meyer no puede perderse. Aunque la sociedad va de mal en peor, ha crecido el racismo y aumentan los prejuicios, no ven con buenos ojos la boda de los muchachos.

Erick mantiene vivo el coraje de su madre y la valentía de su padre, ignora las murmuraciones. Erick está consciente que las personas buscan destruir la felicidad de otros, difamando, discriminando y, él sabe que la felicidad está en sus propias decisiones no en lo que diga la gente y será tan feliz tal como su padre lo fue con su madre.

El Junior Meyer como regalo de bodas, les entrega las escrituras de la hacienda "Martina".

A unos cuantos meses de haberse realizado la boda, Julia espera bebé. La noticia llega a oídos del Junior Meyer y hace todos los preparativos para regresar a casa; calcula el tiempo justo para regresar en el día del nacimiento de su primer nieto.

La tarde está muy tranquila, más cálida que otros días; todos están cenando, alegres por la recién llegada del Junior Meyer, felices, pero sin decir palabra en la mesa. Roderick interrumpiendo el silencio que hay en el comedor, eufórico por el recibimiento dice:

—Desde que Martina tradujo las recetas de mi Oma, no has dejado de consentirme. ¡Te agradezco mucho querida Josefa!

—No diga eso mi amo, cumplo al pie de la letra las recomendaciones de mi ama Martina.

Dice Josefa y con un gesto de susto, se recuerda de algo... se levanta de su asiento y continúa diciendo:

—¡Por Dios Santo!, se me está olvidando que llegó carta para usted amo... regreso en seguida.

Dirigiéndose al [21]trinchante de cedro que decora el comedor; de una de las gavetas saca la carta y con paso apresurado alcanza el sobre.

—Aquí tiene amo.

—¡Gracias Josefa!... ¡Oh!, es de mi Oma.

Emocionado el Junior Meyer abre la carta y mientras lee, de sus ojos van brotando lágrimas que caen gota a gota sobre la carta. Todos miran asustados y con su voz quebrantada dice:

—¡Mi Oma, ha fallecido!

Erick se levanta y lleva consuelo a su padre, sabe del dolor que la noticia le causa.

El remitente de la carta explica que el ama de llaves era su madrina y ha muerto; la han enterrado junto a los padres de Roderick y que le ha dejado la casona como herencia, con la

---

[21] *Trinchante: Mueble de comedor*

advertencia de que, si regresa el dueño, tendrá que devolvérsela.

En ese mismo momento el Junior Meyer escribe una carta de respuesta; en la cual puntualiza al ahijado de su querida Oma, que él no volverá a su lugar de origen y que tome posesión de lo heredado. Lo único que suplica es, que lleve flores de cerezo a las tumbas de la familia y muchas de ellas en la de su madre Katherine Klein.

Con esa carta el Junior Meyer cierra el pasaje, que lo mantenía conectado a lo único que le quedaba en su tierra.

DESTINO MIGRANTE

TERCERA GENERACIÓN

Van a ser las siete de la noche, casi terminando de cenar, cuando se oye un grito:

—¡Ayyyy!

Todos dirigen la mirada a Julia, quien ha gritado.

—¡Dios Santo!

Exclama Josefa.

—¡Ya viene!

Dice Julia, ya empapada con el líquido de la fuente. Inmediatamente la llevan a su habitación, en esta ocasión todo lo tienen preparado desde un mes antes. Lo sucedido con Martina, les dejó una gran lección y por lo tanto la comadrona tiene una habitación al lado de la de Julia; quien la ha venido cuidando y por cualquier emergencia se ha quedado desde entonces. El trabajo de parto ha comenzado y Julia no tiene contracciones. La comadrona manda a preparar un cocimiento de varias hierbas para inducir el parto. Son casi las ocho de la noche y el cielo luce más brillante, con la luz que provocan las estrellas. Julia puja para expulsar al bebé y no puede; vuelve a tomar aire y nuevamente hace el intento, al compás de las palabras de la comadrona, ella puja y puja.

De un momento a otro todos comienzan a gritar, las paredes se mecen de un lado para el otro y el suelo se mueve abruptamente.

—¡Dios mío!, los nervios me están haciendo sentir que todo se mueve y creo que me voy a desmayar.

Dice Erick, sosteniéndose de su padre.

Todo queda en penumbra, hay un apagón. Josefa como puede en medio del remezón llega a una gaveta, donde ha guardado las candelas; enciende una de ellas y se acerca a la comadrona para darle claridad. Julia en medio de esos dos minutos de movimiento telúrico, pudo dar a luz.

—¡Es una niña!

Grita la comadrona.

Sin pedir permiso, Erick entra como bala y frente a una cruz cae de rodillas, dando gracias a Dios por la vida de su esposa y de su hija. Roderick llora por la felicidad de su hijo, pero también esa escena, le trae los peores recuerdos de su vida, cuando perdió a su esposa. Los remezones aún se sienten y sin ser la temporada lluviosa, comienza a caer un fuerte aguacero.

Con la claridad de la mañana siguiente, los ojos de todos en la casona pueden ver los cuantiosos daños. Las paredes están rajadas, algunas desmoronadas, lo que colgaba está en el piso. Las noticias se escuchan por todos lados; una noche horrenda, un verdadero cataclismo, ¡De milagro estamos vivos!, son las declaraciones de algunos.

El Junior Meyer indaga más sobre el asunto y ha mandado a uno de los mozos a comprar el periódico, donde indica, que el desastre ha ocurrido en la ciudad de Quetzaltenango. La casa de los Meyer ha sido bendecida, por el milagro de la llegada de una integrante más a la familia; sana y salva.

Seis meses después, a la niña la han bautizado con el nombre de Martina, en honor a su abuela paterna. La reunión es muy íntima, con los más allegados a la familia. Después de una deliciosa comida, todos se reúnen en el salón de descanso, para tomar el té y entre pláticas de temas concernientes a cada uno; comentan que la ciudad de Quetzaltenango y las zonas afectadas por el terremoto, todavía no se recuperan; en esas conversaciones están, cuando se escuchan retumbos, sin saber de dónde provienen. Se alarman y todos se levantan de los asientos, asomando la cabeza tratando de saber que sucede. Con voz preocupante y viendo por la ventana, Erick se dirige a su padre:

—¿Qué será padre?, ¿Será un golpe de estado?, parece detonaciones lo que se escucha.

El Junior Meyer tranquiliza a su hijo y se asoma a la puerta, mira cómo la tarde oscurece por la cantidad de ceniza que expulsa la erupción de un volcán. La erupción ha durado varias horas y es imposible salir. El Junior Meyer ha tenido que quedarse algunos días en la casona, pues no se puede viajar en esas condiciones.

Después de la erupción del volcán, Meyer vuelve a las expediciones al Petén; va y viene como es su costumbre. Su último viaje no ha sido tan largo, al poco tiempo ha tenido que regresar. Uno de los mozos entra a la cocina y le dice a Josefa, que el amo está de regreso. A Josefa se le hace muy extraño, que él regresara tan pronto y piensa:

«*¡Qué raro, si apenas se acaba de ir!*»

Sale a esperarlo y ve a Roderick con el rostro demacrado y asustada pregunta:

—¡Pero amo!, ¿Qué ha pasado?

El Junior Meyer no tan contento dice:

—¡Me han comido los desgraciados zancudos!, he perdido mis fuerzas, solo he pasado a buscar algunas cosas y me voy a la hacienda Martina, no sea que esta enfermedad sea contagiosa y no quiero que se enfermen por aquí y menos mi nieta.

—¿Pero qué tontería está diciendo mi amo?

Josefa casi llorando y ayudándole a entrar a la casa, Meyer con voz cansada le dice:

—¡Tal vez Martina ya viene por mí!

Con esas palabras se dirige a su habitación. Toma la fotografía de sus padres, la de su boda y la de su hijo donde está con Julia y su nieta Martina. El Junior Meyer sabe que sus días los acabará en la hacienda Martina y como es de costumbre, solo carga con lo que para él es el tesoro más preciado, "sus recuerdos". Se despide de lejos, diciéndole a Josefa que no está de más recordarle, que siga cuidando de su familia; y con algunos mozos emprende su viaje en el carruaje más grande.

El Junior Meyer no visita la hacienda por varios años y creyendo que la enfermedad que le consume la vida es contagiosa, da instrucciones para que solo una persona lo atienda. Llega a oídos de Demesio que el patrón está de regreso en la casona. Sin perder más tiempo toma su sombrero, agarra su bastón, ciñe el cinturón del machete, se cruza el morral y agarra camino para la hacienda Martina. Al llegar Demesio, los sirvientes se sorprenden y no saben qué hacer, están asustados; todos los aldeanos le temen al Tata. Con voz fuerte, pide ver al patrón. Uno de los mozos se dirige al cuarto de Roderick y va a avisarle que lo busca el chamán Demesio y el Junior Meyer le permite la entrada, sabe muy bien de quién se trata. Se saludan amistosamente y el Junior Meyer le recuerda las palabras, que una vez le mencionó cuando se conocieron, que en esas tierras quería morir. Se les ha ido el día en ponerse al tanto de lo que ha pasado en sus vidas.

Demesio no habla mucho de él, no hay mucho que contar, más que el mismo misterio que encierra su vida. Antes de retirarse, el tata Demesio le promete darle remedios para aliviar sus dolores, pero no le promete sanarlo, le dice que ya está escrito, en el libro de la vida. El Junior Meyer le agradece la buena intención de los remedios y que en ese lugar espera la muerte.

Cada vez que Demesio visita al Junior Meyer, la amistad se fortalece entre ellos, no miden el tiempo y sus pláticas son extensas. Demesio nunca ha pasado momentos tan amenos, como los que está viviendo con Roderick. Una vez a la semana Demesio visita a su amigo, sin faltar la olla, donde lleva el remedio preparado. Los sirvientes no ven con buenos ojos la amistad de ellos, murmuran que el brujo está envenenando al patrón.

Los encargados de cuidar los alrededores de la propiedad hacen memoria, de la leyenda más común que cuentan de Demesio:

De una joven que visitó al brujo para que la ayudara a que su marido dejara de andar con otras mujeres. Le hizo un conjuro bajo la luna llena y al terminar le dio instrucciones de qué hacer:

Antes de la medianoche de cada luna llena, que saliera a cazar una gallina y que al otro día le hiciera un caldo al marido, él no miraría a nadie más. También le advirtió que tuviera cuidado que nadie la viera… de lo contrario, si algo hacía mal ya no volvería a su forma humana. A la orilla de un río, bajo cada luna llena, la joven mujer se desnudaba y solo dejaba la [22]faja del [23]corte amarrado a su cintura; levantando las manos al cielo y con oraciones en mam, ella daba tres vueltas y se convertía en una pantera. Solo buscaba el objetivo y regresaba enseguida al río, daba vueltas de nuevo y volvía a su estado normal. Un día se dio cuenta el marido que ella se había levantado a las horas de la noche y pensando que tal vez se iba a encontrar con otro hombre la siguió y se escondió entre los matorrales, observando todo lo que ella realizaba, cuando vio el cambio se asustó demasiado, pero retomó fuerzas y corrió a la orilla del río para tomar la ropa de la joven; se ocultó entre los matorrales y esperó a la mujer para ver que, haría, al no ver su vestimenta.

La mujer volviendo a su estado humano, buscaba desesperadamente su ropa; el tiempo caminaba y aquel hombre solo observaba. Las nubes de a poco iban ocultando la luz de la luna llena y ella lloró de rodillas, alzando sus manos al cielo y gritando fuertemente la oración en mam; volvió a dar las vueltas. Miró por todos lados y con rugidos de lamento, la pantera se perdió en la oscuridad de la noche. El hombre contó lo que sus ojos vieron, pero nadie le creyó. Decían que el

---

[22] Faja: *Modo de cinturón. Parte de la indumentaria maya*
[23] Corte: *Modo de falda. Parte de la indumentaria maya*

abandono de su mujer, lo estaba volviendo loco.

Cuentan que la pantera fue a buscar al brujo, para rogarle que la regresara a su forma humana. El lamentó el suceso; solo pudo enmudecer su boca, para que dejara de hablar. Él le acarició el lomo y le dijo que la selva sería su casa, hasta el día de su muerte. Nadie supo qué fue de la vida de aquel hombre... ¡Convirtiéndose en una leyenda!

Los de la región y aldeas aledañas mantienen muchas creencias. Los ladinos respetan las creencias religiosas y van a misa a persignarse para que ninguna leyenda les alcance; aunque algunos buscan a escondidas los favores de lo oculto. De los pueblos originarios van quedando pocos, pero fieles a las costumbres milenarias, la mayoría de ellos, respetan a Demesio, pues de la muerte los ha rescatado y a muchos niños los ha curado. Otros le temen por la misma razón.

En los corredores de la hacienda, humean algunos recipientes de barro, para espantar a los zancudos; el olor es peculiar.

El Junior Meyer comienza a agravarse, pide a uno de sus mozos ir a buscar a su hijo; es hora de despedirse para siempre.

Erick quiere ir solo por los acontecimientos que se viven en el país y no quiere poner en peligro, la vida de su familia, sobre todo que no podrán usar el coche por la falta de carreteras para aquellos lares, pero Julia y Josefa insisten en ir, quieren ver a Roderick.

La diligencia está lista, la niña Martina ya

tiene edad para viajar y puede acompañarlos.

Los caballos del carruaje van a trote acelerado, Erick cree que llegarán, cayendo el sol. Las caras fruncidas por la preocupación y todos en silencio, el viaje se torna pesado y aburrido... solo el ruido del rodaje y el trote de los caballos les acompaña. La niña Martina a sus ocho añitos es inquieta y en el viaje no es la excepción; jala la mano de su mamá y con voz desesperada dice:

—¡Quiero ir al baño!

—¿Cómo?

Dice Julia.

—¡Dios mío!, hay que parar.

Dice Josefa.

Erick pide al cochero que se detenga. Josefa dice que ella se encarga de la niña. Baja rápidamente del carruaje y visualiza todo el alrededor, como buscando un lugar seguro donde la niña no fuere vista, ni atacada por algún animal. Abraza a la niña para bajarla y se dirigen al lugar que ya ha visto. Josefa extiende su rebozo para tapar la visibilidad y busca en la bolsa de su vestido un pedazo de periódico, que había guardado antes de salir; riendo Julia le dice:

—¡Es del uno, abue!

Mostrando uno de sus dedos.

—¡Apurate mi niña, tu papá está desesperado por llegar!

Vuelven a retomar el camino y cuando llegan

ya los están esperando. Erick sin esperar más, pregunta con una voz de desconsuelo:

—¡¿Dónde está mi padre?!

Uno de los mozos lo lleva hasta la habitación y, se queda unos segundos detenido en la entrada, con las manos extendidas sobre los pilares de la puerta, como si de un momento a otro una magia extraña lo congela y mira en su lecho a Roderick Meyer Jr. y como si esa misma magia, lo empuja de golpe y corre desenfrenado, gritando:

—¡¡¡Padre!!!, ¡Mi querido padre!

Los ojos del Junior Meyer no paran de brotar lágrimas, al ver a su hijo. Con su voz desgastada y con pocas fuerzas, quiere saltar sobre él, estirando sus manos dice:

—¡Mi tesoro más grande!, ¡Lo más hermoso de tu madre!, ¡Gracias, hijo mío!, por venir a despedirme… ¡Pronto me reuniré con tu bella madre!

Erick besa las manos de su padre y minutos después, entra Josefa, con Julia y Martina.

—¡¡¡Amo!!!

—¡Josefa!, mi fiel Josefa; gracias por cuidarnos… te seguiré pidiendo que cuides de ellos.

—¡¡¡Padre!!!

Dice Julia, al otro lado de la cama, bañada en lágrimas.

—¡Mija bella!, la hija que la vida me trajo.

—¡Gracias, padre!, por todo el amor que nos ha dado; Dios le recompense con reencontrarse con mamá Tina.

El Junior mira a Martina, escondida tras la falda de Josefa y sin parar de llorar pronuncia:

—Mi pequeña Martina, igual a su abuela, pero con el porte de mi madre Katherine... ¡Te dejo mi bendición!, mi marquesita preciosa.

A lo lejos se escucha que alguien se acerca a la habitación; parece arrastrar la condena, cuando lentamente camina, lo acompaña el ritmo que provoca el sonido del bastón. Se siente la presencia pesada del bulto, que se asoma por el corredor de la casona. El sonido se detuvo en la entrada de la puerta, enseguida el Junior Meyer puede reconocer de quién se trata y con esfuerzo dice:

—¡Es mi amigo Demesio!

Demesio quita su sombrero, cabizbajo, con la mirada perdida en el cuerpo del Junior Meyer y con voz triste dice:

—¡Buenas noches a todos los presentes!

Y con el mismo ritmo que lo viene acompañando, se acerca a los pies de la cama, tocando los pies de su amigo y el junior Meyer continúa presentando:

—Él es Demesio; con sus brebajes ha prolongado mi existencia sin dolor y ha sido mi guía espiritual; desde que llegué a este lugar, no ha dejado de visitarme... ¡Amigo mío!, ellos son mi familia.

Demesio saluda con reverencia y Martina esconde su rostro en el vestido de Josefa cuando Demesio la mira y por su cuerpo tan pequeño, recorre una sensación de miedo.

Meyer pronuncia palabras finales:

—¡Los amo!

Y en un suspiro agitado, pierde su último aliento. Se realiza una velación de cuerpo presente con los trabajadores de la hacienda y embalsaman el cuerpo para poder llevarlo a la ciudad grande. Erick está destrozado por la muerte de su padre, nunca imaginó que le doliera tanto; retoma fuerzas para preparar el viaje de regreso y reúne a todos los empleados. Les promete que regresará pronto; les dice que su padre amó el lugar y que, en nombre de él, les recomienda que cuiden de la hacienda Martina, como si fuera de ellos; deja suficiente provisión para varios años. Los gastos del lugar serán cubiertos con la cría de ganado, otros animales comestibles, la cosecha de maíz y café; sigue de encargado, quien en vida del Junior Meyer era su mano derecha, el caporal Pedro.

Demesio frente a los altares, llora amargamente la muerte del Junior Meyer, le duele el alma, había conectado con él; ha sido la única persona que le abrió la puerta de su casa y de su corazón, sin prejuicios, ni estereotipos.

Pide permiso a los abuelos y abuelas, al corazón del cielo, al corazón de la tierra y prende un puro; se baña con cusha, prende las candelas para el descanso eterno del alma de su gran amigo y hace su propio ritual en su honor, para que encuentre el camino, al reencuentro con Martina.

Al llegar a la ciudad grande, Erick realiza una misa en honor a su padre y, el cuerpo del Junior Meyer es enterrado junto a su esposa, la Marquesa Martina Cabrera. Con las nubes de algodón, el cielo parece dibujar las siluetas de la pareja, agarrados de las manos. Se llenan de gardenias las tumbas y a los sesenta y un años de vida, el Junior Meyer se reúne con su amada esposa.

Pasa algún tiempo y Erick sigue perdido en su dolor, las obligaciones que tiene en la universidad como profesor, lo distraen un poco.

El Junior Meyer no celebraba el cumpleaños de su hijo, pues es una fecha que le recordaba la vida y la muerte. Erick nunca ha celebrado un cumpleaños y ese día solo lleva jazmines a la tumba de su madre.

Dos años después de la muerte del Junior Meyer, fallece la nana Tomasa. Es enterrada en el cementerio familiar de los Cabrera, a sus noventa y dos años.

Los años han pasado como agua entre los

dedos; el desarrollo del país va en aumento y de la mano, crece el poderío.

El caporal Pedro, quien se había quedado de encargado y cuidando la hacienda Martina, llega hasta la puerta de la casona de los Meyer, con malas noticias. Él explica a Erick que algunos malvivientes, han construido chozas dentro de las tierras, que pertenecen a la hacienda Martina y que hay un hacendado interesado en comprar las tierras. El caporal continúa diciéndole a Erick, que, si no tiene intención de regresar a la hacienda Martina, será bueno escuchar la propuesta del interesado, un hombre que se dedica a la cría de ganado.

Con tantos acontecimientos que han sucedido, no solo en el país, sino en el mundo y ahora se rumora que ha iniciado una gran guerra. Las revueltas por algunos nacionalistas, las organizaciones secretas con ideales extremistas, la frustración y el cansancio que todo esto le causa a Erick, ha decidido tomarse un tiempo de descanso en la hacienda Martina y con la mente más tranquila, poder tomar la mejor decisión, en cuanto a la venta de las tierras. Le comenta los planes a Julia y le dice que hará de cuenta que son unas vacaciones y en lo que se resuelve la venta de la hacienda está de regreso; solo serán unos días que le ayudarán a descansar del bullicio de la ciudad. Julia le propone ir todos de vacaciones al campo y también distraerse de la misma rutina. Erick no se lo propuso antes, porque pensó que no le gustaría la idea. Martina no está muy contenta de ir con ellos; ya le brillan los ojos de amor por el hijo de Francisco Rodríguez, que recién vuelve de España, justo para la celebración de los quince de Martina. Francisco no espera recibir tantas malas noticias; desde que se fue a España, perdió la comunicación con sus amigos y ha regresado solo a vender sus bienes, ya su vida está establecida en España. Trae consigo a su hijo mayor Francisco Jr., para que conozca el lugar de origen de su padre. Le cuenta a Josefa que Antonio ya no es el mismo, el alcoholismo lo consume lentamente; después que sus abuelos murieron y sus padres viven en Francia, se ha quedado solo. Francisco sigue relatando a Josefa; que, aunque ha querido ayudarlo no ha podido, porque la determinación de cambiar su vida es de él; la ayuda se la ha ofrecido varias veces, pero la ha rechazado, le duele que su amigo y casi hermano, esté padeciendo de esa maldita adicción, sin poder hacer nada. Antonio continúa en esa condición, hasta encontrarse con la muerte.

Josefa llora por Antonio y sufre en silencio, pero no dice nada. Se calla la verdadera existencia de Julia y si el destino le da una oportunidad de tenerla frente a él, entonces podrá contarle la verdad.

Erick le promete a Francisco regresar pronto y que lo espere para ir con él a España, quiere ir con su familia y así poder conocer a Antonio; pues su padre le hablaba mucho de sus mejores amigos y prácticamente como sus hermanos. Con esa promesa, la joven Martina accede a viajar de nuevo "al monte", como ella le llama a las afueras de la ciudad.

Por los arreglos de las nuevas carreteras, el camino está en muy deteriorables condiciones, Erick toma la decisión de usar de nuevo el carruaje y no arriesgarse a que el automóvil se quede a medio camino; pues por referencias del caporal Pedro, sabe que será muy mala decisión ir en auto.

El carruaje no puede ir muy rápido y retrasa el viaje, el camino parece estar peor de cuando viajaron la última vez. Está entrando la noche y Pedro le dice a Erick que no se desespere, que ya falta poco para llegar a la casona. La joven Martina pide que pare el carruaje, necesita ir hacer sus necesidades fisiológicas. Erick molesto y antes de que dijera algo, Josefa se adelanta a decir:

—¡No te molestes mi niño!, yo acompaño a mi niña Martina.

Erick lo único que puede decir ante la cara de ternura de su mamá Chepa es:

—¡Apúrense!, no te vaya a salir una culebra

por ay… ¡[24]Patoja antojada!

Ellas ligeramente se pierden en el matorral; no han pasado ni cinco minutos, cuando escuchan la explosión de un revólver M1898 y luego varios disparos continuos. Martina sale despavorida, pero Josefa la detiene del vestido, tumbándola al monte; le tapa la boca y con señas le dice silencio. Martina comienza a llorar desconsoladamente, Josefa no la suelta y le mantiene la boca tapada, despacio le dice que van a esperar sin hacer ruido.

Han tenido una emboscada por los opositores. Comenzaba a darse una serie de crímenes políticos y los han confundido como a uno de ellos. ¡Han sido cruelmente acribillados!

Erick aún con vida alcanza a estirarse cerca del cuerpo de Julia; suplica a Dios que su hija pudiera huir, recuesta su cuerpo al de su amada Julia y junto a ella da su último respiro.

Los delincuentes no contentos con los asesinatos queman la diligencia, con todos los cuerpos y con lo que no pueden llevarse.

Uno de los bandidos dice:

—Busquen entre los matorrales, parece que hay más gente, no podemos dejar testigos.

Josefa al escuchar esas palabras; toma de los brazos a Martina y con señas le dice que van a

---

[24] *Patoja: Que está en el período de la vida entre la niñez y la edad madura*

caminar rumbo al barranco. No saben por dónde caminan, pero logran esconderse. El cuerpo de Martina está en un constante temblor, sin saber si es por la fresca noche o por el miedo del suceso. Se quedan en total sosiego, hasta sentir que los delincuentes se han marchado, llevándose los caballos del carruaje.

Martina se queda dormida en el pecho de Josefa, se sobresalta durante toda la noche, Josefa no pega el ojo para cuidar el sueño de su niña. Les ha llegado la madrugada y apenas Josefa quiere cerrar los ojos, cuando escucha un ruido fuerte y enseguida abre los ojos; se queda inmóvil, moviendo las pupilas de un lado a otro, pero solo puede escuchar el canto de las aves y el ruido que produce un riachuelo. Mira a su niña muy acurrucada en su costado, con ternura y mucho cuidado, acaricia los cabellos de Martina y le quita una que otra hoja, que se le ha prendido como imán a la cabellera de la jovencita.

—¡Mi niña!

Le dice Josefa al ras del oído, asustada Martina, se para de golpe y agitada le dice:

—¿Qué pasó?, ¡Mis padres!... ¿Dónde están?

¡Desesperada!, comienza a gatear, tratando de subir la loma, donde rodaron para mantenerse a salvo. Josefa la sostiene de un pie y con voz suave trata de detener a Martina.

—¡Mi niña!, despacio, no sabemos qué ha

pasado allá arriba, tenemos que ir con cautela.

Martina patalea, tratando de soltar su pie de las manos de Josefa, llora desconsoladamente y le dice:

—¡Dejame abue!, quiero ir a ver qué ha sucedido con mis padres.

Josefa, alcanzando las manos de Martina, le dice que irán despacio y con mucha precaución.

—¡Por favor mi niña!, no seas imprudente, tratá de controlarte; no sabemos dónde estamos, no sabemos qué ha pasado, debemos tener cuidado, ¡Solo haceme caso!

—Vaya abue, pero entendeme, son mis padres y me muero si algo les pasa.

Gateando poco a poco van subiendo la cuesta; Josefa va adelante, olfateando como un sabueso y sus ojos parecen de águila, alcanzando a mirar todo a su alrededor y a larga distancia. Josefa siente algo extraño que toca sus manos, es un bolso de cuero. Allí traía Erick los documentos de la hacienda, dinero y otros escritos. Erick al percatarse de ser atacados, había lanzado el bolso al barranco. Josefa se cruza el bolso y siguen subiendo despacio, estando al nivel de la orilla, alcanzan a ver que aún humea el carruaje. Martina grita tan fuerte, que las aves salen despavoridas de los árboles, quiere salir corriendo en dirección del incidente y Josefa la detiene. La abraza y trata de enmudecer los estruendosos gritos, pues no saben qué ha pasado realmente. Las dos abrazadas, tiradas de rodillas en aquella desolada tierra, están llorando sin consuelo. Al buen rato recobran conciencia y de a poco van entendiendo lo que ha sucedido. Al estar cerca del carruaje, miran los cuerpos carbonizados y Martina se refugia en los brazos de Josefa y entre llanto desmedido le dice:

—¡¡¡Abue!!!, ¿Quién pudo hacerle esto a mis padres? ¡Es una crueldad abue!, ¿Qué voy a hacer sin ellos? ¿Por qué abue? ¡Me siento morir abue!

Los ojos de Martina irradian un terrible asombro ante la escena que visualiza, temblando en los brazos de Josefa, quien casi no puede sostenerse en pie; su cuerpo pesado por la avanzada edad y el dolor que le causa la muerte de los que ha considerado sus hijos, la tienen al borde de desplomarse. Algunos pensamientos se cruzan en su aturdida mente, no puede entender cómo existen personas tan salvajes. Sus ojos llorosos sin querer desprenderse de los cuerpos carbonizados, pero reacciona ante la tragedia y le dice a Martina que deben irse lo más pronto posible de ese macabro lugar y buscar ayuda.

Josefa hace reaccionar a Martina y le dice que seguirán la carretera por la vereda; el aspecto que llevan no puede delatarlas, que son de la ciudad. A lo lejos ven venir a un anciano, ellas apresuran el paso para el encuentro con el hombre. Josefa con la amabilidad que la caracteriza, pregunta qué tan lejos está la hacienda Martina. El señor les indica por donde irse; no está tan lejos les termina de decir.

Casi llegando a la entrada de la hacienda; Josefa mira por todos lados, siente los ojos de alguien y apresura más el paso. Martina vuelve a sentir aquella sensación, que sintió cuando vio a Demesio en el lecho de muerte de su abuelo, pero no dice palabra. Entre los matorrales anda Demesio; sus ojos profundos como la noche, quedan deslumbrados por la belleza de Martina. Debajo del vestido sucio con algunos rasgones, con los cabellos alborotados y llenos de tierra, algunos rasguños y moretones, él puede ver hasta su color de piel porcelana, pero no distingue quién es.

Los rumores han desprestigiado la imagen de Demesio y se ha convertido en un áspero y silencioso hombre. Puede notarse los hilos de plata y su piel desgastada por el tiempo, sin perder el porte de hombre fuerte y decisivo.

Después de la muerte del Junior Meyer, Demesio no ha vuelto a asomarse por la hacienda Martina. Josefa a pesar de los años saca fuerzas, para no soltar del brazo a Martina. El corazón de la joven se escucha como tambor abrumado y casi sin aliento le dice:

—¡Pará abue!, siento que me desmayo.

—Ya mero llegamos no desistás; mirá mi

niña, ya se ve algo por allá.

Por los arbustos sigue Demesio, como lobo hambriento, vigilante, paso a paso detrás de ellas y Josefa voltea a ver por los matorrales. Por un momento siente ser descubierto por la mirada de la anciana. La gran entrada está desolada, miran el nombre de Martina, descolgado de una esquina y les da alivio de haber llegado. Casi sin fuerzas, confabulado con el desgaste de las mujeres, caen al pie del gran [25]zaguán. De una caseta vieja, aparece el [26]centinela con cara de enojo y las echa a empujones. Retomando fuerzas Josefa le advierte que se arrepentirá, si no ayuda a la dueña de la hacienda Martina. El hombre incrédulo las sigue empujando y Martina molesta por la actitud del guardia, le dice con voz autoritaria:

—Soy Martina Meyer, tenía ocho años cuando vine con mi padre, el día que murió mi abuelo.

El hombre apenado, pide disculpas y las ayuda a llegar a la casona.

Entrada la tarde, van llegando las mujeres a la casona. Josefa les cuenta la desgarradora travesía que han vivido. ¡Terrible desgracia! Josefa manda a buscar lo que se pueda recuperar de los cuerpos, para darles santa sepultura.

Demesio vuelve a su choza y entra

---

[25] *Zaguán: Entrada antes de llegar a la casa*
[26] *Centinela: Persona que vigila*

desesperado a la cueva. Busca consultar a los abuelos y abuelas, que le den respuesta a ese extraño sentimiento que lo ahoga y no puede discernir... quiere entender qué es ese abrumador pesar que causa la joven en él. La respuesta fue muy clara, pero él no obedece la contestación que recibe del fuego. Utiliza sus dones sin permiso y realiza su mejor embrujo, condenando su propia vida y la de su tercera o hasta cuarta generación.

Sale de la choza como siempre lo ha hecho, esperando encontrarse con el amor, aunque la tarde anterior, él cree haberlo encontrado. Sus ojos tienen otro brillo, ahora quiere cambiar el destino. Visita la hacienda Martina, va recordando los buenos momentos que pasó cuando en vida, visitaba a su amigo, desde ese entonces ya no recordaba algunos detalles de cómo en realidad, es la casona. El estilo de caminar solo ha cambiado en la lentitud de sus pasos; el porte que lo caracteriza sigue siendo el mismo. Al primer mozo que se le cruza, pregunta por las mujeres, le dice que las ha visto entrar a ese lugar, sin salir. El mozo sin decir palabra se apresura a decirle a Josefa del hombre, pues su presencia causa temor a quienes lo miran. De inmediato lo llevan frente a Josefa y Demesio por un momento desconoce quiénes son las mujeres, él solo busca a la joven.

Josefa recuerda quién es él y enseguida le hace reverencia como el tata que es, dándole un beso en la mano y agradece que esté allí. Le cuenta los hechos, sin saber que Demesio va con otra intención, se ha segado por poseer a Martina. Él pide ver a la joven; ella está postrada en cama, deshidratada, sin fuerza alguna. Al verla, inhala aire soltando un suspiro, que estremece el cuerpo de la joven y antes que ella despierte, sale de la habitación. Saca de su morral una botella, tapada con un [27]olote, donde lleva el brebaje de su hechizo. Le deja las instrucciones a Josefa, como lo hace un médico y como fantasma desaparece.

Los periódicos de la ciudad publican la noticia; "La diligencia donde viajaba la familia Meyer fue asaltada y quemada, no hubo ningún sobreviviente". Francisco al leer la noticia, llora junto a su hijo, no puede creer tantas desgracias. Lo que aún los ha mantenido en el país es la espera del regreso de la familia Meyer, para viajar a España como lo habían acordado. Sin averiguar a fondo las circunstancias del asesinato, regresan a España; están asustados de los acontecimientos violentos que hay en el país.

El gobierno se apodera de todos los bienes de los Meyer y los campesinos han sido desalojados y despojados de las tierras, que en vida Martina y el Junior Meyer, ya se las habían donado legalmente. La ambición no tiene piedad, con los deseos establecidos por los antiguos dueños de las tierras,

---

[27] *Olote: Parte central de la mazorca de maíz*

los títulos han sido cambiados y el más necesitado se queda sin protección y a la deriva de la desgracia. Josefa está preocupada, porque nadie de la ciudad llega a la hacienda Martina, si ya ha enviado muchos mensajes. Ella no puede entender, porqué han sido abandonadas por las amistades de la familia; que ni siquiera Francisco, que ella sabe que los está esperando, no se ha asomado. Demesio es el culpable; desaparece toda oportunidad que pueda alejarlo del amor de Martina. De a poco va recuperándose Martina; llama a Josefa sin saber que su voluntad, ya le pertenece a Demesio. Toma las manos de Josefa y con sus ojos lánguidos la mira y le dice:

—¡Abue Chepa!, ¿Dónde está Demesio?

—¿Por qué preguntás por ese señor?, si ni siquiera te has dado cuenta, cuando él viene a curarte.

—Si me he dado cuenta abue y he visto con qué amor me ha curado y no quiero que se separe de mí.

Josefa queda estupefacta al escuchar a Martina; sus palabras llevan un timbre a enamoramiento. Martina insiste en ver a Demesio y Josefa sin desearlo, manda a buscarlo. Él ha esperado paciente que su hechizo haga efecto, tiene ropa nueva y la cueva está llena de flores y candelas rojas. Ha llegado el día que tanto ha esperado, el día que la propia Martina lo manda llamar. Josefa está aturdida de las decisiones de Martina, es como si fuera otra persona que habla por ella. No hay poder humano capaz de hacerla cambiar de parecer, Josefa quiere entender, qué le ha pasado a su niña. Ella sabe muy bien que desde el primer día que conoció al hijo de Francisco, se enamoró de él. Josefa quiere entender en qué momento esos sentimientos cambiaron. Al llegar Demesio, Josefa lo para en seco; lo mira de pies a cabeza y con ojos de ira y casi gritando, menciona palabras hirientes:

—He tenido respeto a su persona desde que lo conozco, porque a los guías espirituales, los tatas buenos, eso se merecen, pero dígame tata ¿Qué ha pasado con la amistad que mi amo le brindó, se ha dado cuenta la edad que usted tiene y que ella es una niña?, está ilusionada como toda jovencita... ¡Usted vino y le hizo brujería! ¿Así paga el respeto y el cariño que le dimos?, no creo que los abuelos y abuelas, aprueben lo que está haciendo. ¡Libere a mi niña de sus hechizos, déjela vivir... regrésele su voluntad!

Él está estático y en silencio, da un golpe muy fuerte al suelo con su bastón y clava sus ojos negros en la mirada de Josefa, sin remordimiento solo menciona:

—¡Ya está hecho!

Dejando sentenciada a Josefa, sigue caminando hacia la habitación de Martina. Josefa se queda paralizada por un rato y no vuelve a pronunciar palabra. Después de unos días Josefa al no poder hablar, le escribe a Martina que deben regresar a la ciudad. Los ojos verdosos de Martina están llenos de un brillo extraño y, le dice a Josefa que no volverá; que su único deseo es casarse con Demesio. Esa decisión casi mata a Josefa de un infarto. La boda se realiza entre ellos; el día está gris, como señal de una rotunda desaprobación del universo.

La niña se convierte en mujer y Josefa llora amargamente, sin poder proteger a su niña de las garras de ese demonio. De rodillas pide perdón a sus muertos, por no saber qué hacer ante la infame condena, que se ha apoderado de la que considera su nieta. Poco a poco se va deteriorando la hacienda; la presencia de Demesio como patrón, espanta a los trabajadores y se van yendo de a poco. Josefa quiere gritar y hacer que Martina se despierte de esa pesadilla y al no poder expresar palabra, le escribe pequeñas notas, sin ella leer ninguno de los mensajes.

En tan pocos meses el aire se siente pesado, los ojos de Demesio están por todos lados. Del día de navidad, no se supo en la casona, ha pasado como un día cualquiera y, del año nuevo, Josefa se da cuenta por algunos alborotos que a lo lejos se escucha. Con señas se da a entender, como queriendo saber qué es lo que sucede y el único mozo que queda todavía, le dice que es año nuevo. Josefa no puede creer todo lo que en tan poco tiempo ha sucedido; le ruega a Dios que le de fuerzas y un poco más de vida, para poder rescatar a su niña de las manos de terrible monstruo, en que se ha convertido Demesio.

Es la época, cuando las almas en pena no dejan en paz a los vivos y las leyendas se vuelven creíbles. La hermosa Martina parece sonámbula, el vientre abultado y poca alegría en su rostro. Josefa ya camina lento, la corrosión de los años y el trabajo duro la agota a diario; el amor por su niña la ha mantenido viva. La muerte se pasea por todo el mundo, se ha desatado una descomunal epidemia; los muertos esperan en fila a las orillas de sus propias banquetas, esperando la purificación de sus pecados. Algunos dicen que ya es el fin del mundo.

Martina cumple sus dieciséis años y es una fecha que solo Josefa puede recordar. Con los pocos utensilios que hay en la cocina y lo que pudo conseguir de alimentos, le prepara un delicioso almuerzo a la cumpleañera. Todos los trabajadores han dejado la hacienda Martina, no hay nadie para atender los quehaceres y en tan pocos meses se ha convertido en una pocilga. Josefa hace el esfuerzo de cocinar los alimentos, mantener los trapos limpios y atender a su niña.

DESTINO MIGRANTE

CUARTA GENERACIÓN

En aquel cuarto inservible, lleno de escombros y poca limpieza, Martina comienza su labor de parto. Josefa desesperada y con señas le dice a Demesio que su niña necesita un doctor o por lo menos una comadrona. Lo único que recibe es la mirada intimidante y amenazadora de Demesio, pareciera que no le importa la vida de Martina y menos de la criatura. Con su cara agria y con voz ronca le ordena a Josefa que busque agua caliente y lienzos.

Él ya tiene todo preparado, para atender el nacimiento de la criatura. No es la primera vez que lo hace, ha sido el curandero de los aldeanos y por falta de comadrona, Demesio ha atendido partos de algunas mujeres de los alrededores de la región. Josefa solo ruega a Dios que la vida de su niña Martina y de la criatura estén a salvo. El milagro sorprende a Josefa y hasta al mismo Demesio, cuando ven que Martina da a luz de inmediato y sin complicaciones. Quizá haya sido por la juventud que tiene Martina o el destino marcando un nuevo comienzo. Demesio lava y limpia a la criatura, la envuelve en una manta de algodón, se la alcanza a Martina y sin felicidad alguna, solo dice:

—¡Es hembra!

Y se retira del cuarto.

Martina toma entre sus brazos a la pequeña y acariciando su sedosa cabecita dice:

—Serás mi motivo de vida y te llamarás Julia en honor a mi madre.

La lleva contra su pecho y al sentir su corazoncito latir, ha sido como despertar de una pesadilla. Extiende su mano para tomar la de Josefa y suspirando profundamente, le dice:

—¡Abue!, acercate, mirá... parece una muñequita.

Josefa está bañada en lágrimas.

—¡No llorés abue Chepa!, después de tantas desgracias, ella ha llegado a aliviar tanto sufrimiento.

Josefa besa las manos de Martina y sostiene entre sus brazos a la recién nacida. Parece que todo vuelve a la normalidad y, en uno de esos momentos de lucidez que tiene Martina, Josefa hace el último intento de persuadir a su niña y escribe:

"No tomés ningún remedio de Demesio".

La joven Martina no entiende, porqué su abue Chepa le escribe esas palabras, pero obedece.

Poco a poco los brebajes han ido menguando y la mente de Martina, comienza a tener raciocinio. Comienza a hilar los acontecimientos y empieza a sentir repudio por Demesio.

Con lo poco que queda en la hacienda, por el descuido y los destrozos del último terremoto, Martina comienza a darle forma de hogar. Comienza a entrar claridad y frescura. Josefa se ha desgastado demasiado y con las pocas fuerzas que aún le quedan, ayuda a Martina a limpiar y olorizar los espacios recuperables. Josefa solo espera la muerte, pero delante de Martina se hace la fuerte y le inyecta valentía.

Antes de cualquier otro acontecimiento, le escribe la última carta:

Hacienda Martina, 2 de septiembre de 1918

Querida nieta de mi alma:

Quizá cuando leas estas letras ya esté muerta. No te escribo para alarmarte, sé que sos fuerte como lo fue en vida tu abuela Martina y tu abuelo Roderick; sos valiente como lo fue tu mamá Julia y tu papá Erick.

Te escribo para decirte que te amo con todo mi corazón y has sido la niña de mis ojos, tal y como lo fueron tus padres.

No olvidés lo que te enseñamos; practicá las

recetas que hacíamos con tu mamá, recetas de las abuelas. Contá a tu hija, nuestra historia y la historia de tus antepasados, no vayás a dejar que muera nuestro recuerdo.

No dejés que la sombra negra de Demesio opaque tu luz. Pasá tus conocimientos a tus hijos, si es que tenés más. La sangre se mantiene viva a través de las costumbres y tradiciones; que el recuerdo de tu herencia prevalezca de generación en generación.

El bolso de cuero de tu padre está bajo mi cama, removí algunas maderas del piso y abrí un agujero donde la escondí; tiene los registros de la hacienda y algo de dinero. Demesio era bueno, pero no sé qué lo hizo tan malvado. No lo provoqués y solo seguí manteniéndote a salvo para que podás proteger a tu hija.

Se despide, tu abue Chepa.

Al terminar de escribir la carta, Josefa trata de mantenerla cerca de ella, para dársela a Martina en el momento preciso.

Cuando cae la lluvia por aquellos lares, son torrenciales, con rayos y centellas; y no cesa por largos días. Las cubetas no son suficientes, para evitar que dentro de lo que queda de la casona se convierta en un río.

Martina empieza a recobrar su elegancia y

valentía; la alegría del chamán ha durado unos cuantos meses, ella en momentos de lucidez, alegra su rostro con alguna sonrisa. Demesio de vez en cuando visita su choza; allí mantiene todos los ingredientes y se llena de energía. Lo agobia el distanciamiento de Martina, sin embargo, ella lo atiende en casi todos los deberes de esposa, excepto en la intimidad.

Josefa trata de no encontrarse con Demesio, ni en los corredores ni en la cocina, las veces que coinciden, a ella le causa malestar estomacal. Un día ella decide escribir unas letras para Demesio.

Señor Demesio:

Le suplico, por la memoria de mi amo Roderick y de su hijo Erick, que libere a mi niña Martina de su magia negra.

Mantiene la nota en la bolsa de su vestido, para dárselo en algún momento que coincidan. Lo ve que viene por el corredor y en esta ocasión no lo evita, se le pone enfrente. Le hace señas que se detenga, saca del bolsillo de su vestido el papel y le indica que lo lea. Demesio con cara de enojo, arrebata el papel y comienza a romperlo y, sin detenerse dice furioso:

—¡No se leer, ni se escribir!

Así, se pierde en uno de los cuartos.

La pequeña Julia cumple seis meses; sus ojos oscuros como el café, observa a las mujeres en la cocina. Sabe que están preparando el puré de papa que tanto le gusta. Josefa se sostiene de la rústica mesa que está en medio de la cocina y poco a poco va buscando un lugar donde sentarse, su cuerpo se desploma en una silla vieja, que está cerca de la niña Julia. Martina no puede contener su angustia y grita:

—¡Abue Chepa! ¿Qué tenés?

—Ya es hora de reunirme con mis muertos mi niña, no estés triste.

Con su mano temblorosa y despacio, busca en el bolsillo de su vestido, la carta que ya había escrito, ha llegado la hora perfecta, de ser entregada. Martina llama a gritos a la muchacha que le ha llevado Demesio, para que le ayude en los quehaceres. Julia da gritos asustada, sin entender lo que está sucediendo.

No ha sido la peste de la gripe, ni tampoco el paludismo, que acaba con la vida de Josefa. Sus fuerzas han ido mermando de a poco. La tristeza de sus difuntos, el dolor de ver a su niña poseída por ese maligno, todo lo ha guardado en silencio. El cansancio le ha ganado la batalla y con esfuerzo les deja la bendición a sus pequeñas marquesitas.

Martina llora hasta el amanecer, junto al cadáver de su querida abue Chepa. Las lágrimas le van limpiando el alma y el dolor que siente por la pérdida de Josefa, la hace más fuerte. Le da santa sepultura al lado de Erick y Julia. Josefa descansa en paz, a sus setenta años. Martina siembra claveles alrededor de las tumbas.

Demesio por días no aparece por la casona; Martina no extraña la ausencia de su esposo, su atención está dedicada a la pequeña Julia. Martina emprende una pequeña venta de conservas (manzanas y cerezos), da principio a poner en práctica, todos los conocimientos que ha aprendido, cuando en vida le enseñaron Josefa y Julia. A su corta edad aprende a ser independiente y de carácter valiente. Carga a su hija como lo hacen las mujeres campesinas y camina hasta el pueblo, para vender las conservas. Por el porte que luce, le llaman la extranjera; nunca la han relacionado como la esposa del chamán. Cada vez que va al pueblo, compra el periódico para estar informada de los acontecimientos del momento. Una de esas veces, busca el periódico en el lugar de siempre y pregunta si se ha agotado, porque no mira ni un periódico. El señor de la tienda le dice que ha dejado de circular; las imprentas han sido confiscadas por el gobierno, éste repudia el periodismo.

Julia crece tan hermosa como el linaje de sus abuelas. Ya puede sostener un lápiz a sus tres años, Martina le enseña a leer y a escribir a temprana edad; desea que su hija se eduque, tal como lo hicieron con ella. Julia se va formando como una guerrera, igual que su madre, con los dones de su padre.

Demesio desolado por el desamor de su amada; se refugia en la vieja choza y bebe tanto [28] guaro como puede. Regresa a la casona, entrando directamente a la habitación de Martina y bruscamente se lanza sobre ella. Martina no se resiste y no hace ningún escándalo. Evitando que la pequeña no se dé cuenta, de la profanación que comete su padre.

Al siguiente día Martina toma valor y lo enfrenta, con fuerza en su voz y un machete en mano, se acerca al temido brujo y le dice:

—¡Don Demesio Yoc!… No sé qué porquería me ha dado y no sé qué poderes tiene para que me mantenga a su lado; pero desde este momento no vuelve a ultrajar mi cuerpo. Estaré aquí hasta el día que me muera, pero jamás volverá acercarse a mí; el día que vuelva hacerlo, ese día estará muerto.

Demesio queda perplejo de ver el machete levantado por Martina. Ni los brebajes, ni el poderío como brujo, puede evitar que Martina se defienda como una leona y desde ese día, él sólo llega a ingerir sus alimentos.

Martina todas las noches al llevar a la cama a su pequeña y antes de que Julia se duerma, le cuenta las historias de sus abuelos y abuelas. Aunque no sabe si la niña de cinco años comprende, también le da instrucciones qué hacer,

---

[28] *Guaro: Aguardiente, bebida alcohólica.*

si algún día ella le falta. Le repite una y otra vez cada noche, los mismos relatos. Martina aprovecha cada minuto del tiempo, enseñando a Julia a sobrevivir. Es como si presintiera que su vida pronto dejará de existir y se preocupa porque su hija aún es muy pequeña.

Las dos únicas veces que Demesio ha tenido intimidad con Martina, esas dos veces la embaraza y Martina vuelve a estar de nuevo con los dolores de parto. Demesio está frente a ella, atendiendo el nacimiento del segundo embarazo, él no abre la boca y solo se escuchan los gemidos de Martina. No ha pasado mucho tiempo, cuando se oye el llanto de la criatura. Demesio espera que sea varón y apenas se escucha el murmullo que dice:

—¡Qué desgracia, otra hembra!

Sin decir más, deja a la bebé encima del cuerpo de Martina y se pierde en la oscuridad de la noche. La mujer que acompaña a Martina por todos lados, la limpia y le da a beber un té, con desconfianza Martina mira el vaso. María de Jesús la mira y con un acento campesino advierte:

—¡Tómeselo patrona!, yo lo hice, es remedio de mi mamá, dice que sirve para sanar por dentro a las recién paridas.

Martina lo recibe y todavía con desconfianza, solo da un par de sorbos; enseguida le pregunta por la pequeña Julia. La Chus, como le llaman a la criada, le dice a Martina, que la niña duerme y que no debe preocuparse por ella, que la ha atendido tal como se lo ordenó... todo al pie de la letra. Al tener en brazos a su recién nacida, la mira y le acaricia su cabecita. Se sonríe con ella y con voz suave le dice:

—¡Mi pequeña!... tan bella como mi bisabuela Katherine, no la conocí en persona, pero la vi en la fotografía, que mantenía mi abuelo, junto a mi bisabuelo; somos muy parecidas a ella.

Riendo y llorando a la misma vez, sigue acariciando a la pequeña y continúa hablándole:

—¡Cómo nos cambió la vida de un momento a otro!, pero aquí estoy hija mía, ¡fuerte! para tu hermana y para ti. Ustedes son mi motivo de vivir y volveré a recuperar nuestra historia. Te llamarás Victoria, porque has sido mi fuerza y me diste valor, para ponerle un alto a los abusos de tu padre.

La responsabilidad para Martina es doble, pero no se da por vencida. Cada día tiene una nueva idea y La Chus se ha convertido en su mano derecha. Dos veces a la semana, La Chus va al mercado del pueblo a vender las conservas y a comprar insumos. No todo el tiempo hay manzanas y cerezos, pero a falta de estos ingredientes, Martina los reemplaza por mangos y jocotes. En la región sobreabundan estas frutas y sobre todo en sus terrenos. La receta que emplea para la elaboración sigue siendo la misma, que aprendió con su madre Julia y Josefa, ellas seguían la receta del ama de llaves de Roderick, "su querida Oma". Las conservas han gustado mucho y los pedidos han aumentado. Martina cada vez que elabora las conservas o alguna otra receta que le enseñaron, viene a su memoria las historias de su abue Chepa y las carcajadas de su madre Julia, en la enorme cocina de la casona, en la gran ciudad. ¡Quiere mantener vivos esos recuerdos!

En cada receta que realiza, ya sea de las conservas o de cualquier otra comida, con muecas de alegría se las va enseñando a su hija Julia. La niña a los ocho años de vida ya sabe realizar las recetas de su madre y todo lo que ella le enseña lo aprende rápido.

Cerca de la casona hay un riachuelo y Martina se las ingenia, para hacerles pasar asombrosos días de campo a sus hijas. Piedra sobre piedra, alrededor del área donde más agua hay, ha creado una posa, las niñas gozan de la creatividad de su madre. Martina mientras observa a sus hijas, nota que, en las orillas del riachuelo, se mueve mucho el agua. Se va acercando despacio, para saber de qué se trata. Se da cuenta que hay pequeñas cuevas, de donde sale lo que hace que el agua se alborote.

Busca la cubeta donde lleva fruta para las niñas, se quita el pañuelo que trae en la cabeza y atrapa al primer [29]juilín; hay muchos de ellos que se esconden dentro de las cuevas. Martina siente algo extraño en sus pies y se queda quieta por un momento; la profundidad de la orilla del riachuelo no le pasa arriba del tobillo, despacio y con el mismo pañuelo va tentando para sacar lo que le causa molestia, cuando saca su mano y mira de qué se trata, su alegría es tan grande que exclama:

—¡¡¡Camarones!!!

Hace un buen tiempo que no los ha visto y ahora puede llevarlos gratis a su mesa. Se le nota la felicidad, porque aumenta su gama alimenticia. La mayoría de los alimentos que lleva a la mesa, ella los cultiva y cría aves de corral. La inteligencia, el conocimiento y la creatividad, los ha puesto en práctica para que nada les falte a sus hijas. Se fabrica una red, para pescar juilines y sacar camarones. La pequeña Julia ayuda a su madre y en una de esas veces, nota que algo se esconde ligeramente entre las piedras, le grita a Martina que mire de que se trata. Martina con cuidado mueve una de las piedras y descubre un caparazón negro con grandes tenazas, que están preparadas para atacar. Con cuidado lo atrapa y se da cuenta que en el riachuelo también hay cangrejos. En la temporada que brotan estos animales ellas aprovechan para ir de cacería.

Martina hace de muchas maneras los

---

[29] *Juilín: Tipo de pescado*

pescados, los camarones y los cangrejos. Han ido a sacar camarones y Martina está en la cocina, preparando un sabroso platillo. Las niñas están alrededor de ella y le dice a La Chus:

—¡Chusita! Andá a cortar [30]culantro, hierbabuena y limones ¡por favor!, los demás ingredientes ya los tengo.

La curiosidad de Julia no se hace esperar y pregunta a su madre:

—¿Qué vamos a preparar mamita? ¿Por qué está picando el camarón?

Martina ante las preguntas de su hija le dice:

—Alcanzame el tomate y la cebolla… ¡ya verás qué mezcla más deliciosa vamos a preparar!, vamos a picar todo muy finito, pero primero cocemos el camarón con bastante jugo de limón y después mezclamos todo lo picado; dejamos conservar un buen rato y lo sazonamos con sal y pimienta. [31]Cabal el tiempo que La Chus utilizará para hacer las tortillas y entonces probaremos qué tal nos ha quedado. Por separado voy a picar bien finito unos [32]chiltepes y la que guste le echa picante.

—¡Mmmmmm… mamita!, se me hace agua la boca.

Y con voz de patrona le dice a La Chus:

---

[30] *Culantro: Cilantro*
[31] *Cabal: Exacto*
[32] *Chiltepe: Variedad de chile silvestre*

—¡Apurate Chus a echar las tortillas!

El [33]poyo siempre está humeando y Martina se asegura que no falte la leña, de lo contrario les dice a las niñas que irán de paseo. El bello paseo que les organiza se trata de un recorrido por los terrenos de la hacienda, buscando [34]chiriviscos, frutas de la temporada y contándoles una que otra anécdota de su familia. Así ha mantenido felices a sus hijas y el fuego encendido, listo para cocinar los sabrosos alimentos.

Martina agradece a Dios en cada tiempo de comida, porque no les ha faltado alimento. Ha podido mantener sanas a sus hijas y les va inculcando las buenas costumbres que a ella le enseñaron. Julia y Victoria, van aprendiendo a ser agradecidas.

La Chus es la encargada de hacer las tortillas, muele el [35]nixtamal en la piedra de moler maíz, prepara las bolitas de masa y a mano va dando forma a las tortillas que terminan tendidas en el enorme [36]comal de barro. Julia también las aprende hacer. ¡Le encanta el aprendizaje!

En el fogón se denota un jarro de barro, desgastado por el uso continuo que recibe; en él se hierve el café que Martina ha elaborado con

---

[33] *Poyo: Fogón de leña*
[34] *Chiriviscos: Ramas secas*
[35] *Nixtamal: Maíz cocido con cal*
[36] *Comal: Disco o plato grande de barro cocido*

anterioridad y luego es colado en un artefacto hecho de manta.

Las pocas matas de café y de cacao que aún quedan en la hacienda, han sido rescatadas por Martina y son las que le proveen el delicioso café que aroman las mañanas de aquella casa y por las tardes, huele a chocolate.

Todas las actividades que realiza Martina con sus hijas, las vuelve divertidas. Desde el corte de café, hasta cada uno de sus procesos de elaboración. De igual manera lo hace con el cacao. Entre juegos y risas, las niñas van aprendiendo, sobre todo Julia, que es observadora y pregunta todo lo que no entiende. Martina les ha inyectado seguridad.

En esas idas al pueblo se ha comprado un destartalado molinillo de café, que le ha aliviado el trabajo de moler en piedra.

Parece que la vida comienza a tomar un nuevo cauce. Martina hasta se ha olvidado de volver a la ciudad, ha encontrado su propia felicidad al lado de sus hijas y prefiere no arriesgarse a que algo malo les pueda hacer Demesio. Muy poco mira al pérfido de Demesio por los alrededores, y ella cree que todo florece de felicidad, pero el hombre trae una espina que de alguna manera quiere sacarla.

La inconformidad de ser ignorado lo atormenta a diario y en las sombras se oculta, como tramando algo maligno. Martina a diario enseña a las niñas a prepararse mental y físicamente, como si presintiera que no estará con ellas. Antes que las pequeñas se duerman; como si les estuviera relatando un cuento, ellas están atentas a la voz de Martina y con mímicas les dice:

—¡Mis niñas!, nadie tiene el derecho de hacerles daño y ni ustedes tampoco a hacer daño, eso sí, si alguien se atreve a intentarlo, con sus propias uñas y dientes, deben de salvarse.

En medio de sus relatos les gruñe como una gata, ellas están tan concentradas, que dan un brinco de susto y Martina se tira en la cama para hacerles cosquillas. Entre risas y juegos, terminan rendidas las pequeñas traviesas, sin antes agradecer a Dios, por un día más de vida. Julia ya está preparada y entiende lo que debe hacer, si se le presenta cualquier suceso.

Demesio de lejos observa todo lo que hace Martina y por su ignorancia no le gusta, ni le brinda el apoyo y hace todo lo contrario. Sus burlas no ofenden a Martina; él siempre le dice que nunca será aceptada en la gran sociedad y que termine de acostumbrarse a vivir en esos lares, sin las costumbres de los ladinos. Ella sabe que no volverá a recuperar lo que le corresponde, por herencia de sus padres y no tiene idea qué ha pasado con los bienes en la gran ciudad. Para ella las palabras de Demesio son huecas y las ignora como todas las acciones que él realiza contra ella.

Martina no sabe qué puede pasar más adelante, solo disfruta al máximo la vida con sus pequeñas y se ha olvidado del mundo exterior. Ella ha creado un mundo diferente para sus hijas y las prepara día a día. ¡Quiere dejarles su propio legado!

Enfurecido está Demesio, porque a Martina ni las ofensas le hacen daño y sabiendo que si vuelve a tocarla es hombre muerto. Lentamente muere al ver que Martina cada día está más hermosa y llena de vida y él, cada día más viejo y amargado.

Como ya es costumbre, Martina está a la orilla del riachuelo con las niñas y Demesio se asoma para discutir con ella. Solo ha discutido él, porque ella no le presta atención. Es tanto su enojo que no lo soporta y enfurecido va a la choza. Vuelve a encerrarse por días en la cueva, desempolva los ingredientes, sacude las hierbas, usa sus poderes malévolos y vuelve a desobedecer, sin medir las consecuencias. Tanto es el dolor que lo mata de a poco, que, en su desespero, realiza un ritual de muerte. El desgaste que le ha provocado el ritual, lo ha dejado tumbado en el suelo, por un par de días, se despierta del trance y llora su deshonra ante los abuelos y abuelas.

El día parece refulgente; muy temprano Martina le dice a La Chus que es un buen día para lavar. Llevan la ropa al riachuelo, pues Martina ha preparado un lavadero y se le hace más fácil lavar la ropa allí, que en la cuarteada [37]pila de piedra que su abuelo mandó hacer junto al pozo. En los largos lazos amarrados de un árbol a otro, tienden toda la ropa. Ya para el atardecer; Martina no quiere que las niñas anden afuera y ordena a La Chus que las lleve a la cocina y vaya adelantando la preparación de los alimentos para hacer la cena. Ella mientras tanto recoge la ropa de los tendederos. El día sigue brillante, de esos que duran poco por la región. De repente se escucha un trueno, tan fuerte como una bomba, Martina mira por todos lados y cerca de ella nota que hay una quemadura en forma redonda y eleva sus ojos al cielo, suspirando profundamente y entre sus suspiros dice:

—¡Ayyy, Santo cielo! Es un rayo en seco y como dice La Chus, cuando no hay señal de que va a llover… es la señal, ¡Dios mío!, estoy lista.

Martina dobla toda la ropa y mientras prepara la cena, siente un profundo dolor en el pecho sin ponerle importancia, para que nadie se dé cuenta.

Se han ido a la habitación antes de tiempo y se dirige a Julia diciendo:

—¡Mi grandota Julia!, ¿Te acordás de todo lo que hemos venido hablando? ¿Qué si algo me

---

[37] *Pila: Estructura que se utiliza para lavar ropa a mano*

pasa, sabés dónde está el dinero?

Julia con sus ojitos aguados, responde:

—¡Si mamita!, lo sé todo.

Martina continúa refrescando la memoria de Julia... sin lágrimas:

—Vas a cuidar de la pequeña Victoria, a La Chus también le he dado algunas instrucciones, pero muy pocas, porque hay algo que no termina de convencerme. ¡Solo tené cuidado con ella!, ya le dije dónde va a comprar el pan y más café, si hace falta. No vayas a llorar mi preciosa Julia, vas a seguir fuerte como hasta ahora, sé que aún estás muy pequeña, pero sé que me has entendido al pie de la letra. Te prometo que donde quiera que esté cuidaré de ustedes, quizá desde el cielo; tal y como lo han hecho los míos, conmigo.

Entre sollozos y entendiendo lo que va a suceder, Julia solo dice:

—¡Sí mamita!

Sin entender la plática, también Victoria dice:

—¡Sí mamita!

Martina las abraza muy fuerte y les dice:

—¡Las amo con toda mi alma!

Julia comienza a llorar y apretando fuerte a su madre, le dice:

—Todo lo que me ha enseñado lo he aprendido, pero no me deje mamita, nunca me vaya a dejar.

Victoria se asusta por los llantos de Julia y se

une al concierto de su hermana.

Martina las vuelve a abrazar y les dice:

—¡No lloren mis marquesitas hermosas! Hoy no va a haber lectura, ni cuentos, ni historias; me siento muy cansada y quiero ir a la cama más temprano, hagamos nuestras oraciones y vamos a dormir, que mañana será otro día.

Los [38]candiles se apagan y todo queda en penumbras. Exactamente a las cero horas, Julia se despierta asustada, como presintiendo la muerte de su madre y corre a despertar a La Chus, la mueve desesperadamente diciéndole:

—¡Quiero ver a mi mamita!

Adormecida la criada, enciende un candil y se dirigen al cuarto de Martina y La Chus dice:

—¡Shshshsh!, está dormida, no hay que despertarla.

Pero julia corre al pie de la cama. Inerte el cuerpo sin vida de Martina; y Julia mueve a su madre, diciendo:

—¡Mamita despiértese!

Julia sigue moviendo el cuerpo de Martina y al ver que no despierta, comienza a dar de gritos:

—¡No me deje mamacita!, ¡No me deeejeee!, ¿Qué voy a hacer sin usted?

La Chus enciende todos los candiles y comienza a soplar los[39] tizones que aún humean en

---

[38] *Candiles: Utensilios para alumbrar*
[39] *Tizones: Trozos de madera a medio quemar*

el poyo, para hervir café.

Demesio viene en medio de la noche, atolondrado por sus desvelos. De lejos, antes de llegar a la casona, mira las luces encendidas, de inmediato sabe, que algo malo pasa. En el cuarto de Martina, Julia tendida encima de su madre, se ha quedado dormida de tanto llorar. La mañana siguiente; Julia desborda su enojo y la tristeza, arrancando las matas de maíz que había sembrado junto a su madre. Apenas comenzaban a nacer, igual como la vida de Martina, que fue arrancada de golpe a sus veinticuatro años. Después de perderse entre las siembras y llorar a grito tendido, lleva a cabo el velorio de su madre, tal cual ella le había ordenado. Martina ha sido sepultada al lado de sus padres y de su querida abue Chepa.

La historia da un giro repentino; no solo en la vida de Julia y de su hermana Victoria, sino del país entero. Justamente dos personas y en diferentes campos de la vida, dejan de existir en circunstancias sospechosas. La muerte de Martina, tan misteriosa como el propio Demesio y, el extraño ataque violento de angina de pecho a la autoridad máxima del país, dando fin a la vida del ilustre mandatario [algunos creen que ha sido envenenado].

Demesio se refugia en la abandonada y vieja choza, cae de rodillas ante los altares. ¡Pide perdón a gritos!, pero el fuego no le responde. Se ha quedado allí trabajando mucho, para volver a recuperar su legado, ante los ojos de los abuelos y abuelas. Sabe que la desobediencia trae terribles desgracias y conlleva a condenar hasta su cuarta generación. ¡Los primogénitos ya están marcados!

Julia toma las riendas de la casa y pone en práctica las enseñanzas de su madre, pues tiene a su cargo a la pequeña Victoria. La Chus comienza a cambiar de actitud, le molesta que Julia le dé órdenes. Julia recuerda las palabras de su madre y trata de evitar a La Chus. Poco puede hacer, la niña de ocho años.

Después de pasar meses encerrado en la cueva, Demesio vuelve a la casa. Julia se alegra tanto, creyendo que las cosas van a mejorar con La Chus, pero su padre regresa más soberbio que nunca. ¡Dando órdenes como dueño y señor!, se ha apoderado de las tierras de su difunta esposa.

Martina había mejorado bastante la hacienda y uno que otro trabajador, estaba a su disposición, cuando ella necesitaba de ayuda pesada, pero han abandonado la hacienda, cuando saben que Demesio es el nuevo patrón.

Han pasado dos años tormentosos para las niñas y Demesio decide juntarse con La Chus. A él no le importa que sus hijas sigan sufriendo el maltrato de ella, solo quiere de cualquier manera borrar el recuerdo de la extranjera. La poca autoridad que tiene Julia en la casona, Demesio se la quita, para dársela a La Chus y el calvario es peor para Julia y Victoria.

Demesio tiene el varón que tanto deseaba y que no pudo tener con Martina. Le llama Víctor; nombre que Martina había elegido, por si tenía un varón. Víctor nace ciego y aunque no es el primogénito de Demesio, sí es el de La Chus, he allí la desgracia. La Chus ha tenido dos partos más y han sido mujeres. Las hijas de La Chus van creciendo idénticas a ella.

El destino deberá trabajar demasiado para devolverles la tranquilidad a las hijas de Martina.

No hay sosiego en la casona, los pleitos son más continuos entre Julia y La Chus. Demesio pasa encerrado entre candelas y copal; ajeno a la realidad de las niñas. La criada se ha convertido en la madrastra y la ignorancia obstruye el futuro de la generación.

Julia cocina para su hermanita y sigue haciendo las conservas. Las va a dejar a una panadería donde las revenden, no tuvo la necesidad de venderlas en el mercado. No deja a su hermana a merced de la madrastra, a donde ella va, la mantiene cerca. Su padre ya no ha vuelto a la cueva. Ha quemado la choza y se ha instalado del todo, en lo que queda de la casona.

Allí lo llegan a visitar, para los trabajos que sigue realizando, sigue siendo bueno en lo que hace y no paran de buscarlo. Julia evita toparse con su padre, porque él ha insistido en enseñarle las curaciones, ella se niega a aprender, pero no ha habido necesidad de enseñarle, ya lo trae en la sangre, como cada primogénito de la descendencia de Demesio. Están condenados por la deuda que él tiene ante la divinidad.

Julia va creciendo tan rápido, casi es toda una señorita; tan parecida al linaje Cabrera. De acuerdo con su entendimiento de lo que han vivido, va decepcionándose del padre. La decepción crece cada vez más, cuando lo mira cómo de a poco, va liquidando las tierras que pertenecieron a su bisabuelo y por ende les pertenece a ellas. Pero Julia no le reclama y respeta la decisión de su padre, pues como legítimo esposo de Martina, las tierras le fueron traspasadas.

Se va poblando el lugar de nuevos terratenientes y han decapitado árboles gigantescos, que brindaban la frescura de aquellos lares, el calor se ha vuelto sofocante. Al ver todo el crecimiento de la región y el desperdicio que hace su padre, con el dinero de la venta de las tierras, ella se rebusca su propio dinero, para que nada le falte a su hermana.

Julia es idéntica a su bisabuela Martina, de carácter fuerte y muy hermosa, con el lunar en el labio superior que caracteriza a los Cabrera, la cabellera lisa y de color negro azabache como la de su abuela Julia. La inteligencia de su abuelo Erick le brota por los poros, pero en sus genes lleva el mal genio de su padre. Proviene de la descendencia alemana por su bisabuelo Roderick Meyer Jr. y de la española, por su bisabuela Martina. Directamente tiene genes de la etnia mam por parte de su padre y de su abuela Julia. ¡Por sus venas, corre una mezcla única de genes!

En una de las idas al pueblo, se le cae el morral donde lleva las conservas, algunas se rompen y la pequeña Victoria se asusta, pues sabe del mal genio que padece su hermana y solo se tapa las orejas, para no escuchar las malas palabras que podrá decir:

—¡Ya me llevó la gran puta!, de seguro se rompieron estas mierdas.

Entre dientes sigue renegando, todavía no se da cuenta que hay algunas rotas y la pequeña Victoria callada en un rincón. Julia mira a su hermana y furiosa continúa diciendo:

—Y vos, ¿Qué hacés allí paradota? ¡Movete hombre! ¡Vení a ayudarme!

Agachada está Julia, recogiendo lo que puede rescatar de las conservas; cuando sus ojos visualizan botas de hombre frente a ella y en seguida se levanta. Antes que dijera palabra... el hombre le dice:

—A una mujer tan guapa no le queda ser enojada y mucho menos decir palabrotas.

Julia lleva sus manos a la cintura y arrugando la frente, con velocidad en sus palabras, le dice:

—¿Y usted quién putas es? y ¿Qué putas le importa si soy enojona o no, o si digo malas palabras?, ¡No sea [40]shute!

El joven apuesto se quita el sombrero, le hace una reverencia, extiende su mano y sonriendo le dice:

—¡Tomás Ambrosio!, para servir a Dios y a usted guapa enojona.

Ella lo deja con la mano extendida y con la palabra en la boca; se da la media vuelta, jalando a Victoria. Tomás continúa riendo, con voz burlona le alcanza a decir:

—¡Peores mulas he domado! y ésta, no va a ser la excepción.

Julia lo voltea a ver y le saca la madre con la mano. Victoria con una sonrisa amigable y con una mano, le hace señas de adiós.

Tomás desde que ha visto a Julia por el mercado, no ha perdido el tiempo; la ha tenido vigilada semanas atrás, pero él no se imagina que ella, se ha dado cuenta desde el primer día que él, la comenzó a observar. ¡Ya cupido ha hecho su trabajo!

Julia en los momentos de soledad y tristeza recuerda a su madre; se mantiene fuerte por Victoria, que apenas tenía tres años, cuando se

---

[40] *Shute: Entrometido (a)*

quedaron huérfanas de madre. En los recuerdos de Victoria, es vaga la imagen que tiene de su madre y es poco lo que guarda en su memoria. La imagen materna que ha conocido es la de Julia, que a veces le da miedo la actitud de su hermana, quien se ha convertido de carácter rebelde.

A Julia, la vida la ha hecho fuerte y se mantiene fuerte; para defenderse de cualquier peligro, que pueda enfrentar en la jungla de la sociedad y proteger a su hermana. No ha ido a la escuela y no porque no haya querido, sino porque ha trabajado desde entonces y salir a flote trayendo a cuestas la responsabilidad de Victoria. Lo poco que tiene de educación académica, se lo enseñó su madre. Julia quiere que su hermana estudie y averigua en el pueblo, cuál es el procedimiento para seguir. Victoria está preparada para comenzar la escuela, Julia le ha comprado todo lo necesario. Cuando el padre se entera, no lo permite y amenaza a Julia con encerrarlas. Eso enoja mucho a Julia y quiere irse de la casa, pero a dónde iría con su hermana, sí las dos son menores de edad. Por el momento tuvo que desistir con la idea de que Victoria estudie, mientras se le ocurre algo para salir del yugo de su padre.

Cada semana lleva las conservas al pueblo y también comienza otro negocio; la compra y venta de productos mexicanos. Su fortaleza se ha mantenido perenne, por la promesa que le hizo a su madre de cuidar a su pequeña hermana. Trabaja duro y gana más dinero, para poder darle un mejor techo y educación a Victoria.

Ese primer día que ha ido a comprar mercancía, tiene que dejar a Victoria en la casona, es la primera vez que se separa de ella. La deja bajo llave en el cuarto, con mucha comida, una [41] bacinica, un candil y un cuchillo para defenderse. Le advierte que se esconda bajo la cama, por si alguien intenta abrir la puerta a la fuerza, o si alguien intenta hacerle daño, que no dude en usar el cuchillo. Julia recuerda que su madre se lo acentuaba cada vez que podía. Ahora ella le inculca a Victoria, las palabras de su madre:

"No importa quién fuese, nadie tiene derecho a hacerte daño".

En el camino de regreso a casa, Julia se encuentra a Tomás, él va montado en un caballo blanco. Él le ofrece ayuda para cargar el bulto de mercancía, que lleva en la cabeza, pero es terca como una mula y con sus palabrotas y su mal genio, rechaza la ayuda. Al llegar a la casona, encuentra a salvo a su hermana, le cuenta todo lo que pasó, tal como lo hacía su madre, cuando ella les relataba las historias que había vivido. A Victoria le fascina que Julia le cuente sus travesías. En la casona Julia y Victoria tratan de no coincidir con La Chus. Después que muere

---

[41] *Bacinica: Recipiente a falta de inodoro*

Martina, la criada ha dado un giro de ciento ochenta grados, y un poco más, cuando se convierte en la mujer de Demesio. Sin embargo, Julia ignora y no pone atención a los desprecios que recibe de la madrastra. Ella está más fuerte que nunca, porque así puede mantener a salvo a Victoria. Las hermanas duermen en el mismo cuarto y antes que Victoria se duerma, Julia le cuenta, los vagos recuerdos de las historias, que su madre les relataba. A Victoria siempre le salta la misma duda y le vuelve a preguntar:

—¿Cómo era mamá?

Julia le dice que su apariencia se torna a parecerse mucho a la de su madre; esas palabras ilusionan a Victoria y le promete a Julia que será como su madre. Julia le da las buenas noches y con un beso, se retira a su cama. Julia antes de dormir trenza su cabello en dos partes. Su cabellera le llega casi a los tobillos, porque nunca se lo ha cortado, ha sido virgen desde entonces. Durante el día lo trenza para el lado derecho, doblado en dos, y de acuerdo con el vestido que use, es el color del listón que sujeta la trenza. Ha estado inquieta por un acontecimiento que sucede por las noches y se refleja por las mañanas cuando ella se levanta. No le ha prestado atención y por un momento piensa, que es el cansancio que la hace ver visiones.

Ya son muchas noches que pasan los mismos

sucesos, ella trenza muy bien su cabello en dos partes, todas las noches. El misterio es descubrir qué es o quién es, lo que hace que se desbaraten las trenzas y amanezca con todo el cabello peinado para el lado derecho. Cansada de lo mismo y pensando que a lo mejor se está volviendo loca, decide averiguar qué sucede en medio de la noche. Se hizo una infusión de menta y jengibre, para mantenerse despierta, haciéndose la dormida.

Pasada la medianoche siente que alguien está en la entrada de la puerta, abre los ojos despacio y visualiza la silueta de un hombre. Nota que trae un enorme sombrero, su apariencia en la oscuridad parece ser de un vaquero, a su mente llega la imagen de Tomás. Y piensa:

«Pero él no usa un sombrero tan grande».

Mientras sus pensamientos la distraen, el hombre ya está a la orilla de la cama. Ella aprieta fuerte el cuchillo que sostiene debajo de la cobija, pero siente que el cuerpo se le va poniendo pesado y no puede moverse. Cuando el hombre está frente a ella, pasa su mano en sus trenzas y es cuando siente ahogarse, se queda inmóvil hasta la mañana siguiente. Se levanta y hace sus quehaceres rutinarios, lleva a Victoria al riachuelo, como solía hacerlo su madre.

Estando en la casona, busca entre las cosas que eran de su madre y encuentra una vieja tijera. Se trenza el cabello y entre dientes dice:

—¡A ver si después de esto, me seguís molestando hijo de cien mil putas!

Y ¡zas!, corta la mitad de cada trenza. Esa noche, antes de ir a la cama como de costumbre, le cuenta historias a su hermana, hasta que se duerme. Bebe de nuevo la infusión para quedarse despierta. Allí está de nuevo el hombre del sombrerón, parado en la puerta. El cuerpo de Julia comienza a pesarse y siente perder el aire cuando el hombre está al pie de la cama. Ella siente cuando el hombre extiende su mano sobre las trenzas y por un momento, parece congelarse todo a su alrededor. Después escucha un quejido estremecedor y éste, se esfuma al instante.

Casi no puede dormir por estar vigilante y a la mañana siguiente, sus trenzas están intactas. Se niega a creer en las leyendas que murmuran por esos lares, sin embargo, desde ese día su historia empieza a ser otra y comienza a fortalecer su espíritu.

Para Julia no ha sido fácil haberse quedado sin su mamá a la edad de tan solo ocho años y con la responsabilidad de cuidar a Victoria. Ha sabido valerse por sí sola y encima darle bienestar a su hermana. Por eso ha aumentado las idas al otro lado, como suele decirle al cruzar la frontera. El riesgo es latente cada vez que cruza el río para buscar la mercancía. Esos son los únicos días que su hermana no la acompaña. Ha creado el hábito de dejar a Victoria enllavada, así cree estar segura hasta que ella llega. Ese día el padre se ha embriagado sin control; entra preguntando por sus hijas mayores y La Chus le dice que solo la menor está encerrada en su cuarto. Él, llega hasta la puerta pateando y queriendo abrirla, Victoria se asusta y hace lo que Julia le había dicho.

Demesio rompe la puerta y entra buscando a la niña. Ella está bajo la cama, al ver que es su padre, sale de su escondite y le dice:

—¡Ay, papaíto es usted!, me había asustado pensando que era otra persona.

—¡Soy yo!

Dice tambaleándose de un lado al otro, Demesio se acerca a la niña, le levanta la cara con su mano toda sucia y con un aliento desagradable le dice:

—Te estás pareciendo mucho a tu mamá.

Ella inocentemente le dice:

—Eso dice Julia.

La rodea viéndola de pies a cabeza, como animal salvaje alrededor de su presa. En segundos la levanta, aventándola a la cama y se lanza sobre ella. Victoria asustada grita desesperadamente y patalea para soltarse de ese ingrato. De repente se escucha un leñazo sobre aquel cuerpo viejo y entre llanto Victoria dice:

—¡Hermanita! ¡hermanita!

Y se avalancha sobre Julia. Ella la carga y

sale lo más rápido posible a esconderse entre los matorrales. Victoria todavía llora asustada y le dice a Julia que nunca la vuelva a dejar sola, que la lleve siempre con ella. Julia le pide perdón y le dice que nunca la volverá a dejar sola y entre sollozos Victoria se queda dormida sobre su pecho. A Julia le vienen a la memoria, los recuerdos de la escena que su madre le contó, cuando ella durmió sobre el pecho de su abue Chepa. Le acaricia la cabeza y llora al pensar, lo que su padre estuvo a punto de hacerle a Victoria, a tan solo diez años. Entre suspiros se queda dormida pegada a su hermana. Las despierta la lluvia, que está cayendo esa madrugada. Victoria se despierta asustada y Julia la abraza cubriéndola con su rebozo, le dice que van a regresar a la casa, que no tenga miedo, ella está allí para protegerla. Julia entra al cuarto y aún sigue tirado, el cuerpo de su padre. Agarra un balde de agua y se lo echa encima, aquel miserable hombre, despierta sin saber qué ha pasado. Julia le recrimina lo que intentó hacer con Victoria, le advierte que, si le llegase a tocar uno de los cabellos a su hermana, va a olvidar que es su padre y ella, con sus propias manos, le mutilará sus genitales y le arrancará el corazón. El hombre todavía aturdido de la borrachera, de rodillas pide perdón.

Atormentado por sus demonios, sale a esconderse a su cuarto y nunca más bebió alcohol, pero Julia ya no lo ve con respeto. Ella busca desesperadamente un lugar para mudarse, sin tener éxito.

Tomás la pretende sin descanso, él cree que ella tiene la edad suficiente para casarse, sin imaginar, que apenas está en los quince. La vida la hizo madurar de golpe y ella, no ha sabido desde cuándo. Esa madurez la hace aparentar, ser mayor de edad. El galante Tomás luce algunas canas que son por herencia y esa atracción varonil, lo hace aparentar más edad, cuando en realidad no pasa de los veinte años. El apuesto Tomás se dirige a la casona y se arma de valor para pedir la mano de Julia y habla al respecto con Demesio. Él teme ser rechazado por la biliosa Julia, sin él saber, que es ella la más interesada en contraer matrimonio. Aunque está enamorada de él, su principal motivo es poder darle un buen hogar a Victoria.

La boda se realiza en lo que queda del jardín de la casona. El sacerdote ha sido llevado hasta la hacienda Martina, se casan con la bendición de él. Julia ha podido irse a vivir al pueblo. Su padre no le impide que se lleve a Victoria y comienza una nueva etapa en su vida. Tal como al país le ha sucedido, el pueblo ha suplicado a un salvador, por el caos político, el alza de la delincuencia y la caída a pique de la economía. Se les ha concedido el número cinco, el Napoleón de Centroamérica.

El joven Tomás, trabaja en una hacienda cerca del pueblo, como ganadero. Ama su profesión y junto a Julia van construyendo nuevos sueños. Julia no ha visitado a su padre desde que se casó, ni se lo ha permitido a Victoria. El resentimiento que siente por él, no le ha permitido perdonarlo.

Julia a sus dieciséis años, está pujando por dar a luz a su primer hijo, ser madre, ya lo ha experimentado con su hermana Victoria, que, a tan solo ocho años, se hizo cargo de ella. Desde entonces, no le teme a nada, ni a nadie.

Su padre al enterarse, de que ha nacido su primer nieto varón no espera más y visita a su hija para conocerlo. Ella lo mira con ojos de enojo, pero cambia su semblante, al ver el rostro de Demesio, triste y agobiado. Le permite ver a su hijo; que al instante el niño, le inyecta una nueva esperanza de vida a Demesio. Nace en el día, cuando decretan flor nacional a la monja blanca. Tiempos difíciles para la mayoría; la prensa vuelve a ser censurada y los opositores son fusilados.

Los años van pasando y cada uno se ha coloreado con un tinte diferente, el pudor eleva un grito al cielo y las mordazas se disfrazan de influencia religiosa. Los avances en la infraestructura van en aumento. La construcción de las carreteras, están siendo hechas con el trabajo forzado de indígenas, justificado por la ley de vagancia. El progreso es evidente, como el declive del pueblo, alejado del arte y la cultura.

Antes de que la claridad, de un nuevo día llegue a despertar a los dormilones del pueblo, Julia ya está despierta y llena de energía. Tiene elaborada una rutina diaria que cumple rigurosamente y antes de salir a sus actividades diarias, limpia cada rincón de su hogar. Le dice a Victoria, que lo primero que debe hacer cuando se despierte, es tender la cama y que, de allí, inicia a tener un buen día. Disciplinadamente entrega mercancía en algunos puestos del mercado y sin faltar las conservas. Al término de cada mes, Julia ha tratado de mantener la tradición de su madre, recreando en el enorme patio, un día de campo.

Ese día se levanta más temprano de lo acostumbrado y sobre todo porque hay luna llena, la intensidad de la luz, despeja cualquier ángulo de oscuridad y aprovecha a barrer el patio. Hay un enorme árbol de mango y algunos otros, que proveen frescura y deliciosos frutos, pero también una cantidad de basura a consecuencia de la caída de muchas hojas. Julia barre todas las hojas juntándolas en el centro del patio, está buscando el costal donde deposita la basura, cuando escucha maullar a un gato; mira por todos lados para saber de dónde vienen los maullidos y no ve nada. Sigue buscando el costal y de repente siente un movimiento en medio de la basura. Visualiza a un gato negro, que se revuelca entre la basura y en cuestión de segundos, se convierte en un enorme carnero. El animal rasca la tierra con sus patas traseras, como agarrando vuelo en dirección de Julia y arranca la corrida sobre ella. Julia tira la escoba y se prepara para resistir el ataque, el animal abalanzándose sobre ella, pone las patas delanteras sobre el pecho de Julia y ella con toda su fuerza agarra las dos patas diciendo:

—¡Vos no me vas a ganar, hijo de cien mil putas!

Y lo lanza tan fuerte al suelo que el animal da piruetas, regresando a la basura. De nuevo vuelve a dar vueltas, hasta volverse en un simple gato inofensivo; mirando a Julia y con sus miaus sale huyendo de ella. Marcada por el castigo de su padre, la persiguen las almas en pena y las entidades del más allá, pero Julia posee una enorme valentía, que ni al mismo demonio, le tiene miedo. Las experiencias con lo sobrenatural son constantes, ella siempre las enfrenta, con el poder de Dios y su espíritu guerrero.

Victoria cuida del pequeño Catarino, bautizado con ese nombre, en honor a Katherine, a Julia nunca se le olvidó el nombre de su tatarabuela, cuando su madre Martina la mencionaba. ¡Quiere mantenerla presente!

A pesar de la insistencia de Julia, no pudo

obligar a Victoria a ir a la escuela. Sabe leer y escribir, porque Julia le fue enseñando, lo poco que con su madre aprendió.

Las manecillas del reloj no detienen el tiempo y el pequeño Catarino le sigue robando el corazón a su abuelo, él lo ha visitado por diminutos momentos. Tomás le propone a Julia, dejar al pequeño Catarino un día a la semana, en casa de Demesio, diciéndole:

—¡Mi enojona bella!, esa convivencia, será buena para ambos.

No puede convencer a Julia.

Muy buena temporada, se lleva insistiendo en lo mismo. Hasta que por fin logra convencerla, pues el niño ya tiene dos años y es más fácil de cuidarlo. Tomás, una vez a la semana, deja al niño en casa de Demesio, lo pasa dejando, cuando él va para su trabajo y lo busca cuando sale. Demesio le agradece su buena voluntad por darle el privilegio de disfrutar a su nieto.

Julia presiente que de nuevo está embarazada y se lo comenta a Tomás, él está feliz por la noticia de la llegada de su segundo hijo. Los acontecimientos van sucediendo a favor de Julia y vuelve a estar en labor de parto.

La comadrona dice:

—¡Es varón!

Lo llaman Tomás como el padre.

Victoria se ha convertido en una hermosa

joven, casi idéntica a su madre, a sus quince años se enamora de un hombre, veinticinco años mayor que ella. Julia no ve con buenos ojos esa relación, pero entiende a su hermana, por todo lo que han vivido. Le da la aprobación y su bendición.

Victoria desde que se casó, muy de vez en cuando visita a Julia. La vida de casada le consume el tiempo y sobre todo con los hijos.

Catarino va creciendo al lado de su padre y a temprana edad monta y doma a las bestias salvajes, sigue visitando a su abuelo Demesio todos los fines de semana. Él le ha enseñado a interpretar el tiempo de la siembra y de la cosecha, los demás dones ya los trae en los genes. Catarino ama estar con su abuelo; y Demesio vuelve a tener un fluido de reconciliación con el universo. Siente que la misma vida le otorga el perdón. Catarino a sus nueve años le pide a su madre celebrar el cumpleaños de su abuelo. Son ochenta y cinco años, que se le han ido entre los dedos a Demesio. La celebración se prepara en lo que queda de la casona; Julia elabora tamales de gallina, para celebrar a su padre. La armonía florece entre padre e hija y parece que todo brilla de felicidad. Tal como sucede en el país, es la inauguración del palacio verde; la obra maestra que ha sido construida piedra a piedra con el sudor de los presos. Una arquitectura elegida con detalles muy precisos del actual mandatario; en la celebración del guacamolón, se olvidan del movimiento que empieza a tener tinte de violencia. Tal como sucede en la casona; olvidados de La Chus, que aparece con su mala energía.

Las semanas caminan, sin voltear a ver las hojas que deja el lluvioso invierno. Va de frente coloreando las calles con pinceladas de pascuas, dejando a su paso un aroma de pino recién cortado. El sonido peculiar de los [42]canchinflines y la quema de las [43]ametralladoras, son tradiciones que anuncian la celebración de navidad y un nuevo año. Con júbilo y llenos de vida, está reunida la familia de Julia, realizando el solemne acto de la hora cero. ¡Inicio de otro año más!

La rutina sigue el curso, al ritmo que le ponga Julia y con ella los acompañantes de vida.

Catarino le pide permiso a su abuelo para celebrar el cumpleaños de su padre, en la casona. Demesio le concede la petición, pues no puede negarle nada a la luz de sus ojos y por fin siente que los abuelos y las abuelas lo han perdonado.

Julia prepara pepián de [44]chompipe, es uno de los platillos favoritos de Tomás. El tiempo al

---

[42] *Canchinflines: Especie de cohete pirotécnico que emite un silbido*
[43] *Ametralladoras: Tipo de juego pirotécnico con muchos petardos*
[44] *Chompipe: Pavo*

parecer favorece la fiesta del veinte de octubre y celebran en el patio de la casona. Olvidados en lo que todavía es monte, muy poco se llega a escuchar las noticias de la ciudad grande.

El periódico de la siguiente mañana anuncia, un asesinato: "El irrespeto por la vida (quien no respeta una vida, no respeta ninguna)" queda perpetrado en el puente de La Gloria, asesinado uno de los triunviros de la Revolución.

Los tiempos marchan al tic tac del reloj sin detenerse, ni dar reversa; de la misma manera camina la maldad del hombre.

Catarino pocos años ha ido a la escuela; ama cabalgar al lado de su padre y pasarse entretenido con las historias del abuelo. Julia y Victoria no visitan tan seguido a su padre; ahora los quehaceres de cada una, las ha refugiado en las costumbres de sus propios hogares. Al viejo Demesio; a pesar de que el pequeño Catarino le ha devuelto las ganas de vivir y le ha extendido la existencia, los años se le han venido encima.

La Chus no ve con buenos ojos el acercamiento de su marido con el nieto; sobre todo cuando las charlas son por las tierras que aún le quedan. Ella hubiese querido que ese tiempo, se lo hubiera dedicado a su hijo Víctor; sin embargo, Víctor ha sabido sobrellevar su ceguera y ha aprendido a ver a través de los ojos del alma. Tiene un corazón noble y el universo le ha recompensado; ha tenido la fortuna de conocer a la joven Lucinda, que en plena pubertad decide casarse con ella y se va a vivir a la tranquilidad de la choza de su amada. A ciegas ha aprendido a mezclar hierbas y por herencia, vive de los conocimientos de curandero.

Juana conoce a un arriero mexicano y huye con él; se supo que viven por las costas del Puerto Madero, en una huerta de múltiples cultivos.

La hija menor de La Chus vive en la casona y, la pretende un forajido con intenciones de casarse con María de Jesús, para poder quedarse con las tierras del padre.

Tomás; como ya es su rutina, los fines de semana lleva a su hijo con Demesio. Ellos disfrutan estos días haciendo actividades entre nieto y abuelo. Han dejado ir de cacería, por el cansancio que ha sucumbido a Demesio en los últimos años. Es el día que Tomás va en busca de Catarino, lo hace más temprano que de costumbre, pues las nubes anuncian la llegada de un señor aguacero; antes de entrar a la casona, se queda viendo el cielo y piensa que no alcanzará a llegar al pueblo. Escucha voces en la cocina y se va acercando poco a poco, atónito se queda por unos segundos, está sorprendido de las intenciones de La Chus mamá y La Chus hija. No puede aguantar la ira y les reclama; pregunta qué les ha hecho su pequeño hijo, para desear verlo muerto, se sorprenden con la presencia de Tomás y no saben responder, más que con gritos. Del escándalo que hacen, llama la atención de Demesio y del pequeño Catarino quienes se acercan de inmediato. Demesio pregunta qué es lo que está pasando y Tomás solo dice que ha llegado a buscar a su hijo. Las mujeres se quedan riendo entre ellas, como un par de hienas. Esa tarde noche, madre e hija se reúnen con el forajido. La Chus, ofrece a su hija a cambio de deshacerse de Tomás, confabulan el plan del asesinato. No pasa una semana y el cuerpo de Tomás aparece a orillas del río Cabuz; a los treinta y dos años, le arrebata la vida, la ambición, conspirado con la ignorancia.

La noticia ha sido terrible para Julia, lo que todo parecía un cuento de hadas, se ha convertido en una nueva pesadilla... vuelve a quedarse sola y con dos hijos pequeños. Comienza a vender muchas de las cosas que tiene en casa, el dinero no le alcanza para sostener el alquiler ella sola y decide alquilar un cuarto, mientras vuelve a retomar el vuelo. Ese reajuste en su vida le ha tomado algunos años, hasta que Catarino tiene la edad, para hacer el trabajo que hacía su padre.

No deja de visitar a su abuelo, sin saber que el peligro sigue latente dentro de esas paredes. El pequeño Tomás es tímido y solitario, físicamente parecido a su padre, los días que ha visto a su abuelo son muy pocos, le da miedo cómo lo mira, así que casi no lo visita. Tomasito; como le dicen en casa, se la pasa metido en una carpintería cerca del cuarto, está concentrado en aprender y sueña con hacer los mejores muebles para su madre. A su corta edad es un conocedor de ese arte y ha comenzado a fabricar algunos muebles, es persistente en lo que se propone y todo lo que gana, lo va guardando para reunir un capital y así poner su propia carpintería.

Catarino celebra dieciséis años de vida y días antes, en complicidad con Tomasito, traman una sorpresa para su madre. Ella apresurada camina de un lado a otro en el estrecho cuarto, buscando los ingredientes para elaborar una deliciosa comida para el cumpleañero. El fuego arde en el poyo que está debajo de una [45]galera, al fondo del patio de la propiedad y trata de llevar todo, para no tener que estar regresando. No espera tan pronto a los muchachos y entran afanosos al cuarto, le dicen que la comida puede esperar; ella se molesta a tal insinuación, pues cree que ellos están dando a entender que el día pase desapercibido. Catarino rápidamente le quita el [46] delantal y todavía refunfuñando la sacan del cuarto. Sorprendida del precipitado actuar de sus hijos, les dice:

—¡Miren par de locos!, no entiendo qué pretenden, pero por lo menos dejen que guarde mis cosas que tengo en el poyo y deje apagado el fuego.

---

[45] *Galera: Construcción sin paredes*
[46] *Delantal: Prenda para proteger la parte delantera de la ropa.*

Después de ello, se la llevan cerca de la salida del pueblo, camino que va para la capital y a la frontera mexicana. Al estar cerca del destino, Catarino saca del bolsillo de su pantalón un pañuelo blanco, que le sirve de venda para los ojos, esa actitud la hace renegar de nuevo y los hijos ríen de ver la postura berrinchuda de la madre, pero accede a los caprichos de Catarino, mientras piensa:

«*Recordá Julia que debes ser tolerante en este día especial, pero después, ya verá este par*».

Al estar frente a la casa le quitan la venda y le dicen en coro:

—¡Sorpresaaaaaaaaaa!

—¡Qué sorpresa ni qué ocho cuartos!, me quieren matar de un colerín o de qué jodidos.

Catarino con su carisma de romántico le dice:

—¡Para una reina un castillo!

Aunque después rectifica, que ella se merece más que eso. Ella no muy convencida pregunta de qué se trata todo eso, Catarino le explica que han rentado esa casa para ella y que deben mudarse lo antes posible y ella casi con lágrimas en los ojos les dice:

—¿Y qué vamos a mudar si todo lo vendimos?

—Pues aún más fácil mamaíta, hoy nos mudamos.

Le dice Catarino apapachándola.

—Ahora sí, vamos a quedar nadando en esta casota.

Dice Julia limpiando sus lágrimas.

—¡Mire mamaíta!, me gusta la casa, porque tiene un cuarto para cada uno.

Le va contando, sin quitar su brazo que trae cruzado sobre el hombro de su madre y con la otra mano le señala.

—¡Ah mire!, la galerona que está allá, es el espacio para que Tomás comience con la carpintería, sin salir de casa; mire allá... el poyo cerca de la pila y del pozo, para que mi madre ya no tenga que pasar cólera con las viejas que le roban sus cosas y no tenga que estar acarreando agua del pozo de la vecindad o yendo al río a lavar la ropa.

Julia escucha atentamente a su hijo y piensa que ellos sí, ya se habían dado cuenta de lo que ha vivido en aquel lugar, pero no se ha quejado y se había quedado callada, para no preocuparlos. Se escucha la voz de Tomás que le dice:

—He adelantado en la carpintería la elaboración de los muebles, así que madrecita, vacía, vacía, no va a estar la casa.

Y se echan a reír. Con la mudanza a su nuevo hogar, festejan el cumpleaños de Catarino.

Vuelve a equilibrarse la vida de Julia; el negocio de conservas lo abandona, solo se ha quedado con la venta de mercadería mexicana.

Algunos acontecimientos se han quedado al olvido, algunas veces llegan a la memoria de Julia, como momentáneos destellos de reflexión. En las áreas urbanas del país, mantienen viva la idea de proponer una democracia. Todo lo contrario, en la vida de Julia, que prefiere seguir ignorando, la falta que le hace un apoyo susceptible.

A la puerta de su casa aparece un hombre alto, piel blanca, ojos verdosos, con pómulos saltones, con pinta de [47]gringo. Julia va saliendo para el mercado en ese preciso momento, cuando ambos coinciden en la entrada del zaguán, ella se queda anonadada.

El apuesto hombre le dice:

------

[47] *Gringo: Se refiere a estadounidense blanco)*

—¡Buenas tardes señora!, busco al carpintero.

Ella lo mira de pies a cabeza y le dice:

—¿Quién lo busca?

—Dígale que es el gringo.

Ella vuelve a mirarlo de pies a cabeza y le indica con señas, para donde ir. El gringo entra hasta dónde está Tomás y cuando mira a un adolescente de catorce años dice:

—[48]¡Patojo!, busco a tu papá.

Tomás está barnizando un mueble y despacio coloca la brocha en el bote del barniz, levantando la cabeza pregunta:

—¿A quién dijo?

—A tu papá.

—Pues búsquelo en el cementerio, porque aquí no lo va a encontrar.

—¿Cómo así?

Dice el gringo frunciendo el ceño, confundido.

—Lo que oyó señor; y ahora váyase porque tengo mucho trabajo.

De pocas pulgas como su madre.

—Me han recomendado al mejor carpintero del pueblo, por eso estoy aquí.

—Pues le informaron mal… el carpintero soy

---

[48] *Patojo: Que está en el período de la vida entre la niñez y la edad madura*

yo y hago lo que se puede.

El gringo creía encontrarse con un señor en ese lugar; le explica lo que quiere y quedan en un acuerdo. El gringo piensa en la mujer que recién ha conocido, no puede sacarla de su cabeza.

A la semana, el gringo regresa a buscar la cama que mandó hacer, le gusta el trabajo y le encarga, que le haga un gavetero. Puro pretexto para volver a ver a Julia.

El gringo recién se ha instalado en el pueblo, procede de la zona fría del territorio. Se ha hecho muy buen amigo de Tomás; después del gavetero, quiere que le haga otra cama. De vez en cuando pasa a visitar a Tomás, pues a pesar de su edad, es un joven muy maduro y al gringo le gusta platicar con él. En una de esas pláticas le comenta:

—Fíjate patojo que compré unas tierras cerca de la salida a tierra fría y estoy haciendo una mi casita.

Por donde vive Tomás, está al sur del centro del pueblo y por donde tiene las tierras el gringo, está al norte. Tomás le pregunta:

—¿Por qué anda por la costa, lejos de su lugar de origen?

Él le resume la historia. Tuvo un pleito muy fuerte con su hermano mayor, por las tierras de su padre. El padre quiso dividir los terrenos entre los hermanos y dejarles la herencia en vida. El mayor ambiciona todas las tierras y él para no causarle dolor a su madre de verlos pelear, decidió irse. Le cuenta que comercializa café en su tiempo libre; aparte de gringo, le llaman el barón del café. Tomás con cara de curioso quiere saber, qué hace cuando no es su tiempo libre, el gringo le manifiesta que es comisionado militar. El [49]apodo del gringo se lo han puesto, porque siempre dice palabras en inglés.

Catarino sigue frecuentando a su abuelo; todavía se mantiene de pie a pesar de la edad. Las aguas se calman con La Chus, la hija termina juntándose con el forajido, por órdenes de ella.

Tres años han pasado, tiempo que el gringo invierte para conquistar a Julia. Los hijos están de acuerdo con el cortejo del gringo, menos ella. Con el empujón de Tomás, contrae matrimonio la viuda Julia, con el gringo Arturo Barrios. Julia sigue viviendo con sus hijos; no se ha ido a vivir a la casa del gringo, es como si no se hubiesen casado. Julia lleva algunos meses de embarazo y no se lo ha dicho al gringo, nadie sabe, el estómago no se le echa de ver. Catarino ha tenido dos intentos de asesinato, ninguno pudo hacerle daño, ha sido muy diestro para defenderse con el machete, habilidades que su abuelo le ha enseñado y cabalga muy bien, tal como lo hacía su padre. A pesar del peligro, no deja de visitar a su abuelo.

---

[49] *Apodo: Sobrenombre*

Demesio ya está anciano y lo único que desea, es dejar las tierras a su nieto por herencia legítima. Los hijos de Julia van creando su propio camino.

Catarino conoce a una mujer de buena apariencia, la mayoría de los hombres se pelean por ella, pero nadie se responsabiliza por sacarla de esa vida. Catarino la saca de la prostitución. Él no frecuenta esos lugares por eso nadie entiende, porqué, Catarino la lleva a su casa y sobre todo, cuando anda de novio con una jovencita de buena familia, a quien termina dejando por ella. Julia sabe que algo anda mal en esa relación, la mujer se comporta muy bien, pero hay algo que no convence a Julia. Comienza su propia investigación y saber porqué, su hijo está bobo por ella. La mujer lo atiende bien, lo cuida y de alguna u otra manera se está ganando a Julia, pero su sexto sentido no la deja tranquila. Por casualidad mira la jarra del [50]fresco vacío, le entra curiosidad y se dirige a buscar a su nuera al cuarto, ella está de espaldas y no se percata de la presencia de Julia. Julia solo la observa y antes de que su hijo llegue a la casa, lo espera en la esquina de la cuadra. A Catarino le sorprende que su madre esté allí parada, se baja del caballo y le dice:

—¡Mamaíta! ¿Qué hace aquí, pasó algo?

—¡No mijo!, descubrí algo que no me gustó,

---

[50] *Fresco: Agua de sabores*

ya sabía yo que algo traía esa mujercita.

Catarino algo molesto, por la manera que su madre se dirige a la mujer, le dice:

—¡Ay, mamá!, ella es buena, no me gusta que la vea con malos ojos.

Julia se pone las manos sobre la cintura y con voz regañona dice:

—¡Allá vos, si querés seguir siendo pendejo!, la vi lavando su [51]pushaca y con esa agua hacerte tu fresco; sobre aviso no hay engaño mijo y no es que la vea con malos ojos, no me gusta lo que hace.

Y se da la vuelta. Al entrar a la casa, aquella mujer recibe a su marido como todos los días; la comida servida y la gran jarra de fresco sobre la mesa. Catarino trae en la cabeza las palabras de su madre; se sienta como lo hace todos los días, ella como siempre se sienta a su lado, para verlo comer. Cuando ella le sirve la bebida, él le dice que se la tome; ella sorprendida, dice que ya ha comido y tomado fresco; él le insiste que tome de ese fresco que está en la jarra. Ella no puede creer que ha sido descubierta y se hace la ofendida. Catarino se enfurece tanto y tira todo lo que está servido en la mesa; ella se encierra en el cuarto. Por varios días Catarino, no duerme con Carlota; ella entra en depresión, pero eso no hace que

---

[51]*Pushaca: Vagina*

Catarino regrese con ella. Nadie se da cuenta, en qué momento, ella se va de la casa y del pueblo. Nunca se volvió a saber de Carlota.

Tomás se enamora de una señorita de familia adinerada, ella desea que el joven se le acerque, pero él piensa:

«Solo soy un simple carpintero».

Y su propio complejo, le complica el acercamiento.

Julia reúne a sus hijos y a su esposo, les deja saber que está embarazada, la noticia ha sido una gran alegría. Julia ya tiene todo preparado para el día del parto.

DESTINO MIGRANTE

QUINTA GENERACIÓN

Tres días después de la celebración de la Independencia, la comadrona está atendiendo a Julia, llueve más fuerte de lo acostumbrado en ese lugar. Tomás está desesperado y bajo el torrencial, va a buscar al gringo, Catarino va por su abuelo, para que le dé la bendición a la nueva alegría de la familia. Arturo espera tener al primer varón; la comadrona grita:

—¡Es hembra!

Arturo se emociona mucho, a pesar de que no es un varón; llora al tener en sus brazos a la pequeña. Mientras los acontecimientos en la nación no se dejan esperar, acontece la contrarrevolución, que por las calles se murmura.

Arturo registra a la pequeña, como Violeta. A pesar del nacimiento de Violeta, Julia se rehúsa a ir a vivir a la casa de Arturo, permanece en la casa que rentan. Catarino adora a su hermanita, las veces que va a ver al abuelo, la ha llevado montada en el caballo, enfrente de él. A ella le encanta acompañar a su hermano. Julia continúa yendo y viniendo al otro lado, como le dicen ir más allá de la frontera.   Julia siente una anormalidad en su ritmo menstrual y sangra irregularmente, no le pone importancia y piensa que quizá es el cansancio.   Los siguientes tres meses no menstrúa, pero ya en el cuarto, vuelve a menstruar, se preocupa y va a visitar a la comadrona.   La comadrona le dice que está preñada, que tenga cuidado porque se ve que es un embarazo muy peligroso, necesita mucho reposo.

Reúne de nuevo a la familia y les da la noticia, omitiendo lo que le ha dicho la comadrona para no preocuparlos. Decide mantener reposo por su propia cuenta, aunque los muchachos saben que es por el embarazo, les extraña verla inactiva, porque no pasó así con el embarazo de Violeta.

Es viernes, el día que siempre Catarino visita a su abuelo, él se despierta más temprano de lo acostumbrado.   Julia ya está prendiendo el fuego para hacer café.

—¡Buenos días mamaíta!   ¿Qué hace levantada tan temprano?

—¡Buenos días mijo!, me siento un poco inquieta es todo, ya va a estar el café… voy a levantar a la niña.

—¡No mamaíta!, hoy no irá conmigo, voy a llegar tarde y no quiero andar con la niña muy noche.

Catarino ese día, no se lleva a su hermana Violeta; y Julia despide a su hijo como nunca lo ha hecho. Pocos minutos tiene Catarino de haberse despedido de Julia, cuando a ella se le rompe la fuente, antes de tiempo. Tomás se despierta por los gritos de su madre, él corre a buscar a la comadrona y de paso a su padrastro. El parto no ha sido complicado, sietemesina ha nacido la nueva bebé. La salud de la mamá ha estado en buenas condiciones, eso le ha ayudado a que el parto no haya sido complicado y a pesar de nacer antes de tiempo, la bebé está sana, un poco pequeña, que hasta cabe en una caja de zapatos.

Catarino está con su abuelo, él lo lleva a la cueva. Demesio de vez en cuando va a la cueva solo por encargos especiales, ya está acabado, casi un siglo de vida. Platican en la cueva por largo tiempo, se ha hecho de noche. Demesio le pide a Catarino que se quede con él, como un presentimiento que se le atora en la garganta. Él le dice a su abuelo que no puede quedarse, aunque su madre no les diga, él sabe que algo pasa con el embarazo y cree que es delicado y en estos últimos meses desea pasar cerca de ella. Abraza a su abuelo tan fuerte, como si fuera una despedida para siempre y él le da la bendición como lo suele hacer cuando se despiden, solo que en esta ocasión con los ojos aguados. Como aferrándose a la vida, el anciano no quiere desprenderse de su nieto. Las Chus sueltan unas risas burlonas, como hienas.

Demesio se dirige a su cuarto y prende unas

candelas. Catarino monta su caballo y se dirige al pueblo, va a trote rápido, casi a un kilómetro de la entrada del pueblo, a unos cuantos minutos de las nueve de la noche es emboscado. Al mismo tiempo que un soldado asesina al presidente del país. Catarino cae al suelo por un disparo que lo tumba del caballo. Le siguen disparando muchas veces, sin poder atinar un disparo, son sicarios que se hacen pasar por revolucionarios. Lo rodean y él se defiende con la única protección que lleva "su machete", hiere a muchos, pero no es suficiente, le han dado varios balazos a quema ropa. Algunos campesinos escuchan los disparos y alumbran con lámparas, buscando de dónde provienen. Eso alarma a los asesinos, pero antes de abandonar la escena, se acerca un hombre y le menciona, que debió alejarse de Demesio cuando murió su padre y concluye diciendo:

—Éste es un encargo de La Chus.

Y con su cuchillo le corta el cuello. Montan rápidamente los caballos y desaparecen en medio de la noche. Un golpe de viento apaga las candelas de Demesio, él se levanta de la cama y siente un horrendo escalofrío que lo hace llorar amargamente.

El caballo de Catarino ha seguido el camino a casa solo, cuando él cayó de su lomo. Julia escucha relinchar al caballo, cuando ve que está solo, no le importa que esté recién parida y monta el caballo de su hijo. El caballo la lleva hasta donde se encuentra Catarino, hay personas con antorchas. Él aún está vivo, sosteniendo su cuello para no desangrarse y cuando ve a su madre montada en el caballo derrama lágrimas. Julia baja del caballo abruptamente y ve a su hijo tirado, lleno de sangre. Ella grita desconsoladamente abriendo paso entre la multitud. Catarino ahogándose con su sangre, sin poder hablar, sostiene la mano de su madre, la acerca a sus labios y susurra gargareando:

—¡La Chus!

Le da un beso a su madre y sus fuerzas se desvanecen, suelta la mano de su garganta, desvaciándose en sangre. Julia grita con todas las fuerzas de su alma y abraza a su hijo sin parar de llorar. Julia parece desquiciada, la agitación de su cuerpo no va de acorde a su fortaleza. Alguien se acerca y pone su mano sobre el hombro de Julia y acercándose a su oído le dice:

—¡Yo los vi, doña Julita! ¡Cálmese!, ya habrá tiempo de la venganza.

Llevan a Catarino al pueblo y Julia jura vengar la muerte de su hijo. Lo entierra en el cementerio del pueblo, al lado de su padre.

Julia por el descuido que tuvo, por montar caballo el mismo día del parto, ha tenido que ser internada en el hospital departamental. Tiene un daño irreversible en el sistema reproductor, provocando que le hagan una operación de emergencia, se ha quedado vacía por dentro. A la bebé que Arturo registra con el nombre de Margarita, también la internan junto a su madre, las han tenido en observación por un mes.

Cuando Julia sale del hospital, comienza a hacer sus averiguaciones de quienes asesinaron a su hijo. Ya los tiene ubicados.

Dos meses después; entrada la noche del veinte de octubre, hay protestas por las votaciones y a Julia le llega la noticia de que su padre se ha puesto grave y desea ver a sus hijas. Julia no mira la hora que es y desesperada busca a su hermana Victoria. Agarran camino para la casona, alrededor de las nueve de la noche, cuando el sereno canta la hora. La distancia se hace larga a pie, de unas cuatro a cinco horas. El camino es silencioso a excepción del estridular de los grillos y las acompaña un cielo estrellado. Poco les hace falta para llegar al río, que les marca la distancia que queda para llegar a la casona. El viejo reloj de la parroquia marca la medianoche. Julia siente que las vienen persiguiendo, en la bolsa de su vestido se ha guardado un cuchillo, al meter la mano en su bolsillo, comienza a sentir que el cuerpo se le pone pesado. Victoria voltea a ver y asustada le dice a su hermana, que le parece ver a un hombre con un sombrero grande, montado en un toro negro. Julia no detiene el paso y trata de acelerarlo, de igual le advierte a su hermana caminar más rápido. Mientras camina se va quitando un rosario que le cuelga dentro del vestido y se lo pone a Victoria, le dice que mientras camina que se vaya quitando la ropa para ponérsela al revés. Julia también lo va haciendo y en el morral que siempre carga, trae consigo, lazo y costales, por las compras que hace. Con el lazo amarra de la cintura a Victoria y la ata a su cintura, le dice que pase lo que pase, que no abra los ojos y que solo camine a la par de ella. Julia se va haciendo una cruz con su larga trenza y con paso apresurado va rezando, hasta llegar a la orilla del río. Escuchan el mugido del toro detrás de ellas. Al momento, de la nada, comienza a caer un fuerte aguacero, como para limpiarles el camino de los malos espíritus. Julia saca del morral que lleva cruzado, un par de [52]ocotes. Los coloca en el suelo en forma de cruz. Le dice a Victoria que van a cruzar el río y tiene que ser lo más ligero que se pueda, porque por la lluvia puede venir revuelto y crecido, la corriente puede ponerse fuerte y ya no podrán cruzar. El agua no les llega más arriba de la cintura, están a punto de tocar la otra orilla, cuando de repente la corriente tumba a Victoria. Julia como puede, logra sacarla y la arrastra hasta tenerla a salvo. Gracias a que la tiene amarrada a

---

[52] *Ocote: Pedazo de madera resinosa que ayuda a encender fuego*

su cintura, no se la llevó la corriente. En la otra orilla, solo se ve la silueta del hombre, montado en un toro. Siguen su camino y Julia va dejando cruz de ocote. A Demesio le faltan un par de meses para llegar al siglo, pero por la tristeza de la muerte de su nieto Catarino, ya no quiso levantarse de la cama. Cuando ve llegar a sus hijas, les vuelve a pedir perdón, les da su bendición y les pide ser enterrado al lado de su amada Martina. En un suspiro de tranquilidad, con sus manos entrelazadas con las de sus hijas... deja este mundo. Demesio no tuvo tiempo de acabar con los asesinos de su nieto, solo se lleva con él a la autora intelectual. Días después de la muerte de Demesio, La Chus se enferma de pulmonía y vomita sangre, ha tenido un castigo agonizante que no duró mucho.

Julia al cabo del año de la muerte de su hijo, ya tiene localizados a los asesinos. Uno a uno, han sido eliminados y al forajido de su cuñado, ella le ha arrancado el corazón con sus propias manos. Un crimen debe castigarse, para que el mundo no pierda el balance y las almas puedan descansar en paz. Cuando está a punto de hacer lo mismo con la medio hermana, el alma de su hijo flota por los alrededores y ella ve la imagen de Catarino, que le afirma, que ya está vengado. María de Jesús pide piedad y perdón por los actos de su madre y de su marido. Julia está cegada por el dolor, pero la suelta y desde ese día no la vuelve a ver. La mamá de María de Jesús, en los últimos días que Demesio cayó en cama, logra agarrar la mano del anciano y colocar su huella en unos papeles, que deja como única heredera de lo que queda de las tierras, a su hija María de Jesús.

María de Jesús no sabe qué hacer con tanta desgracia y se refugia en el alcohol, va vendiendo las tierras y en tan poco tiempo, se va quedando casi sin nada. Se queda con un pedazo de tierra donde construye una choza. La casona ha sido demolida por los nuevos propietarios.

La vida de Julia ha quedado marcada con la muerte de su hijo Catarino, no encuentra sosiego a tanta tristeza. Tomás la consiente tanto, tratando de llamar su atención. Un día de ver que su madre está convertida en un témpano de hielo, la toma por los brazos y le dice que no solo Catarino era su hijo, está él y sus hermanas, que necesitan de ella. Julia entra en razón y comienza a poner un poco de atención a sus hijos.

Tomás deja de pretender a Rosario, a pesar de que los dos están enamorados. Ella le dice que sus padres la han comprometido en matrimonio con un joven adinerado de la región. Tomás no tiene ningún vicio, pero al enterarse de la noticia, va a uno de los bares que comienzan a surgir en el pueblo y se emborracha hasta perder la conciencia. Tomás no acostumbra a visitar esos lugares y menos después de la jugada que le hicieron a su hermano. Ese día pierde la cabeza y amanece en la cama de una prostituta. Paga, pide disculpas y se retira, sin darle importancia a ese suceso. Él se refugia en su trabajo para olvidar a la joven Rosario, después de la noticia del compromiso, no la volvió a buscar.

Julia muy poco va a comprar mercancía al otro lado, ya no es tan seguro como antes. Se ha vuelto peligroso, a consecuencia del conflicto entre los países, por la muerte de unos pescadores mexicanos. Se ha vuelto popular decirle "el contrabando" a la mercancía traída de México. Lo que se logra comprar, se cruza por el río divisorio, oculto hasta en la ropa interior, para no ser detectada por la guardia de hacienda.

Las fiestas navideñas han pasado como un abrir y cerrar de ojos. Julia a esa fecha no le da tanta importancia, pero ese treinta y uno de diciembre se ha levantado de madrugada, pues se ha convertido en tradición, realizar lo que aprendió desde que vivía con su madre. Martina preparaba los mejores tamales de la región, receta que aprendió de su abue Chepa. Julia desde entonces hace los tamales del treinta y uno de diciembre. Ella recuerda que su madre le decía que el veinticuatro de diciembre, no era tan importante como el treinta y uno, es un comienzo de todo, le decía. Julia desde muy temprano está en la faena de los preparativos, perdida en los recuerdos que esas fechas le traen, la interrumpen unos aullidos que a lo lejos escucha, a sabiendas que no la dejan tranquila las ánimas, allí va con un puño de sal, para lanzárselo a quien esté aullando... pues una vez tuvo que correr a un gato que lloraba como bebé. Camina rumbo a la puerta, que de allí proviene el llanto, se va acercando poco a poco a la entrada principal, cuando abre la puerta, allí está un recién nacido, llorando desesperadamente. El llanto despierta a Tomás, se levanta soñoliento y va hasta donde proviene el llanto. Se rasca la cabeza, al ver a su madre con el bebé, ella le explica lo que ha sucedido y lo pone en la mesa. Frente a los ojos de Tomás lo va descubriendo poco a poco, para saber el sexo del bebé.

—¡Es varón!

Dice Julia. A seguir pronunciando palabra va, cuando la silencia una nota, que viene pegada al estómago del recién nacido y es dirigida a Tomás:

Querido Tomás:

La noche que dormiste conmigo, quedé embarazada, no te dije nada desde entonces. No puedo quedarme con el bebé, te lo dejo y hacete cargo, es tu hijo. No sabrás nunca más de mí, nunca le digás quien es su madre, podés decirle que morí al dar a luz. *La Puta.*

Tomás pela los ojos mientras lee y se quedan atónitos ante tal noticia. Julia le dice a Tomás que ella y su esposo lo reconocerán como hijo. Tomás le agradece a su madre la buena intención de darle un hogar a su hijo, pero le dice, que él se hará cargo de su responsabilidad. En honor a su hermano muerto, bautiza al bebé como Catarino. Una gran bendición para iniciar un buen año.

Las hijas de Julia comienzan la escuela, terminan la primaria y no siguen estudiando.

El tiempo no se detiene y poco ha sido el progreso del país. Ha aumentado la violencia y se ha alborotado la delincuencia y los ancianos al ver tantos asesinatos, pronuncian: "malaya en los tiempos de Ubico".

A Violeta la pretende un joven simpático, alto y flaco; de cabello rubio algo largo y colocho[53], sus ojos verdes como la selva, con el defecto más grande de ser un sinvergüenza. Estando casado y con dos niñas, persigue a Violeta. Ella rechaza sus pretensiones, muchas veces se lo ha dejado saber. Le ha advertido que, si no la deja de molestar, tendrá que hablar con su hermano, pues éste no para de insistir. No es el único pretendiente de Violeta, el atractivo es heredado de su bisabuela Martina, resalta por donde quiera que camina.

Por las calles de aquel pintoresco pueblo, hay

---

[53] *Colocho: Crespo, rizo*

un joven muy apuesto, uniformado de policía, que no espera más y va hasta la carpintería de Tomás para dejarle saber, las buenas intenciones que tiene con su hermana. Violeta no está interesada en las pretensiones de ninguno. Ella tiene otros planes para su vida, trabaja en un almacén de ropa y ahorra centavo a centavo para viajar a la capital, sueña con ser diseñadora de modas y así estar lejos de su hermana que tanto la molesta.

Está en sus diecisiete años y ya tiene suficiente dinero ahorrado, para emprender su viaje. Está feliz porque podrá realizar lo que tanto desea, casi son los últimos días de trabajo, ya se lo ha participado a los dueños del almacén, ellos le expresan que lamentan perder a una excelente trabajadora. Esa mañana se le ha hecho tarde y para no llegar tarde, le hace la parada a un taxi. Entra de prisa a los asientos de atrás y sin percatarse, de quien viene manejando. Se da cuenta que es el hombre que la viene pretendiendo, sin dejar de insistirle.

—¡Buenos días hermosa!, ¿A dónde la llevo?

Le dice el taxista, con sonrisa intimidante.

—¡Ah!, es usted.

Dice Violeta, no muy contenta y sigue diciéndole:

—Al almacén por favor.

Sin voltear a verlo, Violeta busca en su bolso el dinero para pagar el viaje y cuando levanta la vista, se da cuenta que van para otro lado. Ella previene al chofer y le dice que se ha pasado de su destino. Él se carcajea y le dice que hoy será su día de descanso y que la pasarán de maravilla. Violeta empieza a gritarle que regrese y le recalca que, si ha parado un taxi, es porque ya va tarde. El hombre hace caso omiso a las palabras de Violeta y sigue manejando. Violeta ya desesperada lo comienza a golpear desde el asiento de atrás y el hombre detiene el auto en unos matorrales. Sale del auto y abre la puerta de los asientos traseros, sin darle tiempo de nada entra, abalanzándose sobre Violeta. Ella grita diciéndole que se quite de encima y que la lleve a su trabajo. El hombre le expone su sentir, que él nunca ha sido rechazado por una mujer, mientras rasga su ropa interior. Violeta patalea sin tener éxito, en cuestión de segundos, el desalmado la ha violado. Ella siente tanta vergüenza y humillación al ser ultrajada de su inocencia y se ha quedado inmóvil dentro del vehículo. Asustada y temblando de impotencia, llora sin consuelo. El cobarde, solo ríe en tono de burla. La deja enfrente del trabajo, ella siente tanta vergüenza que no puede entrar, con los brazos cruzados y su rostro cabizbajo como escondiéndose del qué dirán, camina en dirección a su casa. Nadie se da cuenta de su presencia, rompe una blusa vieja como en forma de lienzos y los unta de alcohol.

Con cuidado se limpia sus partes íntimas, quiere desinfectarse del abuso que ha sufrido, pasa uno de los lienzos en su rostro, no quiere lucir demacrada. Después de la limpieza, guarda los lienzos en su bolsa de mano, para tirarlas en algún basurero, fuera de casa. Hace una pequeña maleta con las cosas de importancia, saca sus ahorros del escondite y escribe una carta de despedida.

Mamá, papá, hermano:

No se preocupen por mí, me voy a la capital a seguir trabajando, para poder estudiar lo que me gusta. Los quiero mucho: Violeta.

No menciona a su hermana Margarita, porque desde pequeñas nunca se han llevado bien. Las hermanas pelean por todo, entre ellas ha nacido una rivalidad a muerte. Margarita ha sentido celos de Violeta, por la atención que ella recibe por parte del padre y del hermano. Las pocas fotos que con esfuerzo les ha mandado a tomar Julia, han sido dañadas... no se quieren ver ni en pintura. Al irse Violeta, la casa es fría y triste, Margarita nunca ha logrado tener la atención como la que ha tenido Violeta, eso la llena más de resentimiento para con su hermana.

El violador Neftalí está preocupado porque no ha visto a Violeta, desde aquel día triste para ella. Ha preguntado por ella, pero nadie le da razón, es como que se la hubiese tragado la tierra.

Margarita comienza a trabajar en el almacén

donde trabajaba su hermana, el hijo del dueño la pretende y a ella le gusta. Un día Julia va a dejarle almuerzo a su hija Margarita y al entrar al almacén se topa de frente con un comerciante que entrega mercancía en ese lugar.

—¡Fíjese por dónde camina, medio mudo!

Le dice Julia al hombre.

Él pide disculpas y se va.

Margarita se sorprende por la visita de su madre, y le dice que está a punto de ir a buscar almuerzo. Agradece el buen gesto de llevarle comida, conversan un poco y sale el tema del hombre que casi la tumba en la entrada del almacén. Margarita le explica que es uno de los comerciantes, que surte mercadería en el lugar.

Violeta en la capital, comienza en un trabajo de cuidar a una señora de avanzada edad. Le dan un cuarto para que viva allí, dado a que los hijos de la señora son pintores y se la pasan viajando por Europa, exponiendo sus obras de arte. A Violeta le gusta el trabajo, aunque no es el sueño de su vida, le dedica más atención de lo debido en atender a la señora, los demás quehaceres los hace otra persona. Violeta se empieza a preocupar cuando no le baja la menstruación, por dos meses consecutivos. Pide permiso para salir del trabajo un día lunes, la señora le autoriza la salida, pero le entra la duda. Violeta va a una clínica para que la revisen y al buen rato de esperar los resultados, sale la enfermera y muy sonriente le dice:

—¡Felicidades!, usted está embarazada.

Ella sale de ese lugar devastada y con los ojos húmedos, se va a pie hasta la casa donde trabaja, para despejar la mente. Al llegar la anciana le pregunta:

—¡Violeta!, ¿Qué te pasa?

Ella le cuenta lo que le sucede. Espera a que regresen los pintores de viaje y renuncia al trabajo, la barriga ya es notoria. A los ocho meses de embarazo, Violeta regresa a su casa. Cuando baja del autobús, se encuentra con el pretendiente policía. Él, se sorprende al verla embarazada, la curiosidad le hace preguntarle si se casó. Violeta mientras espera que le alcancen la maleta, le responde con una negativa. Miente al decirle, que fue un tropezón de una noche en la capital. Él continúa con el interrogatorio y pregunta si ya lo sabe su familia. Ella mueve la cabeza, con la respuesta de un no, entonces él le ofrece su ayuda, diciéndole que puede decir que él la ha embarazado, que va a responsabilizarse casándose con ella. Violeta agradece su gesto de buena voluntad, pero que ella hará frente a su deshonra. Él la encamina hasta la puerta de su casa, ayudándole con la maleta que lleva. Tomás mira al policía, pero no reconoce a su hermana, hasta que ya está adentro. Tomás suelta el serrucho que tiene mientras corta una tabla, del ruido que eso provoca, sale Julia. Cuestionan severamente a Violeta y le dicen que no la quieren en la casa por desvergonzada. Ella sin decir nada, se retira a su cuarto y llora hasta el otro día. Julia y Arturo siguen viviendo separados, Julia así lo ha decidido desde que se casaron. El siguiente día Violeta visita a su padre, le pide quedarse en su casa. Arturo no le cuestiona lo sucedido, le dice que esa es su casa y que está feliz de tenerla de vuelta. La casa casi no tiene muebles, solo los que Tomás había hecho años atrás. Para Arturo no hacen falta, pues casi no se la pasa en la casa, va de un lado a otro para comprar café. Tomás busca al policía, sin éxito de encontrarlo. Asume que él es el responsable de la deshonra de su hermana. A pesar de lo enojado que está por lo sucedido, le ilusiona ser tío y mientras piensa qué hacer con la situación de su hermana, va construyendo una cunita. Antes que Violeta diera a luz, Tomás la visita. Tomándola por los brazos e insistiendo que le diga la verdad. Con gritos le pregunta:

—¿El policía es el papá del hijo que esperás?

De tanto zangoloteo que su hermano le está propiciando, ella grita:

—¡¡¡Siiiiiiiiiii!!! y dejame en paz, que yo me encargaré de criar a mi bebé.

Tomás por días busca al policía, es plena feria del pueblo, el policía está de franco y disfruta de la celebración, en una cantina. Está tomando con un compañero de trabajo, cuando entra Tomás y le reclama. El policía ya borracho, le dice a Tomás:

—¡Yo no he embarazado a la puta de tu hermana!

Tomás pierde los estribos y le quita la pistola que trae atrás en la cintura y le da un par de disparos. El compañero que está con él quiso sacar su pistola, pero Tomás es rápido y descarga balas sobre el cuerpo del otro policía. Todos salen corriendo y en un charco de sangre yacen los cuerpos de los policías. Tomás está paralizado de ira y al reaccionar sale corriendo del lugar y se dirige a su casa. Julia al ver a Tomás tan pálido, le pregunta:

—¡Mijo!, ¿Qué tenés? pareciera que venís huyendo de la muerte, para traer esa cara de papel.

Tomás le relata a su madre lo que ha pasado y ella inmediatamente lo lleva a la casa de su hermana Victoria. Le ordena que espere allí, mientras busca algunas cosas en la casa. La policía ya está buscando a Tomás por todos los rincones del pueblo. Como es la costumbre en los pueblos chicos, de levantar falso testimonio, han comenzado a decir que él es un guerrillero. En ese año se ha conformado el ejército guerrillero de los pobres. Los policías llegan hasta la casa de Julia, buscando a Tomás y Julia les dice que no lo ha visto.

—¿Por qué lo buscan?

Pregunta para desviar la atención de los policías. Ellos le responden con lo que ella ya sabe. Entrada la noche del diez de diciembre, Julia lleva a Tomás al otro lado. Ella conoce esos lares al derecho y al revés, cruza con su hijo el río y suben a un autobús rumbo a Tuxtla Gutiérrez, allí lo deja en un cuarto. Le deja ropa y dinero como para un año, le promete que regresará en ese tiempo o hasta que las cosas se calmen. Los policías llegan a la mañana siguiente a visitar a Violeta, ella cuando se entera de lo sucedido, corre a la casa de su madre, pero no hay nadie. Entonces se dirige a la casa de su mejor amiga, platican de lo sucedido y la amiga le dice que se tranquilice por la salud del bebé. La amiga al ver a Violeta tan alterada por los acontecimientos, le sirve un vaso de agua, con unos granos de azúcar. Violeta lleva el vaso a su boca, pero no le da tiempo ni de dar un trago, cuando siente que está mojada. El estrés y la intranquilidad de los últimos días, le han causado la ruptura espontánea de la fuente. Violeta le dice a su amiga Elena, que por favor busque a la comadrona y que la lleve a la casa de su padre, ella va a adelantarse.

DESTINO MIGRANTE

SEXTA GENERACIÓN

Violeta llega a la casa, sosteniendo su vientre y abriendo la puerta está, cuando comienza con las fuertes contracciones. Logra tender un [54] petate, se acuesta en él y empieza a pujar. El parto se ha adelantado unos días, por el enojo que ha tenido con su hermano y a eso se le agrega la impresión de lo sucedido. Desesperada por encontrarse sola, jala una sábana y se cubre. Puja en la soledad de aquella casa vacía, dando gritos a consecuencia de tanto dolor y siente un alivio al escuchar el llanto del bebé. Pudo saber que está bien, porque el llanto es constante, haciendo eco en aquella casa. Del agotamiento que ha sufrido en la labor de parto, se desmaya. Instantes han pasado, cuando entra Arturo, llamando:

—¡Mija!, llegué antes.

Solo se escucha el llanto de un bebé. Él entra al cuarto de Violeta y mira a su hija como muerta. Arturo da gritos de susto y al momento llega la amiga Elena con la comadrona.

---

[54] *Petate: Estera=Alfombra elaborada de palma*

La comadrona pide agua hervida y unos paños. Arturo se dirige al poyo a prender fuego y calentar el agua. La comadrona le pone alcohol en la nariz de Violeta para hacerla volver en sí. La comadrona dice:

—¡Es una niña!, parece un ángel.

La envuelve en una frazada blanca y se la alcanza a Arturo. Él llora al ver a su nieta, aunque él deseaba un varón. Acomodan a Violeta en la cama después de limpiarla y le alcanzan a su hija. Ella llora al ver a la bebé, idéntica a su padre. Nadie sabe quién es el padre de aquella criatura. La celebración de Arturo es grande, desenvaina su revólver y descarga varios tiros al aire. En la capital también hay celebración, pues es una fecha memorable para el país, ya son cinco años del premio nobel de literatura.

Violeta trata de alimentar a su hija y la niña desesperada por comer, traga un par de gotas de leche y al instante vomita. La comadrona le dice:

—Tal vez es tu leche que no está buena.

Elena responde:

—¿Cómo puede decirle eso señora?

La comadrona insiste que unas mujeres traen mala la leche y es veneno para los recién nacidos. Le señala a Elena que vea la roncha que se le ha hecho a la bebé, donde le ha caído una gota de leche. Elena va a buscar a un amigo que es doctor, para que revise a su amiga y a la bebé.

El doctor revisa a Violeta y al saber que ha tenido sola a su hija, él le dice que es una joven fuerte y no parece tener ninguna complicación. Con respecto a la bebé, ella a simple vista, presenta un cuadro clínico un poco delicado.

El médico recalca diciendo:

—Tengo que hacerle exámenes de sangre, para saber exactamente cuál es la razón del por qué no resiste la leche materna. Por el momento dele agua hervida con poca azúcar.

Apenas nace y ya está sufriendo por el piquete de la jeringa. Parece írsele la vida en un desconsolado llanto y Violeta no puede consolarla.

—¡Dámela aquí!

Dice Arturo abrazando a la bebé, ella de inmediato se calma, ha tenido una gran conexión con el abuelo. El doctor dice que él mismo llevará las pruebas al laboratorio y tratará de tenerlas lo antes posible.

Margarita llega a la casa devastada, pues la noticia de que buscan a su hermano se ha corrido como pólvora. La gente que no vio el incidente no cree de lo que se le acusa a Tomás. Murmuran que es un hombre de bien. Margarita va hasta la casa de Arturo a buscar a su madre, pero se encuentra que su hermana ya ha dado a luz. Se avienta sobre ella sin importarle que está recién aliviada y le empieza a reclamar:

—¡Por tu culpa le están sucediendo las

desgracias a la familia!

Arturo la jala del brazo y le ordena que se vaya. No puede creer que Margarita se atreva a tratar así a su hermana, que recién ha dado a luz... como si fuera su peor enemiga. Margarita regresa a su casa, no ha ido a trabajar pues está avergonzada de todo lo que escucha de su familia. Espera en casa hasta la llegada de su madre.

A la semana de dar a luz Violeta, llega el doctor con los resultados. Le dice que la pequeña ha nacido con un problema genético, incompatibilidad de grupo sanguíneo. Padecerá de esferocitosis hereditaria, Violeta le pide que le explique en términos comunes, él le dice que será anémica toda su vida. El doctor firma una receta para comprar una leche específica, pero no está muy convencido de que dé resultados. El médico manda al gringo a comprar la leche. Arturo viene de regreso y Violeta le pregunta por la leche y él con cara de asombro le contesta:

—¡Esa leche parece oro!, vale un ojo de la cara, lo que me diste no alcanza ni para una onza y yo no llevaba más dinero.

—¡Ay, Dios papá! ¿Pues en cuánto sale?, si le di pensando que se comprara dos botes.

—Esa leche vale cinco botes grandes de nido.

Violeta está anonadada de lo cara que es la leche para su hija. Arturo regresa a la farmacia para comprar la leche. El propio abuelo prepara el biberón, tal como lo ha indicado el doctor. Un par de horas ha sido el gusto de la retención de la leche. La reacción no se dejó esperar y le da una fuerte diarrea a la bebé, no saben qué hacer y corren a llamar al médico. El doctor les dice que la única leche, que quizá le vaya a caer bien, solo la venden en el otro lado y si la primera es costosa, esa es carísima.

—¡Tan delicada nació esta patojita!, parece que la cigüeña se ha equivocado de cuna.

Dice Arturo riendo.

—¡Ay, mi papá!, tal vez tiene razón… ya ve que ni la mancha mongólica tiene.

Y se ríen, para no llorar. La pequeña empieza a llorar, como entendiendo lo que dicen de ella. Sin imaginar que por sus venas corre sangre de diferentes culturas y con múltiples dones. Violeta está angustiada, al ver que casi se acaban sus ahorros en solo un bote de leche, que su padre ha ido a buscar al otro lado. Tal como lo dijo el doctor, es la única leche que le ha caído bien al estómago de la bebé.

Pasado algunos días llega Julia, Margarita le cuenta que Violeta, ya se ha aliviado. Julia siente tanta rabia contra su propia hija, porque cree que, por su culpa, su hijo se ha echado una gran desgracia en su vida. Se dirige a la casa de su esposo, entra dando fuertes gritos, maldiciendo la desgracia que azota a la familia, va con la mano levantada para golpear a Violeta. Arturo tiene cargada a la bebé, pero alcanza a sostener la mano de Julia y le dice que se calme. Julia parece animal herido rebuznando de dolor, cuando Arturo le dice:

—¡Mirá Julia a tu nieta! ¡Mirá la cosita más hermosa que la vida nos ha traído! ¡Sólo mirá!

Julia se detiene y como obra de Dios, la niña le sonríe a sus días de nacida, Julia no se puede contener y llora. Atraída por una extraña magia que posee la recién nacida, se acerca y la abraza, como aferrándose a que le alivie tanto dolor rezagado. Después de ese día Julia comienza a mover todas las cosas a la casa de Arturo. Las herramientas de Tomás las coloca en una maleta de madera y las guarda para llevárselas el día que vaya a verlo. Al mes Julia, Margarita y Catarino ya están instalados en la casa del gringo. En esos días llegan los de la secretaría de hacienda. Arturo no ha pagado impuesto sobre sus tierras por muchos años y le embargan todo el terreno, excepto donde está la casa. Violeta quiso pagar la deuda, pero ya es demasiado tarde, las tierras han sido vendidas a los adinerados del pueblo.

Violeta ya no tiene dinero para comprar la leche de su hija y decide regresar a la capital para trabajar. Ella ya conoce la vida de la ciudad grande y sabe que puede ganar más dinero allá, que quedándose en el pueblo. El sueño de ser diseñadora se queda truncado en el sueño de ver sana a su hija. Se despide de su pequeña de apenas dos meses de nacida. Le deja la bendición y le promete que pronto vendrá por ella.

Violeta busca a los pintores, rezando que aún puedan recibirla. No han podido encontrar a alguien mejor que ella, la señora al verla, la abraza y pregunta sobre el embarazo. Violeta la pone al día de los acontecimientos.

Julia se aferra a su nieta, como el ángel protector de sus demonios. Margarita también le toma cariño, para Catarino, es su princesita de porcelana y para el abuelo, la niña de sus ojos.

Arturo ya ha inscrito a la niña en el registro civil del pueblo, como Martina Lucía Barrios. Martina como su bisabuela y Lucía por la patrona del pueblo, con el apellido de su madre.

El gringo se la pasa trabajando en la compra y venta de café, Catarino lo acompaña en esas aventuras, le fascina andar con su abuelo. Catarino desde que tiene uso de razón, Arturo ha sido su abuelo, lo ama y lo respeta como tal. Margarita va a trabajar a la farmacia popular del pueblo y Julia sigue en sus ventas sin descuidar a su nieta. Busca una niñera para que la ayude a cuidar a la bebé.

La sencilla casa de madera, con tejado de lámina, el piso de tierra, de largos corredores… se ha llenado de alegría con los llantos y sonrisas de la pequeña. Han destinado un cuarto para Martina Lucía y Julia manda a que terminen la cuna de cedro, que Tomás ha dejado comenzada.

Julia cada vez que va por la leche al otro lado, trae alguna que otra cosa necesaria para su pequeña, una de esas veces ha comprado un hermoso pabellón color melocotón, para evitar que los zancudos piquen a su nieta... abundan por la región. Martina crece saludable y con la finura de genes, que le brotan por los poros. Su abuelo le ha designado una secadora de café, para que ella esté jugando, mientras él seca el café.

Desde que nació ha sido muy delicada y curiosa, gatea de un lado al otro, en aquella larga secadora de madera. Observa con curiosidad la tierra de los alrededores de esta, pero no se anima a tocarla. Le gana la duda y extiende su mano fuera de la secadora y agarra un puño de tierra. Al ver su mano llena de tierra empieza a dar gritos, los abuelos salen de sus quehaceres como alma que lleva el diablo, asustados, pensando lo peor. De inmediato han creído que quizá un animal, le ha picado. Ella extiende su mano, mostrando la tierra que trae en ella, la abuela trae un trapo húmedo y limpia la mano de la pequeña. Ella observa con curiosidad su mano, se percata que ya está limpia. Le sonríe a la abuela y se queda quieta.

Julia le dice:

—No podés hablar, pero bien que te das a entender y con esa tu sonrisota, le robás el corazón a cualquiera. Ni un año cumplís y estás bien viva mija... ¡Gracias a Dios!

Martina Lucía se queda atenta escuchando a Julia y en respuesta le sonríe y le balbucea varias veces "ma ma". Julia se derrite de emoción ante las primeras palabras de su nieta. Martina Lucía desde ese día no volvió a tocar la tierra.

La niñera no sabe cómo decirle a Julia, que ya no va a continuar con el trabajo. La joven está comprometida y se va a casar pronto. El futuro esposo se la va a llevar a otro pueblo. Por fin habla con Julia y le da señas del abandono del trabajo, dice que le recomienda a una joven que necesita trabajar. Julia entiende las razones de la niñera y pide ver a la otra muchacha.

Recibe a la nueva joven y Julia le dice que está apurada por sus servicios y si ella está disponible para comenzar ya. La joven le afirma que sí. Ella comienza ese mismo día, Julia le da las instrucciones sobre lo indispensable de la bebé, diciendo:

—Ella es una niña que no molesta, llora únicamente si está mojada y grita más si se ha hecho popo, llora si tiene hambre, llora si se ha manchado las manos o su ropa está sucia, llora si tiene sueño. Si está limpia, ha comido, o ha dormido, entonces algo más pasa, pero normalmente esas son las razones.

Julia se pasea por los alrededores de la cocina, mostrando a la muchacha dónde encontrar cada cosa que pudiese necesitar, todo está debidamente ordenado y sigue diciendo:

—Su ropita se lava con jabón camay y después se pone a hervir, el lazo rosado es solo para tender la ropa de la nena, el agua para hacerle la [55]pacha, está en aquel termo verde.

Señalando el área donde solo están las cosas de la bebé. Toma un respiro de aire y continúa diciendo:

—Como podés ver, allí están todas sus cositas, así como las encontrás, así las dejás... no me gusta el desorden.

Julia mientras le da las instrucciones a la nueva niñera, busca los morrales para el mercado y le termina de decir:

—Pero por ahora solo cuidala mientras voy al mercado, ya está comidita, limpia y ya tuvo su siesta.

La niñera solo dice:

—¡Ah... vaya doña Julita!, no se preocupe, yo cuido a la nena.

Pero en sus adentros piensa:

«*¡Ummm!, ni que fuera la princesa de España, como dicen los [56]ladinos cuando alguien*

---

[55] *Pacha: Biberón*
[56] *Ladinos: Mestizos*

se cree mucho, ¡Ummm! bonita está la [57]ishta, pero hacerle todo eso que dice la doña... ¡Está loca!»

Julia apenas ha caminado una cuadra, cuando se da cuenta que no lleva el [58]monedero, se da la media vuelta para regresar a casa y buscarlo. Escucha que la niña llora desesperadamente, entra corriendo a la casa y no puede creer lo que sus ojos están viendo. La niñera está pegándole a la bebé con un [59]varejón de clavel. Julia siente morirse por un instante, al ver a su nieta con las piernas marcadas de la [60]chicoteada, que la perversa niñera le ha dado a la niña. Le agarra la mano y con ese mismo varejón le ha dado una buena [61]tunda. La niñera entre sollozos le dice a Julia que, la bebé empezó a llorar de la nada, no se callaba y la desesperó. Julia le ordena que desaparezca de su vista, antes que cometa una locura. Abraza a la pequeña pidiéndole perdón, por dejarla con una desconocida. Martina no deja de suspirar, se queda dormida, pero de repente da brincos por el susto y comienza a llorar. Empieza con mucha fiebre y Julia agarra un pañuelo rojo, cuenta tres nueves de pimienta gorda, ajo, chile

---

[57] *Ishta: Niña*
[58] *Monedero: Bolso pequeño para llevar dinero especialmente monedas*
[59] *Varejón: Vara o rama larga y delgada*
[60] *Chicoteada: Numerosa cantidad de golpes*
[61] *Tunda: Golpiza*

diente de perro y un huevo criollo. Todo lo amarra en el pañuelo y se lo pasa a la niña en todo el cuerpecito, debajo de su blusa le coloca el [62] tanate. No demora mucho para que la pequeña se quede dormida, sin dejar de suspirar. Al buen rato Julia quema todo lo que contiene el tanate, lo deposita entre las brasas del poyo y lo va moviendo con un tizón, parece una quema de cohetes y canchinflines. Y Julia dice:

—¡Que te ardan los ojos y las manos por el daño!

Y entre dientes repite frases que no se entienden. Eso hace que la niña se quede más tranquila y se le haya quitado la fiebre.

Julia a los pocos días encuentra una buena muchacha, que cuida a la niña como una muñeca de porcelana y se echa de ver el cariño que le profesa. Julia viste a Martina con un vestido de encajes color amarillo, con zapatos blancos que tienen un cascabel plateado enfrente. Es el día del bautismo y la primera foto del recuerdo. Magdalena y su esposo Humberto se ofrecen a ser los padrinos, jóvenes recién casados, de familias reconocidas en el pueblo, queriendo hacer la obra de caridad del momento, como muchos adinerados. Después las criaturas son olvidadas a su suerte. Violeta no ha dejado de mandarle dinero a Julia, para los gastos de su hija y en uno

---

[62] *Tanate: Paquete*

de los telegramas, pide a su madre que viaje a la capital y que traiga consigo a la niña. Julia va a visitar a Violeta al año de su partida, ella abraza y besa a su hija, la niña llora desconociendo a su propia madre. La anciana que Violeta cuida, le dice que no necesita irse a un hotel, para estar con su familia. Le ofrece que pueden quedarse con ella en su cuarto o en otro, lo que allí sobra es espacio. La niña ha conquistado los corazones de aquella casa. No estuvieron mucho tiempo, solo el fin de semana.

Cada fin de año, Julia lleva a Martina Lucía a visitar a su mamá, la deja tres semanas y luego la busca. En ese tiempo, Julia va a visitar a su hijo, nadie sabe dónde se encuentra. Él construye una nueva vida y se abre paso con su talento de carpintero, al poco tiempo ya ha montado su propia carpintería.

Violeta compra juguetes para entretener a su pequeña, pero eso no le llama la atención, a sus tres años le gusta ver libros. Violeta compra cuadernos y crayones, también le va enseñando a leer y a escribir. Violeta entristece cada vez que Julia va por la niña, pero no puede tenerla con ella. La señora que cuida está delicada de salud y tiene que estar al pendiente de ella todo el tiempo, casi las veinticuatro horas del día. Eso impide atender a su hija. Los pintores están tristes, pues su madre se ha agravado. A raíz de la gravedad de la señora, los visitan muchos artistas, para darles consuelo. Llega un amigo de ellos, que hace tiempo no miran, el escultor Marco Castro. Se sientan en la sala y Violeta aparece con la bandeja del té. Interrumpiendo la plática de los caballeros dice:

—¡Buenas noches! con permiso... la chica del servicio ha tomado sus días de descanso y por mí, no hay problema en atenderles.

Los pintores agradecen las atenciones de Violeta. El escultor queda boquiabierto, al ver a aquella hermosa mujer y de inmediato pregunta:

—¿Quién es ella?

Uno de los hermanos, el pequeño, el más arrogante, despectivamente dice:

—¡Es una pueblerina!

Marco con voz de locutor y con una sonrisa pícara contesta:

—¡Ah, qué pueblerina más guapa y qué porte!

El hermano mayor carcajea y dice:

—Ciegos tampoco estamos.

Los hermanos han ocultado sus preferencias sexuales por el qué dirán, sin contar que todo apunta a una inclinación, por sus ademanes.

Violeta después de atender a los caballeros, se dirige a la habitación de la anciana a leerle un libro, sin dejar de preguntarse, quién será aquel hombre. El escultor luce elegante, culto y de buen ver, ocultando muy bien la cantidad de años que tiene, como las veces que ha estado casado y los hijos que tiene, casi o con más edad que Violeta. Por el momento al escultor no le importan las clases sociales, incluso él, es resultado de algo parecido. Invita a salir a Violeta y la lleva a un lugar especial. Ella se siente incómoda porque nunca ha estado en un lugar tan lujoso, siente como los ojos de las [63]fufurufas de la sociedad, la devoran. Él, como todo un caballero, la lleva del brazo. Han tenido salidas a menudo y charlas sin terminar. Violeta está inconsolable, el día al que tanto le ha temido ha llegado, la anciana que cuida ha muerto. Está entre la espada y la pared, no sabe si regresar al pueblo o buscar de inmediato otro trabajo. En el entierro, se encuentra con el escultor, él, le susurra al oído, que la espera afuera del cementerio necesita conversar con ella. Violeta se ha ilusionado con él, pero no le pone mucha importancia al amor, le interesa encontrar un trabajo rápido. Ella está a la espera del escultor, cuando lo ve llegar se le iluminan los ojos, a él también los nervios lo delatan. El escultor le confiesa que está enamorado y quiere casarse con ella. Violeta se queda en una pieza, porque lo menos que esperaba es una propuesta así, o lo toma o lo deja. Ella toma una decisión

---

[63] *Fufurufa: Que se cree mucho*

apresurada y acepta la propuesta del escultor. Se casan en una iglesia sencilla, ante pocos testigos.

Violeta manda telegrama:

Viajar este sábado.

Julia está preocupada por ese telegrama, pues apenas ha buscado a la niña de haber estado con ella. Ese fin de semana no pueden viajar, el país está devastado por el terrible terremoto, hay miles de muertos, edificios colapsados y en un cerrar y abrir de ojos, algunas ciudades han quedado reducidas a escombros. Las ondas telúricas, se han sentido muy fuerte en el pueblo.

Julia sigue preocupada, quiere salir de la duda, cuál es la urgencia de su hija. Se le han hecho largos los dos meses que ha tenido que esperar, para poder viajar. Violeta va a buscarlas a la estación de bus, va acompañada de Marco y lo presenta como su esposo. Julia saluda cortésmente y espera a que Violeta le cuente esa historia. Se instalan en la casa del escultor, que por ende ahora es de Violeta. Julia observa la casa, cada rincón es diferente, parece un museo. Tantos bustos de madera, unos familiares, otros de personajes de la historia, todos hechos por Marco.

Se quedan solo el fin de semana; Julia apresuró el viaje por el pendiente del telegrama y no era tan urgente, como ella se había imaginado. Julia le dice a su hija que hay que volver a las actividades cotidianas. A la hora de despedirse,

Violeta le expone a su madre, que es el momento de tener a su hija con ella. Julia suelta el llanto y le dice a Violeta que prefiere la muerte, a separarse de la niña. Aunque después Julia reacciona y le dice a su nieta que se va a quedar con su madre. La niña de tres años se niega a quedarse y no hay manera de desprenderla del vestido de su abuela. Violeta tiene que desistir en querer quedarse con la niña. Sabiendo que es tan delicada, piensa:

«No sea que se enferme, quizá cuando esté más grandecita».

A Martina Lucía, le celebran sus cuatro años y sin faltar la fotografía memorable para el recuerdo. A esa edad ya sabe leer y escribir, las muñecas que su madre le ha comprado están intactas, adornando la cama.

La casa se va quedando vacía, Margarita de la noche a la mañana, se casa con el comerciante que visitaba el almacén donde ella trabajó. Del hijo del dueño del almacén, se supo que se casó con una joven de su misma etnia quiché. Catarino se enamora de la hija de una pastora, de la iglesia evangélica más grande que hay en el pueblo, termina casado con ella. Arturo abandona el trabajo de comisionado militar, porque Martina se asusta cada vez que él llega con sus tragos encima, echando balazos al aire, que ella ha terminado debajo de la cama.

De las evangelizaciones que surgen en el pueblo, llega a la casa un pastor muy joven. Les comparte la palabra de Dios y el primero en tomar la decisión en aceptar la palabra es Arturo. Incluso ahora que hay espacio, le ofrece un cuarto al pastor y en el corredor de la casa, comienza la iglesia. Julia está molesta, por el ruido que hacen, hasta que una noche, Dios le toca el corazón y acepta la palabra. Quizá es una oportunidad de reivindicar su vida. Martina ya no hace la primera comunión, porque está creciendo dentro de la religión cristiana, los padrinos se molestan con la familia, por la decisión de no llevarla al catecismo y si antes no visitaban a la niña, ahora menos.

Martina Lucía va creciendo a pasos agigantados, una virtud muy grande que la caracteriza es que, ama a los animales y su abuelo le trae una mascota como regalo del sexto cumpleaños. Quien le vende el cachorro, advierte que por ser recién nacido podrá morir, el abuelo no le da importancia a las advertencias, solo quiere ver la cara que pondrá su nieta, cuando vea al pastor alemán. Ella no puede creer lo que tiene enfrente y corre a abrazar al cachorro. Martina todavía toma la leche en biberón, pero a escondidas para que no la molesten los abuelos, ya le han dicho:

"*¡Tan grandota y todavía tomando pacha!*"

A Julia le llevan el litro de leche recién

ordeñada, a la puerta de la casa, ella hierve la leche con hierbabuena y canela para que no le haga daño a su nieta. Martina selecciona el biberón más deteriorado para su perro Kalimán. Divide la leche en dos y se tira a la cama con el perro a beber la leche. La mitad de lo que ella come lo comparte con Kalimán. Elige ponerle ese nombre, porque del viejo radio que tiene Arturo escucha la radionovela llamada Kalimán y se le hace bonito el nombre para el perro.

Violeta espera bebé, a veces se siente sola. La mayoría del tiempo Marco se la pasa de viaje en viaje, haciendo exposiciones de los bustos que elabora, dentro y fuera del país. A Violeta nunca le ha gustado acompañarlo y ha sido una de las tantas discusiones que suelen tener. Marco es demasiado delicado con sus cosas, especialmente con el taller, cuando se encuentra trabajando ni Violeta puede estar allí. En los momentos de inspiración, él busca lo que necesita para alimentarse y vuelve a perderse en el mundo de la escultura. Cuando llega Martina de visita, a Marco se le olvida lo delicado que es. Han conectado a la perfección, pareciera reconocer en ella un diamante en bruto, tal como él lo fue. Marco quiere pulirla, se empeña en enseñarle modales de comportamiento y reglas sociales. Repasan juntos las lecturas y Marco le dedica tiempo, dándole lecciones. Como si fuera su padre, le explica:

—Una persona correcta, educada y refinada, exterioriza el respeto hacia otras personas.

Le da ejemplos claros:

—Cuando se toma la sopa, llevá siempre la cuchara hacia tu boca, no tu boca hacia la cuchara y no sorbás la sopa o alguna bebida... llamarás la atención y eso es falta de respeto ante otra persona, no hagás algo que no te gustaría que te hicieran. No hablés con la boca llena, ni mastiqués como [64]coche, comé despacio para que tengás buena digestión.

Martina escucha con mucha atención, es muy aplicada y va aprendiendo de su buen maestro.

Le enseña a amar el arte y sobre todo a defender la cultura. Marco detecta elegancia, en el caminar de la niña y nadie se lo ha enseñado. Sin saber que resalta de alguna manera la sangre de alcurnia que corre por sus venas, la herencia se deja manifestar y como reza un dicho: *"Lo que se hereda no se hurta"*.

A Marco le gusta hablar con Martina como si ella fuese un adulto, cuando apenas tiene seis años. Él a veces rudo en sus enseñanzas. Quiere desesperadamente transmitir sus conocimientos y sobre todo a alguien que pueda ponerlos en práctica todo el tiempo. Está seguro de que ha elegido a la persona adecuada, para no

---

[64] *Coche: Cerdo, marrano*

perder los buenos modales, el amor al arte y mantener viva las   costumbres y tradiciones. Marco observa detenidamente a Martina, cada vez que le enseña con gran esmero y piensa:

«*Voy a depositar mis conocimientos en ella, no quiero morir sin antes sembrar el cambio y estoy seguro de que no morirán los principios ni los valores. ¡Su generación será diferente!*».

Marco desea que Violeta se eduque, tal como lo hace su hija. A veces pierde la paciencia ante la negativa de Violeta, en no poner atención por aprender lo que él le enseña y él se torna frío y sarcástico.   En sus arranques de enojo le llama pueblerina y aunque pide disculpas, la herida está hecha.

Violeta comienza con los dolores de parto y es atendida en el hospital privado que con anticipación ha pagado Marco, para atender el nacimiento de la criatura.

—¡Es niña!

Dice el doctor que la atiende.

La bebé no tiene rasgos de ninguno de los dos, es idéntica a la madre de Marco. Ella era una mujer de etnia Kaqchikel, casada con un ladino, los dos descansan en paz. Marco pierde la lengua materna por la discriminación que recibió cuando estudiaba. Cuando platica con Martina, siempre le recalca que nunca se avergüence de sus orígenes. Porque la tristeza de no poder rescatar sus raíces, lo ha vuelto un resentido de la sociedad. Marco con lágrimas en los ojos le dice a Martina:

—Mi madre siempre fue discriminada y mi padre el centro de burlas. Ellos murieron amándose y me dieron una lección de vida, el amor no tiene color, ni clases sociales.

Martina solo lo escucha y le da un beso en su mano. Ella se la pasa muy bien en la estadía con su madre y Marco, pero se desespera en regresar a su casa. Aunque la diferencia es garrafal de los dos lugares, ella prefiere la libertad de la naturaleza, que cuatro paredes de cemento.

Marco bautiza a la pequeña, con el nombre de Luisa, en honor a su madre. Violeta al cabo de dos años, vuelve a resultar embarazada. Tiene otra bebé, que bautizan con el nombre de Jimena.

Violeta vuelve a recordarle a Julia, sobre la inscripción de la niña a la escuela. Julia la inscribe años más tarde y Martina comienza a ir a la escuela, a los ocho años. Su primer día no ha sido nada agradable. Es la hora del recreo y todas las niñas salen precipitadas al patio. Martina no conoce a nadie y entonces decide quedarse en la clase a comerse el delicioso [65]pirujo con frijol negro, que su abuela preparó y puso en su mochila. Quiere terminar el montón de palitos que le han dejado de tarea. Suena la campana, en señal que ha terminado el recreo y comienzan a

---

[65] *Pirujo: Pan desabrido*

entrar las compañeritas. Una de ellas limpia el pizarrón y lanza la almohadilla sobre la cabeza de Martina. La almohadilla está hecha de trapos viejos y con la acumulación de tiza parece una piedra. Martina se levanta del escritorio y con el ceño fruncido se dirige hacia la compañera y la sostiene de las dos colitas que trae, la somata sobre el pizarrón sin soltarla. A veces los hijos son el reflejo de los padres y los niños inconscientemente lo exteriorizan, dañando a otros niños y así se procrea la violencia. Martina está educada por Marco, pero también por su abuela, que le ha enseñado que nunca en la vida se deje de alguien y menos si alguien atropella sus derechos y sobre todo sin deberla ni temerla. La abuela le insiste que, aunque sea con uñas y dientes se defienda, pero que jamás, se deje tocar un pelo. Tal como la madre de Julia se lo recalcaba, cuando ella era niña. La maestra las lleva a la dirección, dando de reglazos solo a Martina y así es como se propaga la desigualdad y la injusticia. Martina mira a la maestra con ojos de furia, porque está siendo injusta en castigarla solo a ella. Nunca le han pegado en casa, de la maestra no puede defenderse, como le ha dicho su abuela. Sin llorar, se aguanta el ardor que le han provocado los reglazos, pero sin desprender su mirada sobre la maestra. Ese día la maestra se resbala en el aula, quebrándose el tobillo, mira a Martina y siente miedo. Dos semanas ha estado en el primer grado y la ascienden al siguiente, porque ya sabe leer y escribir.

Antes de comenzar la escuela ya no la cuida ninguna niñera. La joven que la ha cuidado desde que tenía un año, comienza a enfermarse y llega con Julia para decirle que ya no cuidará a la niña. Julia no entiende porqué le dice eso, si hasta ese momento se han llevado bien y ella no ha tenido ninguna queja del excelente trabajo. Le ha tenido confianza en dejarla por días con la niña, cuando ella ha viajado al otro lado. La joven le cuenta que desde que visitó a su hermana se ha sentido mal. Le relata que su propia hermana le ha confesado, que le ha tenido envidia por lo que ella ha logrado, incluso el novio que tenía se lo ha quedado, embarazándose de él con engaños. La niñera le sigue contando que nunca más se ha acercado al muchacho, pero él vive enamorado de ella y eso la hermana no lo soporta. Julia le dice que todavía no entiende porqué ella quiere dejar el trabajo. La joven le sigue relatando, que la hermana la mandó a llamar para hacer las paces y le brindó un vaso de leche. Ella se lo tomó con mucho gusto y cuando le devuelve el vaso, la hermana se carcajea en son de burla. Llorando la joven le continúa diciendo lo sucedido:

—¡Doña Julita!, creí que de verdad que, mi hermana quería hacer las paces, yo no le he quitado nada, al contrario, lo poco que he tenido se lo he dado y ella me ha quitado hasta el novio. Desde que estuve en su casa, me dan mareos y he vomitado mucho. Tengo visiones y por ratos no recuerdo ni quien soy.

Julia la abraza y dice:

—¡Ay, Dios!, esa desgraciada lo que te ha dado a beber ha sido leche de [66]cocha. Te ha desgraciado la vida mi muchacha... no tengo remedio para ese daño.

La joven deja de trabajar y en sus ratos de lucidez busca a Julia. Lloran cada vez que se ven, hasta que un día pierde la razón por completo y deambula por las calles del pueblo. Martina ha llorado tanto esa última vez que ve a su niñera, ella poco reconoce a la niña y entre su locura le dice que la quiere mucho. Martina desde ese día, no quiso tener otra niñera.

Las vacaciones completas las pasa en la capital con su madre, no mucho le gusta pasar tanto tiempo lejos de sus abuelos, pero le atrae la enseñanza de Marco. Martina ama a sus hermanas; Luisa tiene piel morena, como la tenía su abuela paterna; Jimena es lo contrario, muy parecida a su padre, con el color de piel que tenía su abuelo paterno. Martina cada temporada de vacaciones regresa repleta de conocimientos. No

---

[66] *Cocha: Marrana, cerda*

quiere volver a la escuela, las compañeras murmuran a su espalda, tienen miedo a decirlo frente a Martina, pero ella puede entender lo que balbucean y se queda pensando, porqué le dicen bastarda, huérfana y hasta india lamida.

Cuando vuelve a la capital, lo primero que hace es preguntarle a Marco, ¿Qué es bastarda, huérfana, india lamida?

Marco pregunta:

—¿Quién dice eso?

Y ella le dice:

—En la escuela escuché que así me dicen mis compañeras, no lo dicen frente a mi cara, entre ellas se secretean.

Marco algo molesto por la burla, le explica:

—Bastarda; es un calificativo a una persona que nace fuera de un matrimonio. Huérfana; que no tiene madre, o padre, o ninguno de los dos. India lamida; India es un país en el continente asiático y a sus habitantes se les llama indios o hindúes, lamida, es estar flaco o una lamida de animal.

Martina en su inocencia, se queda pensando ante las palabras de Marco:

«Tengo madre, ¡Ummmm!, pero no tengo padre, entonces si soy una bastarda, tengo a mi madre viva, pero mi padre no sé si está vivo, entonces no estoy segura de que sea una huérfana, no soy india porque no soy de la India y lamida si

soy porque parezco un esqueleto y Kalimán me lame a cada rato... ¡Mmmm!, entonces no entiendo».

Marco le dice que se ha quedado muy pensativa y ella le dice:

—No entiendo mucho, pero tengo una duda que le preguntaré a mamá.

Marco no le dice a Martina el verdadero significado de las palabras que usan las compañeras para ofenderla. Se queda meditabundo en lo cruel que puede ser el ser humano a tan corta edad, inculcado por los propios padres. Julia busca de nuevo a Martina, ella ya no quiere volver al pueblo porque no quiere volver a la escuela, sin embargo, el amor que siente por sus abuelos, la hace desistir de su deseo. Los niños olvidan rápido algunos incidentes, como suele pasar con Martina, se le olvida lo que a veces pasa en la escuela.

Por las tardes juega con los vecinos de la cuadra, de repente se detiene un taxi y le pregunta:

—¡Nena! ¿Vos sos la hija de la Violeta?

Martina de inmediato se aleja y pregunta:

—¿Por qué?

—Para que le des un recado.

Martina no le pone mucha atención y le dice:

—No me hable, no hablo con extraños, le diré a mi papá.

Y corre hacia la puerta de la casa.

El hombre sigue su camino, pensando que la niña tiene mucho parecido a una de sus hijas. Quiere salir de dudas si la niña es hija de Violeta y por ende su hija. Martina le comenta a su abuela, que un hombre en un taxi le preguntó, si ella, es hija de Violeta. Julia se queda pensando:

«¿Quién será ese hombre, que dice la nena?».

Todo no ha sido color de rosa para Martina. Ha padecido de paperas, esa vez Julia le puso unas hojas de papaya con rodajas de limón y café, sostenido con un pañuelo en forma de vendaje. Otras veces, sangrado en la nariz, pero lo que le preocupa a Julia es no saber, porqué le ha producido dolor de oído. No lo padece todo el tiempo, pero cuando le da, pasa días tirada en la cama prácticamente sedada, es tan fuerte el dolor que siente, que a veces ni los analgésicos le hacen efecto. En esos momentos de desespero, solo el abuelo puede aliviarla. Arturo, la carga sobre su espalda y le da vueltas por la manzana, hasta que se queda dormida. La abuela le pone tallos de cebolla que disminuyen un poco el dolor. Esos son los días que los abuelos sufren al lado de su nieta y que a veces no saben cómo aliviarla.

Por las tardes sale a jugar con los vecinos y un día no se pone zapatos. La abuela no se da cuenta cuando sale en sandalias. Siempre le anda advirtiendo, que las sandalias son solo para estar dentro de la casa, para andar en la calle hay que usar los zapatos. Están jugando pelota y esta, rueda entre el matorral, Martina corre a buscar la pelota dentro del monte, solo se escucha el grito que da Martina.

Los abuelos salen tan rápido como pueden a ver qué ha pasado, los niños están asustados y dicen que a lo mejor le ha mordido una culebra. Revisan el pie de Martina y el abuelo mira que el dedo gordo está rojo e inflamado, la abuela le toca la frente y en cuestión de segundos comienza a arder en fiebre. El abuelo desesperado la carga sobre su espalda y a paso apresurado la lleva al [67] IGSS, detrás de ellos va Julia en un mar de lágrimas. Al llegar... ya todo el pie está inflamado y rojo, la niña casi desmayada. El médico en turno, pregunta qué le ha pasado, los abuelos cuentan lo único que saben. El médico, después de atender a la niña, sale a decirle a los abuelos que, a tiempo la llevaron, porque ha podido detener el veneno del animal, de lo contrario le hubiera llegado al corazón. Se desconoce qué animal provocó la picadura, solo conjeturas que fue el mentado [68]cara niño o quizá una araña viuda negra. No fue mordedura de ninguna víbora. El susto de los abuelos ha sido

---

[67] *IGSS: Instituto Guatemalteco de Seguridad social*
[68] *Cara de niño: Insecto inofensivo, víctima de temibles mitos (que son peligrosos; que al morder su veneno puede ser letal)*

grande, sin embargo, no impiden que siga jugando, ahora con las precauciones. Martina no volvió a salir sin zapatos.

La niña es muy aplicada en la escuela, porque la recompensa es ir a la capital, y las estadías se han extendido, cada tres meses.

Vísperas de navidad y Martina celebra sus diez años en casa de Marco.

Julia quiere suspender el viaje trimestral, por los tiempos que se han vuelto peligrosos, pero Martina insiste en querer ir. Hay tanta revuelta por el golpe de estado que surge en el país, que hace que Martina se quede algunos días más. Martina observa a Marco prendido en las noticias, no lo interrumpe y se dirige al librero, busca entre los libros, alguno que llame su interés. Sus ojos son atraídos por un título, "El Príncipe", medio lo hojea y vuelve a colocarlo entre los otros. Marco apaga el radio y se dirige al librero. Él con anterioridad le ha regalado el libro "María". No ha tenido tiempo de preguntar:

—¿Te ha gustado el regalo?

Ella, mientras hojea otro libro responde:

—Me ha gustado mucho, ya lo empecé a leer.

Él le dice:

—Cualquier libro que te guste de allí, podés tomarlo.

Marco es puntual a su hábitos y con un libro en mano, le recuerda a Martina que es hora del té.

Juntos se dirigen a la sala. Marco empieza a sentirse mal, de sus manos se le cae la taza de té y se lleva sus manos al pecho. Martina comienza a gritar asustada a su mamá, Violeta llega con rapidez para saber qué ha pasado. Al ver a su esposo tirado, llama a una ambulancia y trata de darle los primeros auxilios. A Marco no le ha dado tiempo de despedirse, un infarto fulminante ha terminado con su vida.

Al velorio llegan los hijos mayores de Marco, vestidos de cuervos, no lloran y están como buitres, mirando a Violeta de pies a cabeza. En el cementerio no respetan el dolor de Violeta, ni al difunto. Le presentan unos documentos que dicen que debe abandonar la casa. Violeta en medio de la tristeza, renta un camión y carga sus pertenencias. Los hijos de Marco están como aves rapaces en la casa y no dejan que Violeta se lleve los bustos, ni las pinturas, ni nada de valor. A ella nada de eso le interesa, pero son objetos que ha adquirido estando con su esposo y todo lo que juntos construyeron, les pertenece a sus hijas. Sin embargo, ella solo lleva los muebles de sus hijas y algunas otras cosas que por escrito le pertenecen. Se adueñan de lo que nunca han trabajado y no se compadecen de sus hermanas, que quedan huérfanas de padre a una corta edad.

Violeta va de regreso al pueblo. En el camino a su lugar de origen, va recordando el sueño que una vez la ilusionó y nada de eso se hizo realidad. De sus ojos fluyen algunas lágrimas y deja de recordar, porque a su memoria también llegan los peores momentos de su vida. Limpia las lágrimas y agradece a Dios, por la vida de sus hijas.

Se instala en la casa de sus padres, vuelve a empezar de nuevo. Con los pocos ahorros que tiene, pone una pequeña tienda y se va abriendo paso. Martina está devastada por la muerte de quien consideró un padre, llora en su cuarto junto a su fiel compañero. Abraza la muñeca que Marco le regaló en uno de sus cumpleaños, recuerda los momentos felices que pasó a su lado, las largas charlas de aprendizaje y algunos ratos de mal genio. Tener a su madre y a sus hermanas cerca, le alivia un poco la tristeza.

El violador encuentra un día a Violeta que viene del mercado, se le pone enfrente y le cuestiona:

—Te desapareciste del pueblo y ahora me vas a responder mis dudas.

Violeta lo ve con ojos de odio y le dice:

—¡Yo no respondo las dudas de un maldito!

El hombre continúa hablando:

—La niña mayor, ¿Es mi hija?

Ella furiosamente le dice que no. Él insiste diciendo, que llevará a la niña a que le hagan una prueba de esas de paternidad. Violeta lo ve a los ojos y le advierte que, si se acerca a su hija, lo matará con sus propias manos. Le deja claro, que ya no es la niña que un día ultrajó. Él siente que ella no está jugando, cuando le dice esas palabras. Desde esa vez, el hombre desiste de su curiosidad.

La poca enseñanza que Martina alcanzó a recibir de Marco, la practica todos los días para no olvidarla y poder enseñarla a sus hijos, tal como él se lo decía. Ella en todo momento lo recuerda, como cuando le decía:

"La buena crianza es hereditaria, pero hay que practicarla; en otros casos se aprende y de igual manera, hay que practicarla, para que no se olvide lo aprendido".

Martina ama jugar basquetbol. Su abuela la regaña cada vez que llega con las rodillas raspadas, cuando tropieza y cae sobre el pavimento de la cancha. Julia con tal de que ella deje de jugar, le echa agua oxigenada a la herida, limpia severamente, le aplica mertiolate y luego polvo de sulfatiazol. Martina siente que se le va la vida por el ardor y el dolor que eso causa, pero no deja de llegar con las rodillas raspadas y la abuela, sigue haciendo el mismo procedimiento.

Martina se ha hecho muy amiga de una niña de sexto grado, viven cerca, las dos aman jugar basquetbol. Todas las mañanas, Martina pasa buscando a la amiga cuando va para la escuela y sin faltar, las acompaña el guardián Kalimán. El perro desde que Martina comenzó a estudiar, la encamina hasta la escuela y el abuelo ya le ha enseñado, buscarla a la hora de la salida. De tan solo ver a Kalimán nadie se le acerca a la niña y, sobre todo, cuando deja ver sus enormes colmillos.

Una mañana de viernes, alrededor de las once; mandan temprano a todas las estudiantes y no dan razón del porqué. Martina se esconde en el baño junto a la amiga de sexto, cuando ven que todos se han ido, salen a la cancha. Ellas se sienten dueñas y señoras de ese lugar, nadie las molesta. Escuchan zumbidos que pasan cerca de ellas, sin ponerle importancia. Frente a la escuela hay un destacamento militar y se escuchan disparos. Ellas piensan que son los cohetes, por la inauguración de las carnicerías del pueblo, cuando de repente, escuchan gritar sus nombres, son Arturo y el padre de la amiga. Les dan indicaciones para que se vayan por la parte de atrás y ver cómo sacarlas de ese conflicto. Ellas están asustadas porque las han descubierto, no tienen ni idea de la magnitud de la situación que se vive ese día. Logran salir de la escuela y cuando va cada quien, para su casa, parece un pueblo fantasma. Por ambos lados de la calle se puede distinguir filas de soldados. Se corre la voz que el pueblo ha sido tomado por la guerrilla. Los zumbidos que ellas sintieron han sido balas disparadas a unos ladrones, que asaltaron el banco, todo eso ha causado pánico y confusión entre los pobladores.

La vida de Martina va marcando la diferencia de las generaciones de sus antepasados. Julia sabe que Martina tiene el don de su padre Demesio y la elegancia de su madre Martina, no quiere que esa herencia prosiga en su generación a excepción del lado materno.

Martina aprende mucho de Julia, los secretos de cocina y hasta aprende a hacer tortillas. Le repite lo que le decía a su hermana Victoria, para comenzar un gran día, hay que iniciar tendiendo la cama. Le enseña a ser ordenada y tantos secretos más. Con lo que Marco le enseñó, va completando su formación de gran ser humano, tal como lo deseaba Marco.

Martina se la pasa leyendo en un columpio que le ha hecho Arturo en el árbol de mango. En la tierra del abuelo hay varios árboles frutales, el de zapote que cuando es la temporada ya está vendida la cosecha, un árbol de nance, que Arturo termina cortando por tanta basura que provocaba, bananos, plantas de café, de cacao y el huerto de la abuela.

De los terrenos que le quitaron a Arturo, existe una enorme plantación de plátanos, que de a poco están limpiando. Recién han cortado muchas plantas, dejando los troncos cerca del terreno de

Arturo. En los ratos que Martina juega con los vecinos, como ya es costumbre, se inventa cualquier juego, esta vez, no pasa desapercibido un nuevo juego. Colocan todos los troncos, uno enseguida del otro, como haciendo un camino. Empiezan a caminar en él y quién se caiga recibe un [69]coscorrón. Lo han hecho varias veces, haciendo algarabía, cuando llegan uno a uno a la meta sin caerse. Martina en una de esas veces, resbala de golpe y lo único que alcanza a hacer es poner su brazo como protección, para no lastimarse la cara. Siente algo caliente cerca de su muñeca, al verse la mano está sangrando, los amiguitos gritan asustados y entran corriendo a avisarle a Julia. Martina se ha cortado con un vidrio de botella, que hay por montones alrededor de los troncos, la abuela le ha curado la herida, tal como lo hace con los raspones de las rodillas. La cortada ha sido profunda y grande, que le ha quedado una enorme marca.

Los terrenos han sido descampados, dicen que van a lotificar todo ese terreno y la vegetación, sigue siendo más escasa.

En la temporada de mangos, Martina rompe la enorme alcancía en forma de tecolote. Elaborada a mano y hecha de barro. En ella guarda los veinticinco centavos que le da Julia,

---

[69] *Coscorrón: Golpe en la cabeza con los nudillos de la mano cerrada*

para que se compre cualquier [70]galguería en la escuela, pero ella todos los días los guarda. Se le ha ocurrido una idea y saca los ahorros para llevarla a cabo. Acompaña a Julia al mercado, compra bolsas pequeñas, [71]chile cobán, [72]pepitoria, limón y sal. Corta algunos mangos del árbol de la casa, unos muy verdes, otros medio [73]zarazos y uno que otro maduro. Prepara bolsas de mango, saca una mesa y le dice a su hermana Luisa que, si ella atiende el puesto, le dará un porcentaje de lo recaudado, ella acepta. El negocio se viene a la quiebra, pues la hermanita se come las bolsas de mango, en lugar de venderlas. Ella compra una nueva alcancía, en forma de perro como Kaliman y piensa:

«Mejor sigo ahorrando mis [74]lenes, me trae más cuenta».

Martina se incorpora al equipo de baloncesto de la escuela, eso no le causa gracia a Julia. Con insistencia le permite salir a jugar a los municipios aledaños, donde se enfrentan a otros equipos estudiantiles. Hay cuadrangulares tanto entre equipos de mujeres como de hombres. A Martina

---

[70] *Galguería: Golosina*

[71] *Chile cobán: Picante silvestre, nombrado así en honor a la ciudad de Cobán, donde se cultiva principalmente*

[72] *Pepitoria: Semilla de calabaza, tostada y molida*

[73] *Zarazo: Que ha comenzado a madurar*

[74] *Lenes: Centavos*

se le van los ojos en un niño que juega basquetbol, en el equipo de la escuela de varones. Le comenta a su mejor amiga, que con ese niño se va a casar cuando sea grande y se carcajea al ver la expresión de Elizabeth, queriendo vomitar. Como todo le causa asco le dice a Martina:

—[75]¡¡¡Chishhhh!!!

Martina riendo y para hacer enojar a Elizabeth le dice:

—¡Está [76]chulo el patojo!

Cada vez que hay encuentros de baloncesto entre las escuelas, ella suspira por aquel misterioso niño.

Es el último año de primaria y ha estudiado como nunca, quiere terminar con las mejores calificaciones. Ella no entiende lo que está sucediendo y de porqué mandan a todos los estudiantes a casa, sin regreso a la escuela durante ese ciclo. En el país se vive una huelga de maestros y el gobierno no llega a ningún acuerdo con ellos. Todos los estudiantes por igual ganan el año escolar. Eso enfurece a Martina, porque ha estudiado duro, dejando las pestañas en las lecciones, para venir a ganar por decreto.

Tras la estadía de Violeta y las hermanitas en la casa, Martina se ha quedado sin muñecas, las han descabezado. Eso la enoja mucho, porque una

---

[75] *Chish: Repugnancia*
[76] *Chulo: Bonito*

de ellas, la ha guardado como recuerdo de quien en vida fue como su padre, su maestro y su amigo Marco. Encarga a Julia traerle un candado para el cuarto, nunca lo ha mantenido con llave, pero en vista que las hermanas todo se lo destruyen, decide dejarlo cerrado cada vez que va a la escuela. Aunque será por poco tiempo, mientras Violeta termina la construcción de su casa, en el terreno que le ha heredado su padre. La casa se vuelve a quedar vacía, la iglesia se muda a otra locación y Violeta con las niñas, se instalan en su nueva casa.

Una nueva etapa estudiantil comienza para Martina Lucía, después de varios meses sin verse, Elizabeth y Martina vuelven a encontrarse en el nuevo establecimiento escolar y quedan en la misma aula. La experiencia es diferente, porque no solo están las compañeras de la escuela de niñas, sino las demás escuelas, mezcladas en el instituto mixto de educación básica. La cara de Martina se sonroja, cuando ve al adolescente que tanto le gusta. Elizabeth la codea cuando el chico se acerca a ellas. El chico se presenta y dice que será un honor estudiar con ellas. Solo ha sido una ilusión fugaz para Martina, porque el adolescente tiene novia en otro salón, después de esa desilusión, Martina no tiene ojos para nadie.

Kalimán ya conoce el nuevo camino para buscar a Martina, al principio estaba confundido y agarraba para la escuela anterior.

Violeta sigue siendo muy atractiva y con muchos pretendientes, pero su prioridad es sacar adelante a sus hijas. Entre esos pretendientes hay un hombre de muy buen ver, pero ella no le da cabida a sus pretensiones. El hombre recién entierra a su esposa y ese cortejo, le ha acarreado dificultades a Violeta, con los hijos de éste, sin ella tener culpabilidad. La nuera de este hombre se ha ensañado con declararle la guerra a Violeta, a sabiendas de la postura que tiene Violeta referente a este hombre. Por una pequeña temporada, las aguas se apaciguan con esa mujer.

Julia y Arturo han tratado de darle lo mejor y casi todo a Martina. Ella está feliz por los abuelos que tiene y desea que algún día, su vida de un giro favorable, para recompensar de la mejor manera, lo mucho que ellos han hecho por ella. Desea que a ellos no les falte nada, pues a través de los años sus fuerzas van disminuyendo. Martina sin ninguna maldad, idea una estrategia para reunir más dinero. Se le ocurre sacar unos cuantos granos de los costales de café, que su abuelo tiene preparados para la entrega. De los pocos granos ha juntado una libra y la va a vender. Le pagan la mitad del precio de lo que en realidad está en el mercado, ella cree que es correcto.

El abuelo al entregar la mercancía, le hace

falta algunos gramos a cada [77]quintal, él se rasca la cabeza porque jura y perjura, que ha pesado cabal.

Repone a cada quintal lo que hace falta, pero le entra la duda. Para el siguiente cargamento, él se queda escondido vigilando. Martina aparece con un [78]guacal y tranquilamente, va metiendo sus delgados dedos en medio de la costura, que con anterioridad se le ha hecho a cada costal, con la aguja capotera. Pega el brinco cuando Arturo la agarra con las manos en el café. Arturo la toma de la manita, se sienta y como una tabla, la coloca en sus piernas. Le da de nalgadas, mientras le dice:

—Una nieta mía no toma nada sin permiso, porque eso se llama robo y yo no estoy criando una ladrona, si te falta algo, para eso tenés boca y pedilo… nada se te ha negado.

El abuelo mientras nalguea a Martina, también llora. Nunca le ha levantado la mano, más que para darle una caricia y le duele el alma nalguear a la niña de sus ojos. Martina no para de llorar, no porque le hayan dolido las nalgadas, sino porque jamás ha recibido un castigo tan severo. A los pocos minutos arde en fiebre y Julia le pone paños de alcohol en la frente. Ha mermado la fiebre y entre suspiro y suspiro, se queda dormida.

Al siguiente día, Arturo se le acerca con la

---

[77] *Quintal: Antigua unidad de peso*
[78] *Guacal: Palangana*

mirada triste, de ver a su niña en cama, por las nalgadas. Ella lo abraza y entre sollozos le pide perdón, le jura que no sabía que eso era una falta grave y le promete que nunca va a tocar algo sin permiso. Desde ese día no tomó nada sin permiso.

Cada vez que Julia viaja al otro lado, Martina le da una lista de cosas para que le traiga. Las primeras veces Julia daba el grito en el cielo, pero se fue acostumbrando, no tiene a quién más consentir, si ella es la única que le alegra la vida.

La chica del supermercado ya la conoce y le hace fácil el trabajo, al buscar las golosinas de la nieta. Un día le dice:

—Si gusta deme la lista y yo le busco todo, mientras usted hace sus compras regulares.

Julia agradece el gesto amable de la chica y le alcanza la lista.

Mamita hermosa, hoy son pocas cositas:
Duvalines, la cajita de siempre
Galletas María o de animalitos
Carlos V también la cajita
Cornflex
Leche nido a Kalimán le gusta mucho
Chocomilk, gansitos
Sabritas de cualquiera está bien
Es todo mamaíta bella. Los esconde bien
para que la hacienda no se los quite. La quiero
con toda mi alma y cuando esté grande y trabaje,
usted ya no trabajará.

Martina.

La chica del supermercado está con los ojos aguados y riendo a la misma vez de leer la tierna lista de Martina. Cuando Julia va a pagar la mercancía, le dice que le ha alegrado el corazón poder ayudarla en completar la lista de su nieta. No se queda con una duda y le pregunta quién es Kalimán, Julia le dice que es el perro de su nieta. La chica solo sonríe y le dice que ojalá algún día pueda conocer a su adorable nieta.

Julia en sus adentros dice:

«¿Adorable?, berrinchuda es lo que es. Si la conociera».

Y se despide riendo y moviendo la cabeza.

Cuando llega Julia a la casa, ya la están esperando. Kalimán le mueve la cola de felicidad, sabe que también recibe parte de lo que le traen a Martina. Con abrazos y besos, agradece Martina la generosidad de su abuela y le dice, que, por una semana, ella va a ir al molino. El molino no queda lejos de la casa de ellos y el día que empieza, Julia le advierte:

—No te vas a llevar al perro, siempre que alguien se te acerca les quiere arrancar un pedazo, no vas a meter la mano en el molino, no importa que esté parado, no te vas a quedar chismeando con las patojas de la tienda de la esquina.

Ella le dice:

—¡Siiiii mamita, está bien!

Y al perro le dice:

—¡Vos Kalimán! te quedás quietito hasta que regrese.

El perro la mira y parpadea los ojos, dejándole saber que ha entendido.

Casi llegando al molino, viene una mujer que ella alcanza a reconocer, al parecer también ha ido al molino. Con el balde de la masa molida, pasa golpeado a Martina en el costado derecho. Martina siente el golpe y solo le mienta la madre con la mano. Ella sigue hasta el molino sin prestar atención, pues no ha sido muy fuerte el golpe. Al regreso a casa, le cuenta a Julia lo que ha sucedido:

—Fíjese mamaíta, que la nuera de aquel señor que estaba enamorando a mi mami, me pasó dando un golpe con la molida, en este lado.

Ella señala el costado derecho y Julia con desesperación comienza a levantarle la blusa y ver si no la ha herido. Martina le dice que no le duele. Julia está arrepentida de haberle prohibido que se llevara el perro. Esa tarde Martina está ardiendo en fiebre y no hay manera de bajarla. Violeta se entera de lo sucedido y va a reclamarle al hombre, que, si algo le pasa a su hija, no habrá poder humano que le impida acabar con toda su generación. El hombre no entiende a qué se refiere el reclamo, hasta que ella le explica.

Una semana ha pasado y Martina se ha

agravado. El mejor médico del pueblo sugiere que la lleven al hospital del Departamento. Estando en el hospital, le hacen Rayos X de la zona afectada. El riñón derecho casi está cubierto por una sombra negra, los médicos no entienden que puede ser. La internan de inmediato, para poder mantenerla en observación, con medicamentos han podido controlar la fiebre. Cada día la mancha negra va cubriendo el riñón derecho y a Martina no la deja tranquila el dolor que le produce. Julia y Violeta están preocupadas por la confusión que tienen los médicos y sin poder darles un diagnóstico acertado. Han intentado con tratamientos para infecciones y no hay avance en la mejora. Julia y Violeta van a visitar a una curandera de las buenas, ella al solo verlas ya sabe la pena. Con voz tenue les dice:

—Ella es fuerte y su destino es muy grande, tiene guardianes a su alrededor.

Se miran una a la otra y saludan al entrar.

Julia hace reverencia y luego dice:

—Mi padre fue tu maestro y por eso sé que no sos ninguna charlatana.

La mujer les extiende la mano, mostrando dónde deben sentarse y dice:

—Del tata Demesio aprendí mucho, pero vamos al grano. Tu niña está dotada del don y no podrán vencerla, pronto tendrá la cura. La mujer que hizo esa maldad quiso lastimar a tu hija, porque la niña es tu primogénita.

Dirigiendo sus ojos a Violeta y continúa diciendo:

—Lo que no sabe esa mujer es que todo lo que a la heredera del tata le hacen, será devuelto tres veces y más. No hay necesidad de hacer ningún trabajo. Su propia energía la protege... ¡Sus ojos lo verán!

La mujer enciende unas candelas blancas y termina de decir:

—La niña tiene su propio [79]nahual, vayan en paz que no es su hora. Esta interpretación no tiene costo, ya ha sido pagada.

Las mujeres se despiden y Julia va más angustiada que nunca, pues lo que no quería que se revelara, la mujer lo ha expresado.

Dos semanas sin tener un diagnóstico, hasta que el director del hospital dice que deben operar. La mancha negra casi ha cubierto el riñón y antes que afecte otros órganos, hay que removerlo. Ese día un médico joven, visita a Martina y ella con su voz débil le pregunta:

—¿Usted es quién me va a curar verdad?

Él se ríe y sacando de su bata una píldora le dice:

—Yo solo soy un mediador para traerte tu medicina, te vas a tomar esta píldora, yo vendré todas las mañanas por tres días.

---

[79] *Nahual: Protector, energía, espíritu*

Ella mira la píldora y con esfuerzo se traga lo que parece un supositorio de color negro. El joven abandona la habitación y ella se queda dormida. Los médicos programan la operación en los próximos tres días. Dos días han pasado y los médicos se sorprenden al ver los Rayos X del riñón derecho de Martina. Casi las tres cuartas partes se han aclarado, no tienen explicación y suspenden la operación. A las ocho de la mañana, aparece el joven médico con la píldora y le dice a Martina:

—¡Buenos días!, la enfermita tiene otra cara, ésta es la última píldora que vas a tomar y en unos cuantos días ya estarás en tu casa. Me tengo que ir, pero siempre estaré cerca.

Martina aún está débil, pero le tartamudea un agradecimiento. Como a las nueve de la mañana, llegan a visitarla una delegación de médicos, pues el cuadro clínico es extraño y necesitan examinar el caso de cerca. Martina medio aturdida dice:

—¿Más médicos?

Los médicos se miran unos a otros y el director del hospital, pregunta:

—A ver mi niña, ¿Por qué dices eso?

Ella le dice que recién se acababa de ir el médico, que le ha estado dando la píldora negra. Ellos no comprenden a qué médico se refiere Martina, porque todos los que trabajan en el hospital están presentes frente a ella para saber de su estado.

Ella describe al joven médico:

—Viste como ustedes, es más joven que ustedes, ¡Mmmm!, muy alto, parece de esos que salen en la tele.

Entre ellos conversan que no recuerdan tener un médico joven, como Martina lo describe y tampoco entre los practicantes. Le sacan sangre para analizar qué medicamento le han dado, los análisis dan como resultado, exceso de vitamina K y en el último Rayos X, un riñón completamente sano. El director del hospital nunca resolvió el misterio, sin decir palabra le da de alta a Martina. Ella regresa a casa y celebra sus catorce años. La mujer que quiso hacerle daño a Martina pierde su embarazo y nunca tuvo hijos. La familia de la mujer ha ido de desgracia en desgracia. Bien dice el dicho:

"El que mal hace mal acaba" y cuando la vida de una inocente criatura está en peligro, no hay poder humano que pueda detener, la justicia divina del universo.

Termina la etapa estudiantil y Martina se rompe en mil pedazos, al despedirse de su mejor amiga. Es tiempo de que el destino las lleve a diferentes rumbos. Elizabeth le promete estar en la celebración de sus quince años, antes de irse a la Capital. Violeta está peinando a Martina para ese día de la celebración de los quince años.

Descubre que detrás de la oreja tiene una marca, la mancha que viene de generación en generación de la descendencia de Demesio. Violeta se asusta y llama a su mamá y le enseña la mancha que tiene Martina. Julia le dice que ella rebuscó en todo el cuerpecito de la niña cuando era bebé y no le encontró nada y resulta que la seña, está bien escondida. Le confiesa que es la marca de los elegidos, de los dones de la descendencia de su padre. Violeta se queda más tranquila, pues después del susto que se llevaron con la enfermedad de Martina, cualquier cosa desconocida la asusta. Julia le sigue diciendo a Violeta, que hay otra marca que las identifica con los genes de su bisabuela y es el lunar que llevan en el labio. Violeta le dice a su madre que a Martina no le salió en el labio, pero si tiene la marca a un costado del cuello. Violeta riendo le dice a Julia:

—¡Sus genes sí que son fuertes mamaíta!, de papaíto, solo tenemos los pómulos saltones, las orejas grandes y lo buena gente.

Martina está entretenida con la plática de las mamás y carcajeándose les dice que se den prisa, porque no tardan en llegar los invitados. Los vecinos y una que otra compañera de la escuela y sin faltar su mejor amiga, son los invitados especiales. Todos están de vacaciones escolares y es feria del pueblo. La mayoría están en otras actividades y, además, aunque Martina hubiera querido invitar a todos a la fiesta, ha sido muy sencilla, para no dejar pasar un día memorable. Los gastos del hospital trajeron a pique el progreso económico de la familia. Después de la celebración del cumpleaños, ella se tira a la cama, acompañada de su fiel amigo. El día ha sido agotador y cree que el cansancio le ha provocado mucho dolor en el vientre, le pide un té a Julia para el dolor y ha quedado rendida sobre la cama.

A la mañana siguiente, el perro está alborotado, entra y sale de la habitación. Martina todavía duerme, pero el quejido de Kalimán la despierta. Ella todavía siente la sensación de dolor, se sienta a la orilla de la cama y estira sus brazos. Da gracias a Dios, como todas las mañanas. Se dirige al perro y le dice:

—Ahora si Kalimán, ¿Cuál es tu molestadera, que no me dejás dormir?

El perro se sube a la cama y olfatea por partes, como buscando algo. Martina le dice que se salga de la cama que la va a tender. Cuando ella está tendiendo la cama, da un grito de susto y en seguida llega Julia preguntando:

—¿Qué ha pasado mija?

Martina le dice a su abuela que la cama parece estar llena de sangre. Martina desesperada, revisa a Kalimán para asegurarse de que no sea él quien esté herido. Julia se ríe y le explica lo que está sucediendo:

—En estos días te iba a llevar con el doctor, porque ya te habías atrasado con ese asunto.

Julia no se contiene y suelta la carcajada diciendo:

—¡Hasta el pobre [80]chucho, está todo asustado, con razón anda todo atolondrado!

La abuela ha ido a comprar unas pastillas rojas, para calmar los cólicos que el desarrollo le ha causado a Martina. Las manchas rojas delatan el calvario que sufre cada mes, los dolores son muy fuertes en el vientre. La abuela trata de aliviarla con las pastillas rojas y con bolsas de agua caliente, que coloca en su vientre. Hay veces que nada la alivia y queda tumbada en la cama por algunos días.

Martina continúa acompañando a Arturo a la iglesia, muy pocas veces Julia va con ellos. Los eventos eclesiásticos son a gran escala, en esta ocasión los evangelistas han llegado desde muy lejos. Es la primera noche de avivamiento y Martina se sienta casi al final, junto a otras chicas de la iglesia. Comienza la prédica de uno de los evangelistas invitados, cuando él está haciendo el llamado de arrepentimiento, Martina se levanta del asiento y se dirige al altar, con las manos en alto. Al estar frente al evangelista, habla otras lenguas,

---

[80] *Chucho: Perro*

el público queda en silencio. El evangelista llama a los otros evangelistas invitados y uno de ellos tiene el don de interpretación. Comienza a traducir lo que ella está hablando:

—¡Yo soy tu Señor y vengo pronto!, a esta jovencita los dones se le han concedido para sanación y proclamar palabra de justicia; caminará descalza para calzarse con mis sandalias; la verán en harapos porque aún no ha usado mis vestiduras; la coronaré cuando cumpla su promesa... el ministerio la espera. Para ti hombre de fe, no desperdicies tu estadía en este lugar y cumple con el bautismo en aguas de mi hija, porque el bautismo en Espíritu Santo, tus ojos lo han visto.

Martina abre los ojos y no entiende qué hace parada frente al altar y bañada en sudor. La sientan en la banca de enfrente y le traen un vaso de agua. ¡Ese día hay sanación!

Arturo le cuenta todo lo sucedido a Martina y ella le dice que solo tiene quince años para ser bautizada. Él sólo le responde, que hay que obedecer los designios de Dios. El domingo por la mañana celebran el bautismo, las aguas del río donde realizan el bautismo, regularmente es súper helada. Martina cuando va entrando al agua dice:

—¡El agua está calientita!

Con ella entran al agua otros jóvenes, que serán bautizados y confirman que el agua está agradable. Martina quiere ir al ministerio, pero

Julia no la deja. Le aclara que primero debe estudiar una carrera. Aunque Martina quiso convencerla de que el ministerio es una carrera, Julia no cambia de opinión. Martina decide estudiar magisterio y el establecimiento más cercano donde imparten esa carrera, es en la cabecera departamental. Por suerte allí vive su tía Margarita y ella la recibe en su casa.

El conflicto armado está en todo su apogeo; revisan las camionetas, tanto los guerrilleros como los soldados del ejército, sin faltar los de la guardia de hacienda, buscando contrabando.

Martina viaja cada semana, extraña a sus abuelos y al perro, no puede llevarlo con ella, entonces cada sábado por la mañana, regresa a casa y lunes por la mañana, viaja a casa de su tía. Las clases son impartidas por la tarde. Julia no se siente tranquila por los retenes que constantemente están en las carreteras, entonces los viajes se acortan una vez al mes y una vez al mes, va Julia a visitarla. Ella estudia en el instituto nacional de la cabecera. Antes de terminar la jornada de clases, la institución ha sido apoderada por jóvenes que explican que mientras cumplan sus órdenes, nadie saldrá lastimado. El país vive un caos a consecuencia de las desapariciones de los estudiantes, con ideologías para mejorar el país.

Martina no está asustada con el acontecimiento, al contrario, le da consuelo a sus compañeras, que algunas están en pánico. Los padres asustados, comienzan a llegar al instituto, ella mira que su tía ha llegado y le dice que todo está bien. Los captores del lugar permiten que los estudiantes reciban los insumos, que los padres han llevado. Margarita le ha traído una cobija y alimentos a Martina. La región es muy fría y no saben por cuánto tiempo los tendrán retenidos. Dejan ir a los estudiantes hasta el otro día. Martina protegida por sus guardianes, aún no conocía la magnitud, de lo que se vive y de lo que se sufre en el mundo exterior, hasta ese agosto negro.

Martina ya trae entre ceja y ceja la decisión de irse a los Estados Unidos, cuando cumpla dieciocho años. La situación en el país cada día es caótica. Ella quiere mejorar su vida económica y cambiarle el destino a su generación. Su espíritu está empoderado y comienza a crear una coraza de fuerza mental. Sin embargo, quiere fortalecer su físico y se inscribe a las clases de karate; sigue jugando baloncesto sin descanso; hace natación y se ha inscrito en reservas militares.

Uno de los maestros del instituto, es bombero voluntario y allí pasa todas las mañanas, antes de ir a impartir clases. Martina necesita unas tareas, por faltar un día a clases y él le dice, que las busque en la estación de bomberos, que allí se las llevará. Ella lo visita la mañana siguiente, para buscar las tareas. El profesor la presenta con los compañeros y ella les ofrece su servicio voluntario, ellos aceptan encantados, el desorden de papeles es un caos en esa oficina. Un día a la semana llega a ordenar la papelería en aquella oficina, los integrantes de la estación están felices de que ella les colabore.

Abren un nuevo colegio en el pueblo con la carrera de magisterio, Julia le dice a Martina que la va a inscribir allí. Martina quiere quedarse donde está a completar la carrera. El colegio es muy caro y ella quiere ahorrar lo más que pueda para el viaje. Nadie sabe que la idea de viajar, ya la trae en mente desde hace tiempo. Martina tiene la semana repleta de actividades, la agenda es extenuante:

Lunes a viernes de una a seis de la tarde, va a clases regulares; por las mañanas los lunes se integra al voluntariado, en la estación de bomberos; las mañanas de los martes y jueves, tiene clases de karate; los miércoles por la mañana, practica baloncesto; los viernes muy de mañana, camina hasta las piscinas, donde realiza natación; los sábados todo el día, recibe la teoría de reservas militares; los domingos todo el día, hacen la práctica. Cada día se va fortaleciendo física, emocional y mentalmente, para su DESTINO MIGRANTE.

Uno de esos sábados, la manda a llamar el

comandante de reservas militares, ella acude al llamado. Él le indica que hace falta la cédula en los registros, Martina sonriente responde que no la ha tramitado y él entonces le pide su partida de nacimiento... ella vuelve a sonreír y le dice que está en el registro del instituto. En realidad, está ocultando que no ha cumplido la mayoría de edad. Las mentiras son creíbles, porque está grandota y le favorece para aparentar, tener la edad requerida. El comandante le sugiere que en cuanto pueda, busque una copia o no podrá darle el certificado cuando complete el curso. A Martina lo que le interesa es tomar la capacitación, para fortalecer su físico y su mente. Tiene cara de niña con cuerpo de mujer y pasa desapercibido el documento que dice lo contrario.

Pasan tres semanas y la vuelven a llamar, ahora si se asusta, porque no tiene como evadir la responsabilidad, de presentar el documento. El comandante le pide que los represente en un certamen de belleza, la joven le expone, que no le gustan esas cosas. El año pasado participó en el instituto y solo sirvió para gastarse sus ahorros. Martina le puntualiza, no tiene dinero para esos gastos. El comandante le insiste y le asegura que ellos correrán con todos los gastos. Todas las compañías de la zona militar ya tienen a su madrina que los va a representar, menos ellos.

Martina es una joven de belleza natural, de

porte elegante, de un metro setenta de estatura, con tez blanca tostada por el sol, de ojos color café, los cabellos castaños y rizados como los de su padre. Es una candidata perfecta. Martina acepta, con la condición de que no la saquen de reservas militares... ¡Llegan a un acuerdo!

Comienzan los ensayos en los salones de la zona militar, todo es distinto dentro de ese mundo. Las participantes son atendidas como unas reinas. Todas las jovencitas son unos monumentos de mujeres, la competencia es realmente reñida. Martina conoce a cada una de las señoritas, algunas de un gran y noble corazón; otras muy altaneras.

Entre ir y venir a los ensayos, ha descuidado los entrenamientos y eso le preocupa. No sabe si logre convencer a su abuela de seguir en el instituto o ella quiera que termine la carrera en el nuevo colegio. En el pueblo no podrá entrenar, como lo hace en la cabecera departamental.

Todas las jovencitas lucen hermosas, cada una es identificada con la banda que representa a la compañía militar, la de Martina dice:

"MADRINA DE RESERVAS MILITARES".

La experiencia que vive Martina en aquel lugar, no le gusta tanto, ya está cansada de tanto ensayar lo que será, la noche de gala del certamen. Las salidas y entradas, sube y baja del escenario, la han sofocado tanto, que decide salir a tomar aire fresco. Le atrae explorar los corredores de aquel enorme campamento, el cielo está iluminado con una enorme luna llena y las estrellas parecen ser las damas de honor. Comienza a caminar por los alrededores y escucha lamentos desgarradores. Mientras su curiosidad va en aumento, sus pasos se aproximan al lugar de donde provienen esos quejidos, se queda inmóvil por un momento, el ruido de sus pasos la interrumpen, para poder escuchar bien la procedencia de los lamentos. Cree que deriva por debajo de la tierra y se agacha, como poniéndose de rodillas. Cuando escucha una voz potente que le dice:

—¿Se te perdió algo?

Ella de golpe se pone en pie y dice:

—¡Buenas noches coronel!, creí haber escuchado lamentos.

El coronel con risa que da miedo, le contesta que, a lo mejor debajo de la tierra, hay una mazmorra clandestina, donde torturan a los traidores. Ella lo mira fijamente y le dice que de tanto que se escucha de ellos, que a lo mejor pueda ser cierto.

El coronel le dice que ya va a dar inicio, la segunda parte del ensayo y que solo ella falta. Acomodando su boina roja, termina la conversación diciéndole:

—Cuidado niña hermosa, acordate que la curiosidad mató al gato.

Y sigue riendo como advertencia.

Martina no se queda con ninguna duda, pero por esa noche ha sido suficiente.

El certamen está a unos cuantos días y ese fin de semana, todas las señoritas están reunidas en una enorme casa, para los últimos preparativos del certamen. Se han quedado allí, hasta el día del evento.

Ha llegado el gran día, Martina siente ahogarse por los nervios, que le provoca ver el enorme salón repleto de gente. Todas las señoritas van con largos vestidos y peinados despampanantes. Martina se deja los cabellos al natural y poco se ha maquillado. El vestido es corto, a tres pulgadas arriba de la rodilla; color negro la parte de arriba, con mangas tres cuartos; la parte de abajo tiene tres vuelos, de tela satén rosa quemado; el calzado con tacón cómodo. Queda entre las cinco finalistas y los nervios se intensifican. En toda la parte de enfrente, Martina visualiza a un grupo de estudiantes de la academia militar. Ellos son su porra, pues los maestros de dicha escuela son pertenecientes de la compañía, que ella representa. Escucha que gritan su nombre, está paralizada, no quiere defraudarlos y piensa:

«Hay que ser realistas… estar entre las cinco finalistas ya es ganancia».

Escucha su nombre y da unos pasos al frente,

le hacen una pregunta. Ella en ese instante pierde el sentido del oído, su visión comienza a tornarse borrosa y a lo lejos escucha su nombre y el nombre de la compañía que representa, en las voces de los estudiantes y en una que otra persona a su favor. Pasaron unos cuantos segundos, pero para Martina ha sido una eternidad. El silencio reina en aquel enorme salón, esperando la respuesta de Martina, ella está frente al micrófono y respira profundo para contestar. Pero los nervios la han traicionado y solo se escucha un "gracias", haciendo eco en todos los espacios. El silencio sigue reinando y ella no pronuncia ninguna otra palabra. Mira a los estudiantes y a los que representa, llevando sus manos a los labios y con señas, les manda un beso. De inmediato da la vuelta, porque siente que se desploma. Al momento que ella se está retirando del escenario, toda la porra se pone de pie y le comienzan a aplaudir, contagiando a todos en el salón. Los resultados han sido a favor de las chicas que dieron un discurso amplio a las preguntas, Martina con su "gracias" y la algarabía de la porra, obtuvo el cuarto lugar. Desde entonces, nunca volvió a participar en un certamen de belleza.

Después de esa agradable experiencia, la vida de Martina se torna un poco más abierta, a conocer nuevas aventuras. Vuelve a retomar la rutina de sus actividades. En las clases teóricas de reservas militares, los oficiales le agradecen a Martina por representarlos en el certamen y hacen un pequeño convivio en su honor. Martina no ha podido ir a visitar a su familia, por las clases de los sábados y domingos. Ser madrina le ha traído grandes ventajas, la siguen tratando como a una reina y se aprovecha de eso, para poder faltar por un fin de semana. Le cuenta a su tía que le dieron permiso en las clases de reservas militares y podrá viajar el próximo fin de semana a su casa. El viernes por la tarde va a la escuela y a su regreso se lleva la sorpresa, que su abuela ha ido a visitarla. Ella le confirma que pensaba ir a casa ese fin de semana, la abuela le dice que no hay ningún problema, pueden viajar el sábado por la mañana.

El sábado por la mañana, le dice a su abuela:

—¡Mamaíta!, voy rapidito a la estación de bomberos, a dejarle saber a mis amigos que no iré el lunes al voluntariado y preguntarles, qué desean que les traiga de la costa y luego nos vamos.

La abuela le exhorta que se apure para llegar temprano, por lo regular las tardes se tornan lluviosas por aquellos lares. Ella apresura el paso y cuando llega a la estación, los amigos sorprenden, porque no es día de su voluntariado. Martina les explica el motivo de su visita, ellos se ríen y le dicen que la lista va a ser grande, por dejarlos con tanto trabajo. Están conversando cuando Martina da un grito, todos se asustan y le preguntan qué le sucede. Ella les dice que le ha dado un dolor muy fuerte en el costado derecho del estómago. Martina sostiene con su mano izquierda, la parte de donde le proviene el dolor y continúa diciendo:

—Siento como si un cuchillo me hubiera atravesado y me duele mucho.

Ellos quedan inertes por un instante y uno de ellos dice:

—¡De inmediato!, hay que llevarla al hospital, son síntomas de apendicitis.

Martina asustada les dice que no puede ir, necesita avisar en su casa lo que está sucediendo. Ellos la colocan en una camilla, pues el dolor se ha intensificado y pasan por la casa de Margarita a dar razón de lo sucedido. Julia siente morirse al ver a su niña nuevamente en una camilla. Los bomberos le dicen que todo estará bien. Al llegar, la entran directo a la sala de operación. El médico que le ha operado de emergencia dice que a tiempo la trajeron. Un poco más de tardanza y no la hubiera librado.

Piden donadores de sangre y la madre de Martina se dirige a la zona militar y explica lo sucedido. Ella menciona que necesitan donadores de sangre. Al enterarse la compañía de reservas militares de lo sucedido, uno de los oficiales reúne a varios soldados y se dirigen al hospital. El teniente condecorado varias veces y con boina de kaibil, camina erguido por los corredores del hospital. Con semblante desesperado, busca información sobre el estado de la madrina del batallón. Sus ojos no pueden ocultar el dolor que está sintiendo; el joven de tez morena, delgado y casi dos metros de estatura, sigue caminando erguido, hasta la sala de donación de sangre. Pone en fila a todos los soldados y con sus ojos cristalizados le dice a la enfermera:

—¡Usted sáqueme toda la sangre que necesite, doy mi vida si es necesario por mi reina!

La enfermera le pregunta el tipo de sangre y él responde que es AB-. Aprovechan a sacarle la suficiente sangre, pues es un tipo de sangre difícil de conseguir y muy pocos quieren donarla. La enfermera dice:

—¡Con esta donación se le dará de alta a la jovencita!

El oficial todavía un tanto aturdido, por lo mareado que lo ha dejado la extracción de sangre, le pregunta:

—¿Mi sangre es para dársela a mi reina verdad?

La enfermera un poco tosca le responde que no, que es una donación para el hospital y así poder dar de alta a la paciente. Al oficial casi le da un infarto, porque pensó que su sangre iba a correr por las venas de su amada madrina. Decepcionado, se dirige al cuarto en donde se encuentra Martina. Ella aún se encuentra con los efectos de la anestesia y no se percata de la presencia del oficial; él le acaricia el rostro y dándole un beso en la frente le dice:

—¡Me asustaste muchachita bella!, no sabés cuánto te amo.

El teniente no vuelve a mencionar sus sentimientos a Martina después de ese día; ella nunca se enteró del amor que este le profesa.

Después de lo sucedido, el médico le advierte que no puede hacer ningún ejercicio brusco. Martina lleva el certificado médico a reservas militares para darse de baja. Suspende todas las actividades físicas.

Han pasado seis meses y la operación ha cicatrizado exitosamente. Martina está en sus exámenes finales del ciclo escolar. Todas las mañanas, Margarita le prepara un termo de té de albahaca, tal como se lo recomendó Julia, según ella, es bueno para la memoria. Después de una semana intensa de exámenes, Martina ha quedado con un enorme cansancio mental y decide pasar el fin de semana en casa y poder abrazar a su perro.

Viaja el viernes por la noche, el viaje dura dos horas. Kalimán se desbarata de felicidad al ver llegar a Martina, no la esperan ese fin de semana. El abuelo tiene la visita del pastor y la plática se alarga. Arturo sabiendo que el pastor vive al otro extremo del pueblo, le dice que el perro lo va a encaminar hasta su destino. Kalimán es un perro entrenado por Martina y Arturo, obediente y entendido, lo único que le falta es hablar. Arturo como si fuera un ser humano, le da las indicaciones.

Es casi la medianoche; hora que llega la última [81]pullman que viene de la capital. Justamente a esa hora, viene el perro olfateando el camino de regreso a casa y al cruzar la calle principal, el chofer del autobús rápidos del sur, no se da cuenta y atropella a Kalimán. El perro no sobrevive al accidente.

Los testigos dicen:

"Es el perro de la casa de don Arturito, hay que irle avisar".

Después de la muerte de Kalimán, Martina nunca más tuvo mascotas.

El lunes por la mañana va de regreso a la casa de su tía, con la enorme tristeza que embarga su corazón, sin ganas de regresar, pero todavía no terminan las clases. La camioneta donde viaja va hasta el tope de gente. Martina siempre acostumbra a irse en el asiento de enfrente y cerca de la ventana, porque a veces es insoportable los olores que produce el amontonadero de gente. A lo lejos visualiza un retén, la gente comienza a alborotarse y algunos murmuran: "Son los

---

[81] *Pullman: Autobús*

guerrilleros". La camioneta obedece la parada y suben algunos hombres vestidos con pantalones militares y camisas oscuras; algunos con un pañuelo rojo en el cuello y boinas negras con una estrella en el centro.

Uno de ellos dice:

—Somos jóvenes rebeldes y lo único que deseamos son los alimentos que traen.

Martina lleva una bolsa llena de sus golosinas favoritas y dice:

—Esa bolsa negra de allí es mía, traigo mis golosinas favoritas, pueden tomarla.

La gente se queda en conmoción, pues nadie menciona palabra cuando eso sucede. Ese día Martina usa un pantalón de lona, que lo ha modificado. Poniendo una línea de ganchos de ropa; del más grande al más chico, dando un toque de mariachi; al otro lado, arriba de la rodilla, ha hecho unos agujeros, para amarrar un pañuelo rojo; sostiene el pantalón con un cinturón de cuero color negro, con hebilla plateada. Trae una blusa de cuadros blanco con negro, de mangas tres cuartos, al ras del ombligo; los tenis son extraños que le cubren los tobillos, de color negro, con [82] correas fluorescentes, una color amarilla y una naranja; las manos llenas de pulseras típicas y algunas de plata. En cada dedo lleva un anillo de plata; le cuelga un arete hasta el hombro y trae

---

[82] Correas: Cordones, cintas

otro corto. La mitad del cabello lo trae levantado con un pañuelo rojo, como haciendo combinación con el que trae en la rodilla.

Uno de los jóvenes rebeldes, le dice:

—Me gusta tu estilo ¡Es único!, cuando me coma una de tus golosinas, estaré pensando en vos.

Ella solo lo mira sin quitar sus ojos, en la mirada azulada de aquel joven.

Ellos agradecen la cortesía de los pasajeros y se despiden con estas palabras:

—Que les vaya bien y "hasta la victoria siempre, patria o muerte".

Apenas van subiendo la cuesta de aquella tupida selva, con algunas nubes espesas perdidas entre la vegetación; cuando las luces de los carros dan señales de otro retén. Llegando a una curva con espacio plano, la camioneta vuelve a pararse. Casi no se notan los personajes, confundidos con el color de la montaña. Suben dos soldados mal encarados y ordenan que todos bajen de la camioneta. Separan a los hombres de las mujeres y Martina reconoce a un oficial, pues es uno de la compañía que ella representa. El oficial todavía no la ha visto.

Uno de los soldados se le acerca y le dice:

—¡Vos que tanto mirás para allá, tenés planta de guerrillera!

Martina lo mira de pies a cabeza y con una

mueca de burla le dice:

—Y vos lo que tenés es planta de [83]cuque [84] hueco.

Cuando de un solo golpe, con la culata del [85] galil, le saca el aire a Martina. Ella se agarra el estómago y ve reluciendo algo, a la altura de la montaña, como una señal. El soldado bruto y embravecido le dice:

—Repetí lo que dijiste.

Martina levanta la cabeza sin soltar su estómago y le dice:

—Mirás aquello que relumbra en la montaña, solo están esperando mi señal o que me pase algo, para volarle la cabeza a tu oficial.

El soldado carga el galil y le apunta a la cabeza a Martina, ante las miradas atónitas de los pasajeros y pregunta:

—¿Cómo sabés que es oficial?

Segundos pasan cuando el oficial dice:

—¡Madrina!

Y de golpe, quita el arma que apunta la cabeza de Martina y enojado continúa diciendo:

—¿Qué hacés recluta?, no ves que es nuestra madrina.

Al soldado se le va la vida al escuchar esas palabras del oficial, porque estuvo a punto de

---

[83] *Cuque: Soldado*
[84] *Hueco: Homosexual*
[85] *Galil: Fusil de asalto*

atravesar una bala en la frente de Martina. Le bajan sus cosas de la camioneta y la llevan al destacamento; es atendida con reverencia y todos corren de un lado a otro para armarle un recibimiento soberano. El soldado ha sido castigado, pero Martina pide que le levanten el castigo, pues ha sido su culpa; él sólo estaba cumpliendo con su deber. Ella asume la responsabilidad de su imprudencia, pero es su naturaleza reaccionar así, sin pensar en las consecuencias. Frente a ella le levantaron el castigo al soldado, sin embargo a sabiendas del régimen estricto del gloriosisimo, no se supo que paso con aquel soldado. Un par de horas convive con sus ahijados y el oficial hace la parada de un auto; diciendo al chofer, que con su vida le responde, si ella no llega a su destino sana y salva.

Julia inscribe a Martina en el colegio del pueblo, para el próximo ciclo escolar. No quiere que se arriesgue cada vez que viaja, Martina tuvo que obedecer.

Durante el período de la representación como madrina, le ha tocado estar presente en varios eventos sociales. La primera vez que van por ella, la gente saca sus propias conclusiones, creen que a lo mejor está metida en algo turbio, por eso el ejército ha ido por ella. La buscan en un jeep militar, como a cada una de las representantes. Las murmuraciones se apaciguan, después que

Julia casi deja sin cabellos a una señora, a la que escucha calumniar a su nieta.

La decisión de partir a un destino diferente ha llegado. Martina cumple dieciocho años y reúne a la familia para contarles su decisión. Los abuelos no pueden creer lo que sus oídos escuchan. Han trabajado muy fuerte, para tener algunos ahorros destinados a la universidad de Martina y ella sale con esta determinación. Ella solo pide la bendición de sus ángeles, porque sin ella no logrará su sueño. Julia regaña a uno de sus sobrinos, pues el joven hace tiempo se dedica al tráfico humano y cree que él, le ha calentado la oreja para viajar. Martina le explica que no ha sido así. Julia pone en manos del sobrino, los ahorros que eran para la universidad, como pago del viaje y para cubrir otros gastos. Él le dice que no se preocupe, que a su niña no le pasará nada, él la cuidará como a una hermana. Julia deposita su confianza en aquel hombre; él le ha jurado que su nieta llegará a instalarse con una de sus hermanas, que hace un par de años, vive en Los Ángeles, California.

Los abuelos llevan a Martina al otro lado y le dicen a Juan que ellos llegarán a la estación de autobús, de Tuxtla Gutiérrez, que allí se despedirán de su nieta. La intención de Julia es llevar a Martina a que conozca a su tío y que se despida de él, quiere cerrar un ciclo en la vida de ellos; Arturo se queda sorprendido cuando mira a Tomás, se abrazan fuertemente y derraman muchas lágrimas. Tomás conoce a su sobrina y ella conoce a sus primos, todos despiden a Martina.

El llanto de Julia es desbordante y Arturo no puede soportar el nudo en la garganta y abrazando a su esposa le dice:

—Seamos fuertes mujer, a nuestra niña le han crecido las alas y quiere volar a otros horizontes; solo nos queda orar mucho por ella.

Abrazados sin consuelo regresan a casa.

Martina va sentada junto a la ventana como ha sido su costumbre, sus ojos rojos de tanto llorar. A la par van unas señoritas, con quienes entabla una corta plática y con acento mexicano dice una de ellas:

—¿Para dónde te diriges?

Martina dice:

—Voy a iniciar la universidad y me quedaré con mi abuela... me pone triste alejarme de donde he vivido toda mi vida.

Las señoritas coinciden con el mismo sentir y con el mismo lugar que se inventa Martina; le dicen que también van a estudiar en dicha universidad. No llevan mucho camino, cuando encuentran el primer retén; el grupo viene disperso. Suben varios hombres vestidos de verde y al azar comienzan a pedir documentos que los identifique, como ciudadanos mexicanos.

Martina continúa conversando con las chicas, para no llamar la atención de los oficiales y una de ellas menciona las calles del lugar donde van a vivir y Martina dice:

—Qué coincidencia, por esa calle vive mi abuela.

Una de ellas dice:

—Te voy a escribir nuestra dirección, para seguir siendo amigas y visitarnos cuando ya estemos instaladas en nuestras respectivas casas.

Uno de los oficiales de migración, se detiene por un instante en la hilera de asientos, donde va Martina; ella siente un balde de agua fría, cuando de repente una de las chicas dice:

—Esta es la dirección donde vamos a vivir, no está lejos de la casa de tu abuela.

Ella extiende su mano para recibir la nota y sonríe, levanta la vista directamente a los ojos del oficial sin parpadear y él solo le hace un saludo militar. Algunos pasajeros han sido detenidos y entre ellos, dos del grupo. Martina da un suspiro de alivio y en la siguiente parada todo el grupo baja. El [86]coyote los instala en un motel y le encarga a Martina la bolsa cangurera. En ella lleva el dinero del viaje y le explica que va a regresar por los detenidos, su responsabilidad es

---

[86] *Coyote: es una persona que transporta a escondidas a inmigrantes ilegales para cruzar la frontera entre México y Estados Unidos.*

regresar por ellos, porque todavía no están muy lejos de la frontera. Si hay registro en el motel, el encargado les hará una señal para que salgan a esconderse. Con esas instrucciones el coyote regresa por los compañeros, esa misma noche.

Martina está nerviosa, por la responsabilidad del dinero. Les dice a los integrantes del grupo que tiene un mal presentimiento y que es mejor que sus mochilas, las tengan preparadas por si tienen que salir. No se ha desarreglado ninguna cama, para no levantar sospechas.

Antes de las diez de la noche, se escucha la señal; Martina sale por la parte de atrás y se dirige al matorral. Detrás de ella van los ocho del grupo, hacen todo lo que ella hace. Ella se tira a tierra, igual que las prácticas que tuvo en reservas militares. Con señas les indica que hagan silencio y que no hagan ningún movimiento. Las luces de las lámparas pueden distinguirse a lo lejos, como buscando encontrar algo. Algunas horas permanecen tirados en el monte, hasta que, el encargado del motel les da la señal de regreso. Martina cuando está tirada en la cama, se pone a meditar de cómo la fuerza de supervivencia, la hizo terminar en aquel barranco lleno de monte. No pensó ni por un momento lo fóbica que es a los gusanos y culebras. Llega a su mente la picadura que tuvo cuando era niña y que casi la lleva a la muerte. Ahora no están sus guardianes para salvarla, está sola y a su propio riesgo.

Una pareja de colombianos, le piden a Martina llevarlos con ella, su familia en Estados Unidos pagará el viaje. La han confundido como la coyota, ella les explica, que igual a ellos, también es una más del montón. Juan el coyote, les dice que ya vienen completos, Martina le insiste a Juan, en no dejar a aquellos seres humanos, a la deriva de su suerte. Ahora son parte de la caravana, pero Juan no está muy contento, él piensa que demasiados en el grupo, llama más la atención.

En cada parada que hacen en los lugares estratégicos del coyote, son de dos a tres días la estadía, hasta que el camino quede libre de registros. En la caravana, están dos jóvenes hondureños, que su destino es Nueva York; dos mujeres hondureñas, una muy diferente a la otra, una señora con el temperamento dulce y de piel muy blanca, la otra es más joven, de mal genio y piel negra, las dos con destino a Los Ángeles, California; igual que Martina. Dos salvadoreños con destino a Delaware; cuatro guatemaltecos con destino a Massachusetts; la pareja colombiana, con destino a Miami.

Han caminado demasiado y sienten que ya no pueden dar un paso más, el coyote les dice que ya falta poco y que se den prisa, sino perderán el tren carguero. Todos se quedan un rato sentados, a la orilla de la vereda por donde vienen. A lo lejos se escucha el ruido del tren. Se levantan y comienzan a correr, pero ha sido demasiado tarde, ya no alcanzan a llegar. El coyote se enfurece tanto, porque es un día perdido y casi a gritos les dice:

—¡El que cree que no va a aguantar esta travesía, que desista ahora y no me hagan perder el tiempo!

—¿Y ahora qué vamos a hacer?

Pregunta Martina con voz apenada.

—Caminar por toda la orilla de las vías del tren, hasta encontrar una caseta que tenga techo y pasar la noche allí, hasta que vuelva a pasar el siguiente tren.

Contesta el coyote muy enojado.

Cada caseta que encuentran está sin techo, es necesario encontrar una que tenga techo, porque el aguacero anuncia su llegada. Están agotados y desesperados de tanto caminar. El camino se les ha hecho interminable, cuando al fin encuentran una caseta con techo, han sentido un gran alivio y todos se tiran a descansar. Tal como lo había advertido el coyote, que cada uno cargue su propia comida, porque cuando el hambre aprieta, hasta las piedras querrán comerse.

Martina camina por los alrededores; en busca de algo que pueda servirle como recogedor de agua. Encuentra un recipiente vacío de plástico.

Cuando comienza a llover, ella lo lava con detergente. Lo deja, justo donde cae una gotera, para que el recipiente se llene de agua. Martina carga una bolsa pequeña de detergente, un botiquín, pasta dental, desodorante, artículos femeninos y de primera necesidad, tal como lo aprendió de su abuela.

A la mañana siguiente, Martina se levanta a lavar la cara con el agua de lluvia. Al acercarse al recipiente, siente un fuego que le baja de la cabeza hasta los pies, cuando lo mira sin agua. Pega un grito tan fuerte, que todos se asustan y pregunta quién se ha atrevido a usar su agua; todos miran a la chica negra. Martina nunca se ha enfurecido tanto como ese día, respira profundo y se lanza sobre la mujer, levantándola del piso de un solo jalón y coloca sus manos sobre su cuello.

Juan la separa de la mujer y le dice:

—¡Te volviste loca!, por poco matás a esta… capaz me la cobran como alemana.

La mujer no pide disculpas por su osadía. Martina decide caminar un poco por la orilla de las vías del tren, para calmarse y buscar una posa de agua, para poder lavarse los dientes y refrescar su rostro. Encuentra una posa de agua bastante onda y con cuidado sin revolver el agua, se lava la cara y los dientes.

El vacío y el silencio de aquel lugar es abrumador, no caminan ni las almas en pena.

Cae la tarde, anunciando otro aguacero, cuando a lo lejos se escucha el chasquido espantoso del tren. Corren a prepararse y el tren comienza a disminuir la velocidad, hay que subirse mientras camina. Martina recuerda las corridas que daba cuando jugaba baloncesto y piensa que hará como si va a lanzar la pelota a la canasta y comienza a correr a la par del tren. Cuando ya está en pleno vuelo, se lanza y se sostiene de la primera agarradera del tren, ha logrado subirse al tren de la muerte. Casi todos están arriba, excepto la chica hondureña de piel oscura y el tren comienza a tomar velocidad. Martina se desespera porque la chica no puede subirse. Martina en su desesperación se baja del tren y con una fuerza extraña, levanta aquel bulto pesado y como si fuera un costal, avienta a la chica para que los compañeros la agarren. El tren va más rápido y Martina se está quedando atrás, todos le están gritando que se apure, ella como puede se sostiene de la agarradera y logra subirse.

Juan la regaña por su hazaña y le dice:

—Muchos han dejado piernas, brazos y hasta la vida en esta bestia y todos aquí, están bajo su propio riesgo y el que no crea lograrlo, que se quede, pero no voy a permitir que nadie se ponga en riesgo por otro y menos vos, ¡Mi tía me mata, si algo te pasa!

El coyote termina diciéndole:

—¡Horas antes casi la matás y ahora la ayudás!, ¿Quién te entiende?

Martina le dice:

—Eso fue diferente, solo quería darle una lección. Todos en el grupo somos un equipo y debemos ayudarnos.

Siguen el camino hacia Acapulco; el calor los sofoca y sienten ahogarse, sobre todo que ya no traen agua y van a la intemperie. Llegan al medio día, se hospedan en un motel para bañarse y ponerse sus mejores galas. Es el momento de arriesgar la suerte, en el autobús para la ciudad de México. Para esa ocasión, Martina usa una blusa con mangas largas y cuello de tortuga color verde, que es su color favorito, falda negra de tres vuelos a tres pulgadas arriba de las rodillas, pantimedias y zapatos negros de piso, con una hebilla plateada enfrente.

El desafío es rogar que no haya retenes de migración, Martina no tiene ningún problema con el acento, lo ha practicado por más de un año, los demás, no pueden abrir la boca, porque automáticamente serán descubiertos, la mujer hondureña, de piel oscura es quien corre más peligro. Después de que Martina la salva, ella pide disculpas y ahora no se separa de Martina. Juan les da dinero para que individualmente compren sus boletos. Martina pide a Juan que los que quieran ir en parejas que lo hagan. Ella es acompañada por la chica de piel oscura. Martina antes de salir del motel le dice a la chica, que se hará pasar como muda, que, aunque le piquen con aguja o la torturen, ella no dirá una sola palabra, se hará pasar por su prima. Todos la ven con ojos de sorprendidos, por el reto que se está echando a cuestas.

Ella dice:

—Cualquiera puede tener una prima negra, ¿Cuál es el problema?

Nadie dice palabra, pues la diferencia es garrafal. Todos compran sus boletos, excepto uno de los que viene en el grupo. Él no sabe leer, ni escribir y se le acerca a Martina a reconfirmar lo que el coyote ha dicho. Martina disimuladamente va a la ventanilla y le dice a la cajera, que, si le puede ayudar al hombre, a comprar un boleto para la ciudad de México. Esa indiscreción mete en tremendo problema a Martina, pues el chofer y el ayudante del autobús, descubren que la mayoría que viajan, son indocumentados y asumen que Martina es la coyota.

El ayudante revisa los boletos antes de la salida y le dice a Martina que, si puede bajar, al parecer hay problemas con su boleto. Martina inocentemente baja del autobús y el ayudante le advierte, que le pague cincuenta por cabeza, o los va a denunciar a migración. Toma un respiro y le sigue diciendo, que sabe que todos son de

Guatemala y que ella irá presa por ser la coyota. Martina se queda helada y mira que se acerca una patrulla. Los nervios son más intensos, respira profundo, mira fijamente al ayudante y casi a gritos le dice:

—¡Mira hijo de tu repinche madre!, yo soy mexicana y ningún güey, va a querer intimidarme; mi prima es muda y vamos a el [87]DF a su consulta médica, pero vamos a ver quién es quién acá.

Termina de decir esas palabras y da un silbido tan fuerte, para llamar la atención de la patrulla. La patrulla quedó estacionada, como buscando de dónde proviene ese chiflido. El hombre se asusta y pide disculpas, asumiendo que se ha equivocado de persona. Martina retoma fuerzas después de arriesgarse y le dice:

—Por supuesto que te has equivocado pinche güey y el que va a ir preso vas a ser tú, si sigues con tus chingaderas. ¡Muévete puto!

Empujando al ayudante, para hacerlo a un lado de su camino y entra al autobús. Martina está temblando por dentro y cuando llega al asiento, que siempre ha sido adelante y al lado de la ventanilla, la supuesta prima con señas le pregunta qué ha sucedido, ella de igual manera le contesta con señas. El chofer la mira por el retrovisor y Martina le clava sus ojazos, sin desprender la mirada de los ojos del sujeto. No duerme durante

---

[87] DF: Modismo mexicano para México D.F (Distrito Federal)

el largo viaje, está pendiente por cualquier cosa que suceda en el camino, va con el ceño fruncido y la mirada penetrante, contra los estafadores del autobús.

Tal como se había hablado del plan en el motel, el coyote baja primero con la señora hondureña, siguiente parada, la otra pareja y así sucesivamente, hasta que todos bajan del autobús. El coyote busca a uno por uno en un minibús y se dirigen a una casa. En ese lugar pasan una semana y vuelven a retomar el camino. En la ciudad de México se quedan los salvadoreños y dos guatemaltecos. El coyote dice que hasta allí les alcanzó el dinero. Los demás están garantizados, por los pagos que han hecho los familiares, a la hermana del coyote.

Siguen vestidos de turistas, ahora el paseo es por tren pasajero a Guadalajara. Las instrucciones son: que, al llegar a la estación, hay que buscar la salida y dirigirse a los baños, para cambiarse de ropa y ponerse la más cómoda.

Martina se distrae por unos instantes y pierde de vista a los del grupo. Por un momento se siente perdida y se le acerca un oficial de migración y le pregunta:

—¿Puedo ayudarte?…

Por un instante Martina siente que el corazón se le sale del susto y como si nada, le pregunta:

—¿Dónde está la salida para ir a los baños?

El oficial se da la vuelta y le señala para donde tiene que ir, al mirar por donde le está indicando, visualiza a los del grupo. Ella nota que los compañeros se hacen los disimulados, porque creen que ella los está delatando.

Cuando ella va saliendo, siente que alguien la sigue, ella voltea a ver y se topa con la mirada de un joven de piel blanca, con ojos azules, muy flaco de buen ver; un metro ochenta de estatura, bien vestido. Martina no le pone atención y entra al baño. Por los corredores de los baños casi todos están vestidos, Martina se apresura para no hacer enojar al coyote. Se dirigen a un supermercado para comprar comida y agua, porque el viaje que les espera es muy largo. Está cayendo un atardecer hermoso y todos se dirigen a las vías del tren. Buscan un vagón vacío y de nuevo están respirando peligro en otra bestia. Juan les dice que ésa, será la habitación cinco estrellas, donde pasarán un par de días, hasta llegar a Sonora. Martina se da cuenta que el joven que vio cerca de los baños, anda rondando las afueras del vagón. Le comenta a Juan y él le dice que deben de andar buscando algún vagón vacío y lo único que deben hacer ellos, es turnarse la guardia.

Martina siente un mal presagio y pregunta la hora, alguien dice que van a ser las diez. No han pasado ni cinco minutos que preguntó la hora, cuando están rodeados de bandidos. El jefe de la banda, pregunta quién es el jefe del grupo.

Juan pregunta:

—¿Qué se te ofrece?

El hombre, que unas horas atrás había cruzado miradas con Martina, dice:

—¡Quiero a esa mujer!

Señalando a Martina y continúa diciendo:

—Tengo dinero, droga, ¿Cuánto quieres por ella?

A Martina se le va la vida al escuchar esas palabras del tipo, Juan le dice que su hermana no está a la venta. El hombre no contento le dice que antes de que salga el tren, estará de vuelta, a la buena o a la mala, quiere a esa mujer. Martina se enfurece y le dice a todos, que bajen a buscar lo que sea para defenderse, todos bajan del tren a buscar piedras, palos, tubos, lo que sea necesario para la defensa, que esa gente no está bromeando. Uno de los hondureños le dice a Martina, que antes pasarán por su cadáver, a que a ella le pase algo. En todo el camino no había cruzado palabra con Martina, hasta ese momento. Martina le sonríe y agradece su gesto de solidaridad. Antes de la medianoche, aparecen los delincuentes. Juan dice que su decisión sigue siendo la misma, que su hermana no está a la venta. El tipo enfurece tanto que grita diciendo:

—¡Putos aquí!

Y señala el lado derecho.

—¡Putas aquí!

Señalando el lado izquierdo.

—Y ¡Tú, aquí!

Señalando a Martina y luego mostrando su pecho. Martina le da una mentada de madre y se le lanza encima dándole un garrotazo. Todos comienzan a darse de golpes unos a otros.

La bestia comienza a rodar sus rieles, con el ritmo de los trancazos, que se escuchan en ese vagón. Martina alcanza a empujar a uno de los bandidos, que estuvo a punto de enterrar un desarmador en la espalda de Juan. Ella está fuera de sí, encima del delincuente, dándole de topetazos en el piso del vagón. El resto de los malhechores ya se han ido del vagón y Martina sigue golpeando sin cesar, a uno de ellos. Parece poseída por algún poder, que todos se quedan asombrados. Levanta al tipo y lo lanza con tanta fuerza, fuera del vagón, que a tiempo pasa otro tren y todos gritan:

—¡Santo Dios!

Martina por un momento no para de temblar, le alcanzan un poco de agua, mira a todos y como si nada hubiese pasado, pregunta:

—¿Todos están bien?

Algunos tienen heridas en los brazos, otros puyones en la cabeza y moretones en la cara. Martina saca de su maletín una bolsita, donde trae sulfatiazol, agua oxigenada, algodón y curitas. Es miedosa para curar heridas, pero en ese momento se porta muy valiente y cura a todos.

La mañana del siguiente día, se ha estacionado el tren cerca de un enorme puente. Juan dice que es para abastecerse de agua, siempre hacen esa parada. Martina está parada a la orilla de la entrada del vagón, cuando mira que viene de nuevo el bandido. Martina con el corazón acelerado dice:

—Preparen sus armas que han regresado los desgraciados.

Todos se ponen en guardia detrás de Martina, ella parece una guerrera, sacada de las películas de acción. El jefe de los bandidos trae un palo, con un trapo blanco en señal de paz y cuando está enfrente del vagón, dice:

—No sabía que eres la patrona, solo quiero que me devuelvas a nuestro compañero, ¡No lo tortures más!

Ella sin mostrar asombro dice:

—No tenemos a nadie, salió corriendo como un cobarde, igual que ustedes.

El hombre insiste en revisar el vagón, Martina autoriza a que suba, para que se cerciore que no tienen a su [88]achichincle. Él le dice a Martina que si ella lo mató. Martina le dice que los dejen en paz, porque no va a tener

---

[88] *Achichincle: Ayudante, poco cualificado*

contemplaciones con nadie y se arrepentirá si siguen molestando. El hombre pone sus manos juntas, como si fuera a rezar y se las lleva a la frente y comienza a darle reverencia a Martina. Todos en el vagón siguen boquiabiertos, por la reacción de Martina. Ella dice:

—¿Qué miran?, no por gusto gasté mis energías practicando karate y metida en reservas militares y cualquier desgraciado que quiera pasarse de listo, está sentenciado conmigo.

No pueden creer, que se ha convertido prácticamente en el guardián de todos. Llegan a Sonora, a la casa del nuevo coyote. Juan termina su trabajo hasta la frontera de Tijuana y allí comienza el del otro coyote. Juan dice que pasarán una semana en ese lugar, porque últimamente hay muchos retenes.

Es junio y el sol quema hasta el tuétano, el agua del grifo sale hirviendo, no hay manera de refrescarse. Por fin se retoma el camino y van en un autobús rumbo a Tijuana. La cuesta en medio del desierto hace dar escalofríos a Martina, cómo es su costumbre, va sentada en la primera fila y del lado de la ventana. Sus ojos alcanzan a ver los autos de varios colores, volcados hasta el final del precipicio, el zumbido del viento choca contra aquellas enormes formaciones rocosas, pareciera que el viento habla con cada roca, susurrando un escalofriante lamento. Las nubes se tornan a formar imágenes en el cielo. La mayoría de los pasajeros van con sus rostros cubiertos, para no ver fantasmas. Martina se acuerda de una canción, que escuchó en el viejo radio de su abuelo, la del caballo blanco, que subió paso a paso por la rumorosa, pues así va el autobús, como cargando la condena de muchos.

De repente se siente un golpe de viento, que hace que el autobús pierda algo de desbalance, los pasajeros gritan asustados y Martina cierra los ojos y comienza a pedirle a Dios, por la vida de todos. Del susto se queda dormida, hasta que siente que le dicen:

—¡Hemos llegado, bajémonos!

Son instalados en un pequeño hotel, en medio de la ciudad. Martina desde la ventana del cuarto, mira el movimiento de personas, diferente de todo lo que es su pueblo. Hasta en ese momento puede descansar el cuerpo y la mente, han sido días difíciles y el camino aún no termina.

El coyote Guadalupe, llega a tocar la puerta de las mujeres, Martina abre y él le pregunta si necesitan alguna cosa.

Ella le dice:

—¡Yo estoy bien!, pero preguntaré a mis compañeras.

Las chicas lo único que necesitan es descansar. El hombre insiste y le pregunta:

—¿Desearías ir a dar una vuelta por la

ciudad?

Ella le responde:

—Igual que mis compañeras, lo que deseo es descansar y agradezco su amabilidad.

El coyote ha puesto los ojos en Martina y trata de complacerla, desde que salieron de Sonora. Dejan el hotel en la madrugada, el frío es comparado como el calor que hacía en el desierto de Sonora, traspasa la piel y se entumen las manos, si no se lleva guantes. Se han quedado sentados en el cerro de Tijuana, velando a que hagan cambio de turno, los vigilantes de la frontera. Martina está temblando de frío y se le acerca Guadalupe y le dice:

—Sin ningún interés, ni modo de ofenderte, te ofrezco mi [89]zarape.

En ese momento a ella no le importa si es con interés o sin interés, acepta ponerse el zarape de Guadalupe. Él le dice que cuando comiencen a correr, que no se vaya a desprender de su cinturón, pase lo que pase. Martina solo mueve la cabeza afirmando que ha entendido.

El coyote dice:

—¡Es hora!, ¡Arriba todos!, cualquier duda de lo que ya se ha platicado, díganmelo ahora, porque dentro del desierto, está prohibido hablar.

Todos dicen que están de acuerdo, que han

---

[89] *Zarape: Manta de lana o de algodón, con una abertura en el centro para la cabeza (abrigo)*

entendido las instrucciones. Martina se agarra del cinturón del coyote y comienzan a correr, luego él, levanta la mano y todos se quedan quietos. Así van corriendo y parando, hasta que la luz del día los sorprende. Se esconden dentro de unos arbustos espinosos y quedan tendidos del cansancio. El lugar tiene garrafones de agua y alguna que otra lata de comida. El pasar de los migrantes ha dejado huella en ese lugar. El suelo parece un piso recién barnizado, con algunos nombres y mensajes, quizá trazados para matar el tiempo. El coyote dice que allí van a pasar todo el día, hasta que llegue la noche para seguir. Se escuchan sirenas y helicópteros y el coyote dice:

—Mientras nadie salga de estos arbustos, todos estaremos a salvo.

Todos están tirados en el suelo, tratando de dormir y descansar un poco, el calor los asfixia y les aturde la mente, deseando salir corriendo. Algunos lamentos se escuchan, al compás de los gruñidos guturales de los zopilotes, velando algún moribundo, que no logre contar la odisea. Se siente el viento pesado, queriendo arrancar la zarza de aquellas tierras áridas y dejar al descubierto a los soñadores, de un mejor futuro. Se puede sentir la presencia de los desaparecidos, que terminaron siendo alimento de los animales del desierto y que nunca se supo de ellos.

Martina humedece un pañuelo rojo que trae y

se lo coloca en la frente, trata de bloquear la mente y no sentir el calor, ni escuchar los ruidos del desierto. La tarde comienza a tornarse de color naranja con tonos rojizos y el calor mengua su intensidad. Es como una pelea entre el día y la noche, cada uno expone la profundidad de sus entrañas.

Se calcula que son las diez de la noche y el frío comienza a fortalecerse, como imponiendo su voluntad ante el calor, que agonizaba las almas vivientes al mediodía. Es hora de reanudar el recorrido del camino migrante. Martina vuelve a prenderse del cinturón de Guadalupe y él, vuelve a recordarles que será el mismo ritmo, parar, correr, caminar y así se les va la noche, hasta la madruga.

Se escucha ruido de autos. Martina se suelta del coyote y le dice que tiene que parar, porque necesita ir al baño, él dice que falta poco, pero Martina insiste en ir al baño. Él advierte que tengan cuidado al caminar, porque es una zona de criadero de cerdos y puede haber desagües de desperdicios de los ranchos aledaños. Martina da un grito y el coyote pregunta si está bien. Ella dice que se ha hundido en un charco de estiércol. Todos ríen y el coyote los manda a callar, nadie se ha librado de ser bautizados en los charcos. Los charcos son la señal de haber llegado al otro punto de escondite. El coyote dice:

—¡Hemos llegado!, van a esperar aquí, hasta

que regrese.

Están en medio de la nada dentro de otro arbusto; y el tufo a podrido les revuelve el estómago. Martina se amarra el pañuelo rojo, alrededor de la cara, para no sentir tanto el mal olor, que provoca la suciedad que traen en los zapatos. Se quita los tenis y las calcetas y se pone la falda. Despacio se va quitando el pantalón y con el mismo, se limpia bien los pies. Tal como el anterior arbusto; hay señal del paso migrante. Al amanecer, se lava los pies con el agua que hay en los galones, se seca con una toalla pequeña que trae, se echa perfume, se pone las pantimedias y usa los zapatos de vestir.

El coyote llega por ellos; uno a uno va colocándolos debajo de los asientos de los autos. Martina espera que le indiquen por dónde va a meterse, porque el espacio es demasiado reducido. Guadalupe le dice que ella irá enfrente, nadie menciona palabra. Él le advierte que si llegan a preguntar, dirá que es su esposa. Están en un retén y Martina se hace la dormida y va pensando:

«¡Dios mío!, tanto sacrificio para acabar en manos de estos gringos. Por favor Diosito, que no pregunten nada, que no nos registren».

Solo escucha que dicen:

[90]"Next".

---

[90] *Next: Siguiente*

Cuando abre los ojos ya van en camino. El auto se detiene para sacar a todos del escondite y que puedan ir cómodos. El peligro ha pasado.

Martina para apaciguar los nervios, enciende la radio del auto y escucha que están comentando la final de la Copa América. Los llevan a un motel en Los Ángeles, de allí, cada persona es enviada a sus familiares, unos en avión y otros a ciudades cercanas. Martina comienza a sentir un mal presentimiento, ella cuando siente un cosquilleo en el corazón, sabe que algo malo va a pasar y nunca le ha fallado. Juan no la lleva a casa de su hermana, cuando Martina le pregunta a qué hora la va a llevar a casa, él le responde que pronto. Uno de los hondureños le dice a Juan, que su padre puede pagar los gastos de Martina y él le dice que no hay necesidad. Martina comienza a sentir desconfianza y agarra su mochila y se queda en el corredor del motel. Guadalupe le dice que se entre, pero ella ignora sus palabras. Ella piensa y piensa qué hacer, en caso de que la dejen abandonada en ese lugar, o peor aún, que el coyote tenga otra intención.

Guadalupe se le acerca y le dice:

—Lo siento mucho, pero tu familiar dice que no te van a recibir en casa de su hermana, él piensa que nosotros andamos, solo porque te ayudé en el cruce, dice que me cobre como quiera, pero que él, no va a dar un centavo.

Martina enfurece tanto que no puede gritar, sus mejillas están llenas de lágrimas, su mente está aturdida, no puede pensar con claridad. Martina recuerda que a Juan se le pagó todo el viaje, con los ahorros de la universidad y piensa:

«¿Cómo puede ser tan desgraciado?, ¿Cómo puede ese maldito quedarse con todo el dinero que mis viejitos le dieron?, lo pagará el infeliz».

Guadalupe le dice que puede irse con él, a su casa en San Diego. Ella lo mira con los ojos llenos de lágrimas y le dice que, si intenta algo contra ella, empieza a gritar y que no le importa si la deportan. Él le dice que solo quiere ayudarla, que necesita regresar y no van a quedarse todo el día afuera del cuarto. A ella no le importa quedarse afuera, se siente más segura, pues no sabe las intenciones del hombre. Martina siente que la cabeza le va a explotar de tanto pensar, sus pensamientos no dejan de atormentarla, qué va a hacer en aquella gigantesca ciudad.

Martina recuerda que, una señora en reservas militares le escribió el nombre y un número de teléfono de su mejor amiga, le dijo que visitara a la señora cuando estuviera allá, que es bueno tener referencias de alguien. Martina revisa la libreta, donde tiene anotado algunos números de teléfono y direcciones de sus amigas y de la familia. Le dice al coyote que llame a ese número. Se dirigen a un teléfono público y llaman al número, la

persona que contesta dice que allí no vive.
Martina casi se desmaya, cuando escucha del otro
lado del teléfono esa noticia. Ella insiste en saber
de la señora, que es importante; la voz en el
teléfono le dice que le dé su número y cuando
llegue del trabajo le dejará saber, ella vive enfrente
de su casa. Martina le dice que está hablando
desde un teléfono público. Martina no se mueve
de las gradas del motel, hasta que llegan las cinco
de la tarde. Vuelve a llamar y la voz en el teléfono
le dice que la va a llamar. La señora llega hasta la
bocina y pregunta cuál es la urgencia. Martina
casi llorando le dice:

—¡Señora!, usted no me conoce, la señora
Silvia me dio su nombre y este número de
teléfono, por si se me presentaba una emergencia,
cuando llegara a este país.

Martina le cuenta los detalles, del porqué ella
resultó llamándola, lo que necesita es que la reciba
en su casa por unos días y que le haga un préstamo
de cuatrocientos dólares para pagarle al coyote.
La señora le dice a Martina que le pase al coyote.
La señora accede a pagar y a tenerla unos días en
su casa. Martina agradece a Dios, porque nunca la
ha desamparado. Durante el camino a la casa de
la señora, Martina va viendo los carteles que dicen
los nombres de calles y de ciudades, mientras va
pensando:

«Tan enorme este país, tan enorme se mira

todo. He logrado llegar, ahora tendré que seguir siendo fuerte para permanecer aquí».
—¿En qué piensas?

Pregunta el coyote. Ella le dice que piensa en todo lo que ha vivido, para llegar hasta ese lugar y en lo desgraciado, que se han portado esos familiares.

—Ese maldito le mintió a mi abuela, ella confió en ese tipo, le pagó todo el viaje, no fue gratis. Mis abuelos pagaron hasta unos meses de renta y comida, mientras yo encuentro trabajo… en eso pienso.

Suspira y se suelta en llanto. Guadalupe le dice que, gracias a Dios, la señora sin conocerla le va a ayudar. Ella le dice que nada es gratis y ese favor, quién sabe cómo se lo van a cobrar y cuánto le va a costar, pero que por el momento es lo que tiene. Le advierte:

—No le digás nada a Juan a dónde me fui y si ese mal nacido te pregunta por mí, decile que me escapé.

Martina siente un poco de alivio al conocer a la señora, ella le dice que le da mucho gusto tenerla en su casa. Martina le agradece el gesto de solidaridad. La oportunidad comienza a sonreír en la vida de Martina y ella agradece todas las mañanas la misericordia de Dios, porque sabe que son nuevas cada día. Desde niña lo ha aprendido y cree que todos los días, la vida es un regalo.

Después de la travesía de tres meses y con unas libras menos, Martina respira aire californiano. Un par de días han pasado y ya tiene el primer trabajo, necesitan una muchacha para cuidar a los hijos de un matrimonio de pediatras. Es lunes y desde muy temprano la señora Bertha, la ha ido a dejar a la casa donde comienza a trabajar, es una familia de afroamericanos. Martina se siente extraña, porque nunca en su vida ha trabajado, la señora habla poco español y le indica dónde está el cuarto que va a usar.

Martina va a trabajar de lunes a viernes y dormirá en esa casa. Entre las palabras de la señora y las señas, ha entendido los quehaceres que realizará. Comienza la explotación hacia Martina. La señora había asegurado, que necesitaba una muchacha solo para cuidar de los hijos; una niña de nueve años, un niño de seis y un recién nacido, sobre todo, cuidar al recién nacido, para que la señora se incorpore a su trabajo. Los otros niños van a la escuela. Martina pregunta por la otra persona que hará los oficios, la señora le dice que solo ella va a trabajar. Martina respira profundo y se organiza para mantener limpia la mansión de tres niveles y tener tiempo para los niños. Los niños grandes han ido a la escuela, la señora estará en casa esa semana, mientras observa el trabajo de Martina. Ella comienza con la limpieza y en cuatro horas está casi muerta de cansancio y apenas lleva la mitad. Es hora de realizar el almuerzo, prepara lo que ha aprendido con su abuela y cuando llegan los niños, les sirve la comida.

Los niños no paran de decir:

«*So delicious*».

Ella medio entiende, pero la niña le dice:

—¡Delicioso!

Martina se sonríe con ellos.

La señora dice que los niños harán tareas y que ella continúe con la limpieza. Martina solo mueve la cabeza en respuesta de un sí, la casa parece que no la han limpiado por años, la pobre Martina siente que se le despellejan las manos.

La habitación de los señores está revuelta, Martina no sabe por dónde empezar. Está parada en la entrada preguntándose:

—Pero ¿Qué clase de gente es ésta?

Y luego piensa en su abuela cuando le decía:

«*Acordate mija, que, aunque sea uno pobre tiene que andar bien limpio y bien planchado; su casa bien barrida y la cama bien tendida, la pobreza no es suciedad, la pobreza está en la mente y en el corazón*»

Con un suspiro dice:

—Voy a comenzar por el baño.

Y se dirige al enorme cuarto de baño. Martina llega a un ambiente que desconoce, todo le sorprende y aunque parezca incréible; vuelve a paralizarse al mirar todo ese desorden, casi se vomita al ver la bañera y piensa:

«*Se supone que esta tina es blanca. ¡Por Dios! pero, acaso esta gente se despinta cada vez que se bañan, ¡Qué [91]shucos!*».

Eleva sus ojos al techo de la casa y pide a Dios que le dé fuerzas para salir viva de ese lugar. El baño da un cambio extraordinario y todo en el cuarto ha quedado ordenado. Para la hora de la cena ella vuelve a cocinar y los niños están felices.

El día ha sido agotador y a Martina se le hizo eterno... ese primer día. Es hora de ir a la cama y se queda un rato despierta, pensando en una estrategia para el día siguiente. Vuelve a recordar a su abuela, cuando ella siempre se ha levantado muy temprano, porque decía que el día rinde, cuando se aprovechan las primeras horas de la mañana y el que madruga Dios le ayuda. Con el recuerdo de su abuela se queda dormida.

Es martes y se despierta casi de madrugada, Martina piensa que, al estar todos dormidos, puede adelantar en limpiar las ventanas por fuera y el patio. Al abrir la puerta del patio, comienza un ruido fastidioso, que siente que los oídos se le van a reventar. Los señores bajan despavoridos y ven a Martina asustada con las manos en los oídos. El señor abre una cajita, situada en la pared de la entrada principal y coloca una numeración para

[91] *Shucos: Sucios, suciedad*

apagar la alarma, que se ha activado, a la hora que Martina quiso abrir la puerta. El doctor aturdido del susto, pregunta:

—¿Qué hacer levantada tan temprano?

Ella explica su intención, porque el tiempo no le alcanza ni para dar un respiro. El señor pregunta a la esposa por qué no ha contratado a la otra persona, como ya lo habían acordado. Martina no entiende la plática, que se torna a algunos gritos y con gestos de molestia, de parte de la señora, se retira de la escena.

El señor con palabras cortas en español le dice a Martina que se vaya a descansar y que la hora de despertar es a las seis de la mañana, no a las cuatro. Martina se queda despierta en su cuarto y escribe en un cuaderno que trae desde Guatemala, algunos versos. Desde que tiene uso de razón, la escritura ha sido una de sus más grandes pasiones y solo escribe cuando se siente sola y desesperada.

Se levanta a preparar un tradicional desayuno guatemalteco y los niños ya están desayunando cuando baja el doctor.

Sus ojos revelan susto y en un solo grito dice:

—¡Nooooooooooo!

Y comienza a levantar los platos de los niños, tira la comida al depósito de la basura. Ellos preguntan ¿Por qué, el padre está haciendo eso?, sí la comida está deliciosa. Martina está asustada y no entiende ¿Por qué el señor hace eso?, ella acomoda el cuerpo en la pared, porque siente que se cae de la impresión y de no saber qué hizo mal. El doctor se le acerca a Martina y con sus palabras cortas en español y con señas, le indica que él hará el desayuno de sus hijos. Martina mueve la cabeza en respuesta de un sí. El doctor les tiene diseñada una dieta estricta, solo del desayuno. Los niños se van a la escuela y antes de salir, se despiden de Martina con un beso. Ella los mira y con una sonrisa, les da su bendición.

Martina limpia toda la cocina, antes de subir a las habitaciones. Escucha que el bebé, llora sin parar, ella quiere saber qué le pasa, pero se acuerda que la señora el día anterior, le dijo que ni lo mirara. Martina no entiende ciertas costumbres de la gente en Estados Unidos y por momentos le dan deseos de regresar a su tierra. Termina de limpiar los cuartos de los niños y el bebé no ha parado de llorar. Ella entra a la habitación de los señores y observa a la señora desesperada, tratando de calmar al recién nacido. Martina entra directamente al baño y cuando mira la tina, pela los ojos con expresión de asombro. No puede creer que la tina esté nuevamente negra. Quiere deducir la lógica, de cómo es posible que eso suceda. Mientras limpia piensa:

«Esto es sebo, pero ¿Por qué tan negro, es que de verdad esta gente se despinta?, no

entiendo; ayer la dejé como nueva y el inodoro también está marcado».

El tono chilloso del bebé, la hace levantarse de donde está y se dirige hasta donde está el niño. La mamá lo ha aventado a la cama, porque no sabe cómo callarlo. Cuando ve a Martina que va a levantar al bebé, le dice con gritos:

—¡Don't touch my baby, no toque a mi baby!

Repite varias veces y Martina la mira con sus ojos grandotes y solo mueve la cabeza como diciendo "mensa". Martina levanta al bebé y lo coloca en posición para sacarle los aires, le da suaves golpecitos en la espada frágil de aquel agonizante bebé y al hacerlo varias veces, se escucha un eructo con estruendo. Al bebé lo estaban matando los gases atorados en el estómago y se quedó dormido en el regazo de Martina. La señora en lugar de ser agradecida, la saca a empujones de la habitación. Martina solo piensa:

«Vieja malagradecida, dis que pediatra y ni sabe sacar un aire a su propio hijo».

Así refunfuñando se va a continuar con los quehaceres.

El miércoles Martina hace la misma rutina. Siente que en dos días ha perdido diez libras, más de lo que perdió en la odisea del viaje migrante y piensa que pronto se acostumbrará o se desaparecerá de lo flaca que está. El bebé está llorando y la señora está llamando desesperadamente a Martina, al parecer al bebé hay que sacarle los gases de nuevo. Martina lo hace con mucho gusto y el bebé vuelve a quedarse dormido en brazos de Martina. Ha terminado de realizar los quehaceres a las cinco de la tarde y se pone a jugar con los niños. A las siete es la cena y a las nueve todos en sus respectivas habitaciones, excepto Martina que se queda limpiando el desorden después de la cena.

De a poco se va terminando la semana y llega el jueves. La señora le dice que limpie todas las puertas de los guardarropas. Martina a señas le deja saber, que ya lo ha hecho. La señora la lleva del brazo hasta una de las habitaciones y le señala que el espejo está sucio. Las marcas de las diminutas manos de su hijo se reflejan en aquel espejo, de puerta corrediza del guardarropas, que recién Martina había limpiado. Martina no puede creer lo que sus ojos ven y solo mueve la cabeza. En eso, se escucha que llega el señor que limpia la piscina y la señora lo busca para que le traduzca lo que le tiene que decir a Martina. El señor le dice a Martina:

—La señora dice que limpies los espejos de las puertas de los closets; ella dice que entiende que le has dicho que ya lo hiciste, pero te ha mostrado las marcas en los espejos y no le gusta que le eches la culpa a su hijo, que él no lo hace a propósito.

Martina le dice al señor:

—Eso no fue lo que dije, pero no hay problema, en este momento vuelvo hacerlo.

El señor le dice a Martina:

—desde que vengo a limpiar la piscina, me he dado cuenta de que las empleadas no les duran, les pagan muy poco y las traen como esclavas.

Martina vuelve a las habitaciones a limpiar los espejos, en esta ocasión no puede aguantar el coraje y ruedan algunas lágrimas por sus mejillas y vuelve acordarse de Julia, cuando un día le dijo:

«Hay que estudiar mija, se te abrirán mejor los caminos. Con lo que has estudiado ya te podés defender, pero cuando tengás tu título universitario, podrás conseguir un mejor trabajo de maestra. Me siento orgullosa de vos, mi pedacito de cielo».

Los gritos de la señora la sacan de sus recuerdos. Ella se hace la sorda y sigue limpiando los espejos. Llega la señora y le grita:

—¡Maríaaaaaaaa!

Martina no responde y la señora enfurecida la toma por un brazo y le dice de nuevo María. Martina la mira fijamente y soltando de golpe el brazo le dice, tocando su pecho:

—¡Yooooooooooo!... No María… ¡Yooooooooo Martina… Martina... Maaaaar Tiiiii Naaaaa!, entiende, ¡Martina!, ok.

La mujer queda pasmada al escuchar a Martina, porque las veces que le ha gritado, ella se ha quedado en silencio o solo mueve la cabeza. La señora reacciona y le dice que el bebé está llorando. Martina mientras va subiendo las gradas, para ir a ver al bebé, va pensando:

«Esta negra porque tiene dinero se cree que va a venir a humillar a las personas, ¡No señor!, ojalá llegue mañana doña Bertha por mí y pueda encontrar otro trabajo pronto, porque a éste, no vuelvo ni loca, ¡vieja malagradecida!».

Al llegar a la habitación se le olvida todo su enojo y carga al pequeño. Vuelve a quedarse dormido y ella piensa:

«Pobre bebé, ¡Ah, madre que te tocó!».

Cada vez que el bebé llora, allá va Martina a cargarlo, hasta que se queda dormido en su regazo.

Llega viernes y Martina no ve la hora de que llegue la señora Bertha por ella, está ansiosa pensando:

«¡Ay Diosito!, ya quiero salir de este encierro negrero».

Ha sido explotada y discriminada. Cuando llega la señora Bertha a buscar a Martina, la señora de la casa le dice que le pagará un poco más, si Martina se queda un día más. La hija estará de cumpleaños y necesita ayuda. Bertha le dice a Martina lo que la señora desea y ella le dice:

—¡Por favor, doña Bertha! no me deje un día más en esta casa.

Bertha le explica a la señora, que lo siente mucho, pero que ya se comprometió a hacer un trabajo mañana y no podrá.

Los niños comienzan a llorar por Martina, dicen que no quieren que se vaya, la señora les dice que el lunes ya está de regreso.

Martina solo piensa:

«¡*Mis ovarios, que regreso!*».

Al dar un paso afuera de la casa, Martina respira libertad.   Ciento veinticinco dólares, directos al bolsillo de Bertha, cien para abonar a la deuda y veinticinco para los alimentos.

Al día siguiente, Bertha le dice a Martina que la acompañe al hotel donde trabaja, allí necesitan personal y a lo mejor la contratan.

Martina llena una hoja que dice [92]application y la encargada le ayuda a llenarla porque todo está en inglés.   Le pregunta si desea iniciar de inmediato, ella muy feliz le dice que sí.   Le asignan una cantidad de cuartos que tiene que limpiar, Bertha le enseña a hacer uno y fue suficiente para que Martina se convierta en una de las mejores, limpiando y terminando a tiempo.   El domingo después del trabajo, llega el hermano de Bertha a visitarla y Martina lo escucha hablar muy

---

[92] *Application: Aplicación*

bien inglés con el esposo gringo de Bertha. Se le acerca y le pide por favor, si puede llamar a la señora donde trabajó la semana pasada y decirle que ya no regresará a trabajar, que busque a alguien más. Él le dice que lo deje así, ya se dará cuenta cuando no la vea llegar. Martina le explica que su abuela le ha enseñado a ser agradecida y aunque no la trataron bien, le dieron la oportunidad de realizar un trabajo, gracias a ese sueldo, le ha servido para comer y adelantar la deuda que tiene con su hermana. De mala manera llama a la señora y le dice que Martina no volverá a ir a trabajar. La señora se vuelve histérica y grita que porqué no quiere volver, ella ofrece más dinero por el trabajo. Él le dice que ella se irá a Nueva York. La señora grita y grita por el teléfono, que Martina no puede hacerle esto, los niños se han encariñado con ella, el bebé llora y solo ella sabe consolarlo. El hermano de Bertha le dice que lo siente, desprendiendo su oreja del teléfono, porque los gritos casi lo dejan sordo. Martina se siente triste por los niños, pero no supieron valorar su esfuerzo y el amor que les brindó desinteresadamente. ¡Eso no tiene precio!

De dos días en el hotel, ahora tiene cuatro, de jueves a domingo. Ha terminado de pagar la deuda. Le ha pagado los gastos de transportación a Bertha, el techo y los alimentos. Martina se ha quedado sin dinero, pero ha salido de la deuda que la mortificaba. Piensa que quizá eso le venía molestando a Bertha, porque hay actitudes y acciones de la señora, que Martina no logra entender. Después del trabajo, Martina llega a limpiar y a preparar los alimentos del otro día. No dice nada a la explotación de la señora y cuando termina de realizar los quehaceres, se encierra en su cuarto. Cuando Bertha no la ve realizando quehaceres, la llama y le pide que, si puede limpiar el patio, o las ventanas o los baños o cualquier cosa, con tal de verla haciendo algo. Martina le dice que ya hizo ese oficio y hasta que Bertha consigue algo para que ella realice, se queda tranquila. Martina termina rendida y llora en su habitación y piensa:

«*¡Dios mío!, salí de las llamas para caer en las brasas; por lo menos allí me pagaban, aquí pago la vivienda y los alimentos y encima tengo que hacerle los oficios, sé que tengo que ser agradecida, porque así dice mi mamaíta Julita, pero tampoco voy a dejar que se aprovechen de mí*»

Todas las noches es lo mismo, Martina termina casi muerta, por tanto trabajo que realiza todos los días. Los días que no van al hotel, Bertha limpia casas y se lleva a Martina que le ayude, ella no ve ni un centavo de esos trabajos.

Martina conoce a una amiga de Bertha, ella trabaja de doméstica en una casa de coreanos y le

MARLA RODAS 304

dice a Martina que la amiga de su patrona está necesitando a una señora, para cuidar a sus hijos, de lunes a jueves. Martina le agradece y le explica que trabaja en un hotel y que no puede. La amiga insiste que vea a la señora y tal vez le conviene.

Martina se presenta ante la señora y le dice que la recomendaron para el trabajo. La señora es oriental y con pocas palabras en español le dice que necesita a una señora, no a una joven. Martina le insiste a que le dé la oportunidad por una semana y si no le gusta, ella deja de trabajar. La señora de descendencia china acepta a Martina. En uno de esos días del trabajo en el hotel, Martina habla con la encargada y le pide que le quite jueves y si quiere le trabaja doble turno los otros días. La encargada está de acuerdo, pero no puede darle doble turno.

Martina comienza en casa de los orientales, los señores son pediatras y trabajan fuera de la ciudad, ellos se van lunes y regresan jueves por la tarde. La señora le indica las obligaciones del trabajo y ella está de acuerdo.

El martes se despierta muy temprano y les prepara las meriendas a los niños, encamina al niño de seis años a la parada del bus escolar. La adolescente de dieciséis años espera en casa, a que la busque la mamá de una compañera, tal como lo dijo la señora Whang la noche anterior.

Regresa a casa y comienza a hacer la rutina

de limpieza, prepara el almuerzo para ella, con los alimentos extraños que hay en el refrigerador. La señora Whang ha dejado hecho los alimentos de sus hijos y es solo de descongelarlos, hasta que Martina aprenda cómo prepararlos. Le lleva alimentos a un hermoso perro que tienen, le viene a la memoria el pastor alemán que fue su mascota. El perro está amarrado pues es grande como Kalimán. Poco a poco se acerca Martina y lo comienza a acariciar, es como si la conociera de toda la vida, el perro no para de mover la cola de lo eufórico que está. Ella le dice:

—¡Mi Kalimán!, ¿Te has encarnado en este perro o qué?

Es hora de buscar al niño en la parada, él al verla le sonríe. Van camino a la casa cuando escucha su nombre, ella voltea a ver, para saber quién puede llamarle por su nombre, en un lugar que nadie la conoce, al tiempo que voltea, se escucha el frenazo de auto. Bajan el vidrio de la ventana y ella reconoce a la inolvidable familia, donde fue explotada. La señora solo mueve la cabeza de enojada y les dice a sus hijos que no vuelvan a mencionar ese nombre. Martina no puede creer la coincidencia de estar trabajando en la misma zona residencial, donde viven los afroamericanos. Continúa caminando y conversa con el niño, como si él pudiera entenderle, mientras llegan a casa. Una hora después, llega la jovencita y sube directo a su cuarto.

Martina le sirve al niño la comida que ha dejado la madre, pero él quiere de lo que Martina ha preparado para ella. La hermana baja para comer y el hermano le dice en inglés, que eso está delicioso, ella a señas, le dice a Martina que también quiere. Al terminar de comer, el niño juega y mira televisión un rato, mientras Martina ordena la cocina y la jovencita se encierra en su cuarto. Es hora de hacer tareas y Martina le ayuda al niño, a puras señas, pero se da a entender.

Para la hora de la cena, descongela los alimentos que la mamá les ha dejado preparados. Baña al niño, le pone la pijama y a dormir. El niño siente miedo al quedarse solo en su habitación y abraza a Martina, como diciendo que no lo deje solo, entonces se lo lleva a dormir al cuarto con ella. Esa ha sido la rutina hasta llegar el jueves, cuando llega la señora Whang. A la señora, le ha gustado ver la casa ordenada y muy limpia, sobre todo que sus hijos están muy bien cuidados. ¡Queda contratada!

Estos días han sido los mejores que ha podido vivir Martina. La tranquilidad, sobre todo. La señora Whang le dice a Martina que el lunes y el miércoles, lleve al niño con el amigo que está en la siguiente cuadra. Ese día, ella va muy campante jugando con el niño y escucha de nuevo su nombre. Va pasando por enfrente de lo que un día fue su trabajo, la señora está enfurecida porque Martina le mintió, cuando ya no quiso regresar al trabajo. Les grita a los hijos diciendo que no le hablen, pero la inocencia de los niños y el amor puro que Martina les brindó es más fuerte que cualquier tinte racista. Cada vez que Martina pasa por esa casa, los niños siempre la despiden y no hay manera de evitar no pasar por allí, es la única calle que lleva a la casa de la familia coreana. Martina no conocía otras culturas y se da cuenta la gran diferencia, una de la otra. Se identifica con la cultura asiática, es tan parecida a la de ella, con valores y principios. El ritmo del trabajo con la familia Whang, en el hotel y el que realiza en la casa donde vive, la han fortalecido. Le pide a Bertha que, si puede usar el teléfono, ella le dice que a donde quiere llamar, Martina le dice que quiere hablar con su abuela. Han pasado varios meses que ella no los ha escuchado, solo les ha mandado dinero por medio de money orders, pero le ha entrado la desesperación de hablar con ellos. Bertha le pide el número; Martina mira como el círculo de los números da vuelta, cuando ella va marcando uno a uno. Bertha le dice:

—¡Está sonando!

Y le pasa el teléfono; el tono del ¡tuuuu, tuuuu, tuuuu!, pone nerviosa a Martina… cuando doña Bertha, le corta la llamada y dice:

—Si suena muchas veces y nadie atiende te

van a cobrar la llamada.

Martina se queda sorprendida y le dice:

—¡Qué extraño es aquí!, allá en Guate, si no responde nadie, el teléfono público me devolvía mi moneda y en la tienda de don Mario, tampoco me cobraban, cuando nadie contestaba. ¡Qué raro es todo aquí!

Bertha bruscamente le arrebata el teléfono y le dice:

—Olvidate lo que es Guatemala, estás en Estados Unidos, mañana intentaré nuevamente.

Martina agradece y se va a su cuarto. Escribe sobre la ignorancia de la gente, pero sobre todo de la explotación entre los mismos connacionales. Viene a su memoria las palabras de Marco: "Cuando la ignorancia sobrepasa a la razón, hay que huir de allí".

Y Martina piensa:

«¿A dónde voy a huir?, si no conozco a nadie»

Con las memorias de Marco y de Julia, Martina descansa su cuerpo, sobre la alfombra de aquel cuarto vacío.

Después de una semana extenuante de trabajo, Martina por fin acepta la invitación para ir a las tiendas. Una de las compañeras de trabajo se lo venía proponiendo. Martina se baña y medio se arregla, Bertha le dice que para limpiar no necesita ponerse sus mejores trapos. Martina repite de nuevo, que ya ha limpiado como de costumbre y que va a ir al centro comercial con Karina. La mujer la toma por el brazo y le grita que no va a ir a ninguna parte sin su permiso. Martina reacciona ante la actitud de la señora y de golpe se suelta. Martina muy seria le dice:

—¡Mire señora!, le he aguantado bastante por el gesto que tuvo de recibirme, pero tampoco voy a ser su esclava toda la vida. Le he pagado muy bien los favores.

Bertha enfurecida le dice:

—¡Si sales!, te vas de una vez.

Martina comienza a empacar sus cuatro trapos y le dice que prefiere vivir en la calle, a estar de sirvienta gratis para ella y sobre todo que no agradezca. Bertha al ver la seriedad de Martina, le dice que la adora como a una hija y lo único que quiere es su bienestar y como si nada hubiese pasado le dice que ella, la va a acompañar.

Martina no le queda más remedio que aceptar. Han llegado al centro comercial y Martina se distrae viendo la vitrina de una de las tiendas. Parada como un maniquí, se queda observando unos vestidos para su abuela. Pasan algunos minutos y decide entrar, para averiguar los precios. Ella se da la vuelta para dirigirse a la entrada de la tienda y choca con un caballero que, al instante, le dice:

[93]—¡I'm sorry!

Ella le dice:

—No problema, ok.

El joven insiste en disculparse. Martina queda impresionada y piensa:

«Es él, es el hombre que he venido a buscar, es el mismo que he visto en mis sueños».

Martina recuerda los constantes sueños que había tenido con el joven que tiene enfrente, está incrédula a lo que ven sus ojos. Su memoria retrocede unos cuantos años atrás, cuando decidió emprender el destino migrante. A pesar del amor y los sacrificios que hacían sus abuelos para que a ella no le faltara nada, no la convencieron para permanecer en aquel lugar. Ella pensaba que sus abuelos cada día se hacen viejos y la situación en el país era más caótica... En esos vagos pensamientos está Martina, cuando aparece Bertha y pregunta qué ha pasado, Martina le explica lo ocurrido. El joven le pide una disculpa a la señora, creyendo que es la mamá de Martina. El joven habla poco español y dice:

—Me llamo Erick Meyer, ¡Mucho gusto!

—Soy Martina Barrios.

Dice Martina sosteniendo la mano del joven. Sus ojos café, se pierden en la mirada verdosa de aquel apuesto joven. Él insiste en invitarles un café y las mujeres no pueden negarse, ante la

---

[93] *I'm sorry: Lo siento*

petición de aquel semejante personaje y aceptan.

Escribe su nombre y el número de teléfono de su casa en una servilleta, Martina le dice que ella no tiene teléfono. Bertha la deja ver como una mentirosa, porque de igual manera anota el número de teléfono de la casa en una servilleta y le dice que ese es el número. A Martina se le ha olvidado, que iba a entrar a la tienda a comprarle los vestidos a su abuela. Está impresionada al ver que el hombre de sus sueños exista y se llama tal y como se presenta en sus sueños. Le ha cambiado el rostro. Él se despide con una sonrisa, prometiendo llamar, ella también le sonríe. Las casualidades no existen, pero pareciera que el Universo estuviera recompensando a esta generación, con un nuevo destino.

Martina aprovecha a comprar algunas cosas que necesita y uno que otro gustito, sin faltar los vestidos para Julia. Al llegar a casa, le pide de favor a Bertha que intente hacer la llamada. En esta ocasión en el primer tono contestan la llamada. Ella da un suspiro de alegría y pide hablar con su abuela. Tiene que volver a llamar porque han ido a buscarla a su casa. El llanto por los dos lados es incansable, la abuela agradece el dinero que ha enviado, pero que se siente triste por la decisión que ha tomado. Martina no entiende las palabras de su abuela y pide que le explique. Ella, balbuceando por el llanto que le ha causado escuchar la voz de su nieta, le explica lo que Juan le dijo. El sobrino aumentó la tristeza de Julia, diciéndole que Martina se había ido a vivir con el coyote. Ella desmiente la calumnia de aquel supuesto familiar y le dice que gracias a Dios y la protección de las abuelas y los abuelos, ella se encuentra bien. Le promete hablarle una vez al mes, porque las llamadas allí son muy caras. La abuela dice que entiende. Martina ha pagado demasiado caras las llamadas, Bertha muestra el recibo a Martina del balance de las internacionales, pero nunca las que ella ha realizado. Ella en el primer recibo, ha pagado casi la mitad de salario de un mes.

El amor viene a alegrar la vida de Martina, con colores de otoño y refrescantes gotas de lluvia. Martina ha hablado por meses con Erick, sin atenderle una cita. Después de tanta insistencia, ella acepta una invitación con el hombre de sus sueños. Le tiene miedo al presagio y que sea solo un sueño. De la primera cita, vinieron muchas más. A los enojos y las advertencias de Bertha, no les pone atención. La señora por momentos siente, que se le va la sirvienta gratuita que tiene en casa. En una de esas salidas que tiene Martina con Erick ella le pregunta:

—¿Por qué las llamadas de teléfono son demasiado caras en Estados Unidos?

Él se queda sorprendido y no entiende a lo que ella se refiere. Martina le explica lo que Bertha le dice sobre las llamadas. Él cree que tal vez sea porque son de larga distancia, pero que el lunes llamará para pedir información y de paso instalar el servicio de larga distancia, para cuando ella desee llamar desde su casa. Erick se ha convertido en el mejor amigo de Martina y la única persona con quien ella ha salido a excepción, de su amiga Karina. Ellos hablan por horas, cada uno de su propia vida. Erick le cuenta a Martina que se quedó huérfano, cuando su padres murieron en un accidente de avioneta. Le cuenta que tuvo que suspender la carrera de arquitecto y subastar la casa de sus padres y ahora vive en una cómoda casa movible. Ella lamenta la pérdida tan grande de Erick y la tristeza de que haya sido hijo único. Los dos están envueltos de alguna manera por la desgracia y ambos están solos.

Martina hace la primer llamada desde la casa de Erick, la primera impresión de Martina, ante la llamada, es que, al tercer tono, cuelga el teléfono y él sorprendido le pregunta:

—¿Qué pasa, por qué colgar?

Ella vuelve a explicar la experiencia que ha vivido en casa de Bertha y lo menos que quiere es tener una gran deuda con él, soltando carcajadas y contagiando al guapo joven. Erick le dice que no se aflija antes de tiempo, ella vuelve a marcar y habla por horas con su familia.

Cuando llega el recibo, ella está sudando al pensar cuánto va a tener que pagar. Si en casa de Bertha casi no habla y le ha salido un ojo de la cara. No puede imaginar, la cantidad de dinero que tendrá que pagar, por las largas horas que ha hablado y varias veces, desde casa de Erick. Le ha quedado el ojo cuadrado cuando ve la factura, no puede creer el costo en que han salido las llamadas. Bertha, le ha cobrado veinte veces más, por decir un número consciente, no se puede saber con exactitud el hurto que le han hecho.

En el hotel le han pedido que trabaje todos los días, pero ella no puede, está feliz trabajando en casa de los Whang. Tiene que tomar una decisión, está pensado en qué hacer, cuando Bertha la interrumpe y le dice:

—El teléfono está disponible para que hables todo lo que quieras, que hace ratos no te has comunicado con tu familia.

Y le recalca diciendo que es una mala hija. Martina con toda la paciencia del mundo, le expresa que ha estado comprando tarjetas telefónicas, porque así controla el tiempo y su bolsillo. La señora no se espera esa respuesta y no le gusta mucho, porque ahora no hay manera de que Martina, pueda pagarle el recibo completo.

En las salidas que Martina tiene con Erick, él

le pregunta qué le pasa, que está completamente distraída. Ella le dice que es sobre el trabajo. Tiene que tomar una decisión de elegir uno de los dos trabajos, pero no quiere dejar el de los Whang. Él le dice que no lo haga, ya encontrará algo que hacer, para compensar esos otros días. Ese día Erick va decidido a proponerle matrimonio a Martina. Él le dice que ambos están solos y que juntos pueden hacer grandes cosas. Martina ya está lista para su respuesta, viene esperando la propuesta desde que se conocieron.

Comienzan los preparativos para una boda, muy sencilla, pero con el buen gusto de Martina. Antes de la boda, Bertha recibe una mala noticia de su familia, uno de sus tres hijos ha muerto. Ella viaja de emergencia a Guatemala. Al llegar se da cuenta que ha perdido tiempo valioso con sus hijos y la vida de uno de ellos. Después de la tragedia, ella decide renunciar a la vida fantasiosa de Los Estados Unidos y trata de recuperar a los hijos que le quedan. Martina ya no supo de ella.

La ceremonia se lleva a cabo en el patio de la casa de Karina, con pocos invitados. El frío los obliga a terminar el festejo dentro de la casa. Después de la boda, Martina se instala en casa de Erick, no tiene mucho que mudar.

Martina después de casada sigue trabajando con los Whang. Es miércoles y ella está a punto de acostarse, pero se le hace extraño que el perro no deje de ladrar. El niño le dice que es porque ha llegado el novio de su hermana. Martina salta de la cama y no espera ni un instante, para dirigirse a la habitación de la jovencita. Abre la puerta y ellos, de golpe, se levantan de la alfombra. La señorita furiosa y a gritos le dice a Martina que se largue de la habitación. Martina le advierte que se irá, pero a llamar a la policía, porque ella es menor de edad y el acompañante ha entrado, sin ningún consentimiento de los padres. El joven se asusta y suplica que no llame a la policía y sale corriendo. La joven se molesta tanto con Martina. Esa noche Martina no puede dormir, el cosquilleo en el corazón no la deja tranquila. Apenas va a pegar el ojo, cuando siente un movimiento demasiado fuerte. Se levanta de golpe y abraza al niño. Escucha gritar a la joven, Martina no se mueve y espera hasta que pase el terremoto. Todo lo que colgaba de las paredes, está en el piso. Suena el teléfono y es la señora Whang. Martina dice que todos están bien. Al colgar el teléfono, vuelve a sonar, es Erick asustado. Ella le dice:

—¡Amor mío! Estoy bien, todo bien, primero Dios, mañana nos vemos.

El niño se queda abrazado a Martina por el miedo que lo embarga y así les da los rayos del sol, sin poder descansar. No hay clases ese día. Martina recoge todo lo que se ha caído y limpia los cristales rotos. Les prepara desayuno y la joven no desayuna, sigue enojada con Martina, por haberle corrido al novio, la noche anterior.

Martina no recoge el desayuno, ni el almuerzo y espera a que lleguen los doctores.

Martina cuenta lo sucedido con la joven y el novio y le dice a la señora Whang que no trabajará más con ellos. Si no llega a tiempo, el hombre le roba la virginidad a la adolescente. La señora Whang le dice a la joven, que le pida perdón a Martina y le recalca que cuando ella no está en casa, Martina es la autoridad absoluta de la casa y tiene que respetarla. Le dice que vea su ejemplo, que, a pesar de estar sola en el país, se ha casado de blanco. Martina continúa trabajando, después de ese incidente. Los días que Martina no trabaja en la casa de los Whang, comienza un negocio, de venta directa de productos para el cuidado de la casa y venta de antigüedades, en los mercados al aire libre.

Martina le propone a Erick, que vuelva a la universidad a terminar la carrera. Él se niega, porque ahora ya no tiene tiempo, por el trabajo. Martina le dice que ella se encargará de los gastos de la casa y a pagar los estudios, ella le subraya que un año pasa rápido, él la abraza y se ríe de la oferta de Martina. Martina no quita el dedo del renglón y le deja saber las palabras de su abuela. De tanto insistir y de discutir el asunto, Erick vuelve a la universidad; con desvelos, mucho esfuerzo y sacrificios, Erick sostiene en su mano, el título de arquitecto. Las puertas se le han abierto de par en par, no puede creer el logro de su vida y está agradecido con Martina. Erick comienza a trabajar en una constructora, no muy lejos de la casa.

Martina ha pasado unos meses devastadores, después de perder el primer embarazo. La súbita pérdida, ha dejado a Martina hormonal y emocionalmente descontrolada; pero la noticia no se deja esperar, cuando Martina va a la cita regular, el médico la felicita por el nuevo embarazo. Ella no puede creer que Dios le ha recompensado, la pérdida tan rápido. Erick quiere que Martina deje de trabajar y repose todo lo posible, para que no vuelva a suceder lo mismo. El médico le explica que no fue ningún trabajo brusco, sino que el bebé traía el corazón más grande de lo normal y muy acelerado y, a su corta edad, le dio un paro cardíaco. Martina insiste en seguir trabajando, Erick no muy convencido le dice a la señora Whang lo que piensa. Ella le dice que contratará a alguien que haga la limpieza, así Martina no hará ningún tipo de esfuerzo, pero que no la deje sin ella; ha sido la única persona que ha sabido cuidar a sus hijos como si fueran de ella, a pesar de su edad.   Llegaron a un acuerdo y Martina sigue trabajando con los Whang y sigue atendiendo el negocio de antigüedades.

DESTINO MIGRANTE

SÉPTIMA GENERACIÓN

Martina ha dejado de trabajar porque está en los últimos días del embarazo. Es lunes por la mañana, Erick se ha ido a trabajar, llegando a la oficina está, cuando recibe la llamada de Martina, que se le ha roto la fuente. Erick sale como loco de vuelta a casa y lleva a Martina al hospital. Los dos están sudando y no se sabe si es por los nervios o porque la mañana está calurosa, el verano está en todo su apogeo. Revisan a Martina y la dilatación está casi en diez y ella sin sentir ningún dolor. La llevan a la sala de parto y una de las enfermeras le murmura al médico, que Martina no está sintiendo las contracciones. Necesita expulsar al bebé, de lo contrario, puede ahogarse en el intento de salir. La inyectan de inmediato, para provocar las contracciones. En cuestión de minutos, Martina siente morirse de los tremendos dolores que está sintiendo.

Las contracciones son cada vez más intensas y en cada contracción, el médico le dice que puje. Ella en uno de esos pujidos que hace, inhala aire y puja con todas sus fuerzas, hasta lograr expulsar al bebé. Se escucha el llanto del recién nacido.

Martina está bañada en sudor, Erick ha permanecido a su lado, sin perderse un segundo de aquel momento memorable. Erick captura aquel instante con el lente de una Canon FTB 35mm y, con la enorme videograbadora, guarda los primeros movimientos de su hijo. Sostiene la mano de Martina y lloran juntos de felicidad. Erick está emocionado y deposita un beso en los labios de su amada esposa. Le alcanzan al bebé y siguen llorando emocionados. Martina agradece a Dios, por la bendición de ser madre de un hermoso niño. Lo llevan a observación, porque nace amarillo a consecuencia de una condición genética. Le dan de alta a Martina, pero sin el bebé, ella le dice al médico que ella de allí, no se va sin su hijo. El médico le advierte que, si no se observa la condición, puede ser fatal. Ella le dice que no hay problema, que ella también se quedará en observación. El médico no puede hacerla entrar en razón y le da las indicaciones, de cómo atender al bebé en casa.

Cada segundo día, van al hospital a que supervisen, el avance de la condición del niño. El médico está sorprendido, por lo rápido que ha mejorado y felicita a Martina. Ella solo piensa:

«Si he cuidado a hijos ajenos como si fueran míos, cómo no voy a cuidar al propio».

El bebé no vuelve al hospital, está del todo

recuperado. Martina visita la clínica del pediatra, por las vacunas y la revisión de rutina del bebé. Martina le dice a Erick que registre al niño con el nombre de Erick Arturo, Erick por él y Arturo por su abuelo. Erick registra al bebé con el nombre que Martina le ha dicho, pero en inglés.

Al mes del parto, visitan la casa de los Whang. Martina lleva a su hijo a que lo conozcan y sonriendo le dice a la señora Whang:

—¡Quiero que conozca el fruto del amor!

Después de la alegría, que le ha provocado a la señora Whang, el conocer al bebe; Martina con sus ojos húmedos, le dice que ya no trabajará más con ellos y que ha ido a despedirse. Le agradece el buen trato que ha recibido desde que la conoció, la confianza y el respeto que le ha brindado; los medicamentos y la atención que le dio en todo el embarazo. Han llorado en la despedida y a pesar de que la señora Whang, le ofrece un aumento de sueldo y que le dirá a la señora de la limpieza que llegue todos los días, Martina le pide que la entienda como madre. Se despide del perro que nunca le llamó por su nombre, sino Kalimán. El animal siente lo que Martina le dice y ella no puede creer que el perro está llorando. Ha sido una despedida muy triste.

Una semana ha pasado desde que Martina estuvo en la casa de los Whang, cuando recibe una llamada de dicha casa. Le dan la noticia que

Kalimán ha muerto, la señora Whang le cuenta que el veterinario no se explica, porqué ha muerto, si era un perro muy saludable. Martina llora desconsoladamente, porque sabe que Kalimán murió de tristeza, cree que era su Kalimán, que había encarnado en aquel perro, que cuidó por varios años.

El bebé casi cumple un año y Martina goza de la vida que ha soñado. Para completar su felicidad, llega la notificación que ha estado esperando por varios meses. La siguiente etapa de la aplicación es viajar a Guatemala y buscar la tarjeta verde, como se le llama a la residencia permanente en Estados Unidos. Prepara el viaje, con el inconveniente que Erick no podrá ir con ellos, él tiene un proyecto importante que terminar en la constructora. Él está feliz de ver feliz a su esposa por poder viajar, después de algunos años. Vuelve a su tierra y siente que el corazón se le sale. No sabe cómo está el país en ese momento, desde que tiene uso de razón, no recuerda un tiempo que se diga, que haya sido de tranquilidad. Cuando se fue del país todavía estaba el conflicto interno. Ella muy poco ha estado enterada de las noticias, tiene referencia de algunos acontecimientos por lo que habla con sus abuelos y por la emisora, que por casualidad encontró en la radio que adorna su cocina. Escucha el programa todos los domingos, porque pasan marimba y una que otra noticia de Guatemala. Así es como sabe que se firmó la paz. Después de la firma, se alborotó la delincuencia, la canasta básica está por las nubes, la medicina sigue en escasez y el analfabetismo en aumento.

Le corre una electricidad en todo el cuerpo cuando la azafata dice: "Bienvenidos a la ciudad de Guatemala". Cierra los ojos, suspira profundo y derrama unas lágrimas. El bebé es tan tranquilo, que aún duerme.

La familia espera, entre la multitud que esperan a sus familiares. El reencuentro ha sido tan emotivo, que todos lloran al compás de las notas de la marimba.

El taxi los lleva directo a la estación de autobuses. Se suben a una "Rápidos del sur" y Martina se acuerda, que una de ellas mató a su perro Kalimán. Toma los primeros asientos, como es su costumbre. Cierra los ojos y va respirando el aire que acarician sus mejillas y va pensando:

«¡Patria mía!, he conocido hermosas ciudades y todo es bello… pero vos tierra amada, sos única, no hay comparación a tu belleza. Voy a volver tantas veces como pueda… no puedo alejarme de donde he dejado el ombligo. ¡Bendita tierra!, por eso no entiendo, ¿Por qué la pobreza consume a tu gente, si somos ricos en recursos naturales, por qué tanta injusticia, por qué tanta violencia, por qué el racismo, si todos somos de tu

mismo vientre, por qué mi Guatemala?, ¡Mis ojos no pueden mentirme, al ver tanta hermosura!».

Sus pensamientos se pierden en versos que guarda en su memoria, el rostro lo tiene humedecido, de la nostalgia que le provoca el regreso. El país sigue siendo el mismo o quizá un poco peor, los mismos hoyos en las carreteras o quizá más grandes y profundos... sin remedio. Las mismas estructuras o quizá un poco más deterioradas, menos vegetación. Las cinco horas de camino al pueblo, las invierte en disfrutar el poco paisaje, que de a poco lo van mutilando las grandes industrias.

La alegría es tan grande para todos en casa, se fue sola y vuelve con un gran tesoro. El bebé es rubio y blanco como su padre, de ojos avellanados, que a veces se tornan verdosos y con el lunar de los Cabrera en el labio superior. El niño está a pocos días de cumplir su primer año y los abuelos ya han organizado una gran fiesta. Un servicio cristiano para presentarlo delante de Dios. Han mandado a hacer el pastel más delicioso que hayan hecho en el pueblo y la tamaleada de carne de chompipe que Julia ha preparado, los abuelos han tirado la casa por la ventana. ¡Ha sido una celebración a lo grande!

El pastor que Martina conoció desde su infancia ya no sigue en la iglesia. El nuevo pastor le pregunta a Martina, si se congrega en alguna iglesia en Los Estados Unidos. Ella le dice que muy poco, pero que todos los días busca de Dios. Él le comienza a hablar de manera fanática. Ese ha sido el motivo por el cual Martina se ha alejado de la iglesia, porque predican de una forma y actúan de otra. Ella tiene muy claro el concepto del amor de Dios y le dice:

—Con el debido respeto que se merece y respetando su punto de vista; todo el mundo ama a Dios y es literal lo que estoy hablando; nos han inculcado, adorarlo y buscarlo en diferentes formas; en diferentes culturas; en diferentes idiomas; de distintos colores; pero sigue siendo el omnipotente, el omnisciente, el mismo de ayer, hoy y siempre, el alfa y omega; su morada es nuestro corazón, por lo tanto debemos conservarlo puro; la iglesia es nuestro cuerpo, debe estar sin pecado; y la devoción de fe, su santuario; pero hacemos todo lo contrario, olvidamos el amor al prójimo y muy poco nos inculcan el respeto a la vida, el respeto a otro ser humano, el respeto a la naturaleza… y hablamos tanto de Dios que no predicamos con el ejemplo.

El pastor no supo qué decir; la felicita por el hermoso hijo que tiene y se despide.

Martina va al mercado con Violeta y al regresar, escucha voces que dicen:

—Y ¿Este bebé que parece gringo de quién es tía?

Martina reconoce la voz y a paso acelerado se acerca a la puerta, está encendida de enojo y casi gritando le dice:

—¡De seguro debe ser del coyote, verdad hijo de setenta mil putas!

Juan se sorprende al ver a Martina en la puerta y le dice:

—Solo he bromeado con la tía.

Martina está roja de la cólera, quiere desbordar la rabia que trae atravesada por varios años y le dice:

—Desde este momento te largás de mi casa y no quiero que volvás a poner un pie en ella, ¡Jamás!, agradéceme que no maldiga a tu generación, pero vos, pero vos, si te vas con pancho muy pronto, infeliz.

Julia siente un escalofrío al escuchar a Martina, porque sabe que sus palabras tienen poder de justicia y llevan una condena. Desde ese día Juan no se asomó a la casa.

Martina va a la tienda a buscar duvalines y no encuentra en las tiendas cercanas a la casa. Le dicen que la señora Tere debe de tener. Martina camina una cuadra más, acompañada de su pequeño hijo y encuentra los mentados duvalines en esa tienda. La señora le dice:

—Vos sos la hija de la Violeta, verdad.

Martina amablemente le dice que sí y la señora continúa diciendo:

—El niño es tu hijo, verdad.

Martina solo mueve la cabeza, afirmando lo que la señora pregunta.

—¡Mmmm!, es igualito a su abuelo.

Martina la mira fijamente y le dice:

—¿A qué se refiere señora?, usted no tiene idea de lo que está hablando, porque el padre de mi hijo no es de por estos lares.

La señora le reafirma, que no está hablando del abuelo por parte de padre, sino del padre de ella. Martina agarra las cosas que ha comprado y penetra sus ojos café en la mirada de aquella señora y piensa:

«¡*Vieja* [94]*shute!*»

Las palabras de la señora le vuelven a recordar lo que, por años, Martina ha guardado en el olvido. Martina vuelve a preguntarle a su madre y vuelve a recibir la misma respuesta. Martina se despide de todos, excepto de su madre, se enoja con ella, porque nunca le ha querido decir su origen.

Martina regresa a casa y sigue en la venta de productos para el cuidado de la casa y atendiendo la tienda de antigüedades.

Una de esas veces que Martina lleva a su hijo a la piscina comunitaria de donde vive. Se pierde en sus pensamientos:

---

[94] *Shute: Metiche*

«*Voy a hablar con Erick para decirle que ya es hora de buscar una casa, nuestro hijo va creciendo y no viviremos todo el tiempo en nuestra lata de sardinas*».

En la cena Martina le toca el tema a Erick, él le dice que ya lo ha pensado, que incluso está diseñando los planos. Ella le dice que mientras se encuentra un terreno y se comience la construcción, pueden comprar una casa y venderla cuando ya tengan la que él sueña en sus planos. Erick no está muy de acuerdo, pero el niño está creciendo y necesita su propio espacio.

Martina le dice a su esposo que buscará una casa con las tres B, Erick a veces se queda en las nubes con las expresiones de Martina. En esta ocasión pregunta:

—[95]¡Sweety!, ¿qué son las tres B?

Ella siempre con una sonrisa le dice:

—Buena, bonita y barata.

Él hace una expresión con los ojos, aún sigue sin entender. Martina busca en los periódicos las casas que están a la venta, nada le llama la atención. Es miércoles y espera con ansias la revista PennySaver, en ella busca objetos para la tienda de antigüedades. Sus ojos se iluminan cuando visualiza en la clasificación de venta de casas, una que llama su atención. Llama de inmediato al número que allí está marcado y

---

[95] *Sweety: Cariño*

concreta una cita, para mirar la casa.

Buena, bonita y barata, encuentra la casa y en una zona residencial exclusiva. Erick no puede creer que el pago mensual, es similar al que paga en el espacio donde está la casa móvil. El más encantado por la casa es el niño, a él le fascina estar metido en el agua y ahora tiene su propia piscina. Pasan su primera navidad en aquella casa y el más feliz es el niño, tiene su propio cuarto y más espacio. Erick le dice a Martina, que cada día la ama más y sobre todo la respeta y la admira. No pudo elegir mejor mujer que ella, para esposa y madre de su hijo. Martina le dice que todo lo que uno se propone en la vida, hay que realizarlo.

La vida en Los Estados Unidos es una rutina constante; Martina nota la gran diferencia de vida de ambos países y a pesar de que tiene la vida soñada, le llegan momentos tristes, por la lejanía de sus seres queridos. Erick nota en la mirada de Martina, la tristeza de la ausencia de su familia y para que no se sumerja en una depresión, le sugiere que los visite más seguido.

Martina visita Guatemala cada año, sin estar acompañada de su esposo, cada vez los proyectos son más grandes. Se ha convertido en el arquitecto más solicitado.

No ha podido construir la casa que le ha ofrecido a Martina, por los múltiples compromisos que le han salido a raíz de su perseverancia, como tanto se lo repetía Martina. Ella no lo presiona, porque mira que su hijo es feliz donde están y ella vive feliz, con la felicidad de su hijo, en la casa que ella compró.

Martina hace diferentes actividades con su hijo y a veces los acompaña su esposo. Ha comprado pases de entrada anual, a la atracción más visitada del mundo y que a todo niño le fascina. En cada ocasión que hay oportunidad, sobre todo por las tardes, Martina va con su hijo a divertirse al parque temático. En una de esas visitas al lugar de fantasía; una señora de habla hispana, con acento extraño se acerca a ellos y le dice a Martina, que, si en los alrededores de donde ella trabaja, a lo mejor necesitan doméstica, está recién llegada de su país y busca trabajo, Martina le dice que ya no trabaja de doméstica. La señora le pide disculpas, porque cree que el niño que trae, ella lo está cuidando de alguna familia de gringos, pues el niño es demasiado rubio, para ser su hijo. Martina le dice que no es la primera vez que la gente piensa eso. Entre la plática, la señora le dice que su hermana la ha llevado a ese lugar a distraerse, pero ella está desesperada por encontrar un trabajo y a las personas con aspecto hispano, les pregunta por alguno. Martina le dice que es muy buena estrategia, pero la mayoría son turistas, que mejor se divierta y Dios le pondrá el trabajo adecuado. Martina le comparte su número de teléfono y cuando pueda que le llame, quizás pueda ayudarla.

Al llegar a casa el niño arde en fiebre, Martina le da jarabe para la fiebre, pero no logra bajarla. Erick asustado lo lleva al pediatra, le dan medicamento para la infección, pero la fiebre persiste. Martina va al supermercado y compra pimienta gorda, hace lo mismo que su abuela. En el asador que está en el patio, deja que ardan las brasas y suelta las pimientas que posteriormente, le ha pasado por el cuerpecito de su hijo. Al quemar las pimientas, parece una fiesta de canchinflines, al rato del suceso, el niño está como si nada. Ella entre sus pensamientos dice:

«¡Ojo le hizo esa señora a mijo!»

Erick está suspenso en una pieza, por lo que sus ojos ven, Martina lo abraza y le dice que son creencias de sus antepasados, por cierto, muy efectivas. La señora nunca llamó a Martina.

El niño a sus tres años comienza a ir a la escuelita cerca de la casa, es muy listo y Martina prácticamente desde que lo tuvo en su vientre, le ha enseñado las buenas costumbres, lo educa tal como la educaron a ella. Quiere contribuir con el mundo, a dejar una buena semilla, a conservar los buenos modales. Quiere transmitir en su generación los valores y principios, dejar la herencia del arte y la cultura de sus antepasados y que sea heredada. Tal como Marco se lo decía.

Comienzan a surgir algunos problemas en la escuela. La maestra llama a los padres de Erick, ella les dice que no entiende al niño, que sus palabras son mezcladas con inglés y español, la maestra entonces sugiere a los padres, que solo le enseñen el idioma del país de su hijo. Martina está en una disyuntiva y aunque le repite a su hijo la diferencia de una palabra a otra, él es tan pequeño que hasta mucho hace, en entender a su mamá, cuando le habla en español y a su papá en inglés.

Están disfrutando de un delicioso verano en la piscina, a la luz de una enorme luna llena y Erick le dice a Martina:

—¡Mami, mami, look at the muuuna!

Martina le dice:

—Hermosa luna mi cielo, como la belleza de tus ojos y reluciente como tu inocente alma, hijo mío.

A Martina se le aguadan los ojos, porque en realidad su hijo cree decir correctamente las palabras. Ha hecho su propia interpretación, formando una palabra diferente, al unir la mitad de la palabra en inglés moon y de la palabra luna en español. Para no confundir al niño, Martina toma la decisión de dejar de enseñarle español. No quiere que su hijo sufra la discriminación por hablar otro idioma. Se acuerda de su gente que ha sufrido discriminación por hablar su propia lengua materna. Algunos la dejan perder por ese racismo y esa discriminación de las clases sociales, que son marcadas en su país de origen. No quiere confundir a su hijo, como muchas veces lo vio en su país. Muchos de los hijos de los pueblos originarios no hablan su lengua materna, pero tampoco hablan bien el español y en ocasiones, poco se dan a entender entre padres e hijos. Error muy grave, la decisión de Martina de no enseñarle español a su hijo, porque ella tampoco habla bien el idioma inglés y se convierte en una estadística más, de los tantos padres, que dejan perder su propio idioma en sus hijos y pierden su esencia.

A medias palabras, Martina entiende a su hijo, aunque el amor los mantiene unidos, esa gran barrera del idioma es una dificultad de expresión.

Han pasado diez años y Martina vive en carne propia el error de haber permitido, la sugerencia de la primera maestra de su hijo.

Ha tomado la resolución de estudiar el curso de inglés y mejorar el entendimiento con su hijo. Aunque el padre le apoya en sus estudios, ella también quiere aportar sus conocimientos.

Se matricula en el primer horario de un centro educativo para adultos y la rutina se vuelve más pesada. Pasa dejando a su hijo en la escuela, se apresura para llegar a tiempo a sus clases y luego a la tienda de antigüedades. Las ventas directas las ha dejado; excepto, la compañía de venta directa para cuidado de la piel, ella es consumidora del producto a un mejor costo y está inscrita como consultora. Las alergias que padece, no le permiten que cualquier producto, se acople a su piel y esta compañía tiene grandiosos productos que le han caído como perlas. Aunque solo se ha inscrito para el consumo personal, lo ha compartido a quienes le preguntan: "¿Qué usa?, para mantener una piel tan saludable". La directora del grupo, la invita a las conferencias que la compañía imparte. Una de esas veces a Martina le toca dar la conferencia de negocios; sus primeras palabras han sido:

—No tengo el tiempo, ni el dinero de las artistas, para estar en los lujosos spas. Entonces, para mantener mi piel como una de ellas y mimarme como ellas lo hacen... llevo mi propio spa a la comodidad de mi casa, con productos de calidad y al mejor precio.

El mensaje les ha gustado a todas y desde ese día, la directora la invita a ser parte de las conferencias y se ha convertido en una de sus mejores amigas.

Suena el despertador todas las mañanas a la misma hora. Erick a veces se vuelve un tanto perezoso para levantarse y hace retrasar a su madre con las demás actividades. Ha dejado al niño en la escuela, pero regresa a casa. En el corre y corre de la mañana, se le ha olvidado la tarea de sus clases de inglés. Al tomar el folder del escritorio, visualiza que la máquina de mensajes está parpadeando, se le hace extraño porque antes de salir, deja vacía la contestadora. Enciende el botón para escuchar de qué se trata. El mensaje la ha dejado en conmoción por unos minutos, hasta siente que el techo de la casa se derrumba. Su esposo ha tenido un accidente y está gravemente herido.

Regresa a la escuela a buscar a su hijo y juntos van al hospital. Se ha mantenido como un roble, para darle fuerzas a su hijo, aunque por dentro se está muriendo. Al llegar al hospital pregunta por su esposo, el médico le dice que él ha pedido verla. Ella pregunta, si puede entrar con su hijo, el médico permite la entrada del niño, sabe que Erick no sobrevivirá y no puede negar, que vea por última vez a su familia. Están frente al cuerpo de Erick; su hijo no puede aguantar y se suelta en llanto, al ver a su padre en un estado crítico. Erick pide que lo escuchen sin interrumpirlo. Les pide perdón por dejarlos... pero que recuerden que han sido toda su vida y que ha sido el hombre más feliz en la tierra, por tener una familia como ellos y que elegir a Martina como su esposa y madre de su hijo, fue lo mejor que pudo haber hecho en su vida. Ha sido bendecido al tener a un hijo maravilloso y una mujer extraordinaria. Al terminar de decir esas palabras, le pide a su hijo que acerque su frente a sus labios, le da un beso y su bendición. Martina no puede contenerse y le dice:

—¡Me juraste que nunca me dejarías, no podés irte mi amor, no podés irte y menos ahora!

El nudo en la garganta le obstruye continuar hablando y Erick le pide que se acerque a sus labios. Él le da un beso apasionado, derrama algunas lágrimas, que se confunden entre los mares que está derramando Martina.

—¡Te amo mi bella Martina!, ¡Te amo hijo mío!, ¡Los amo!

Son las últimas palabras en español que pronuncia Erick y en un suspiro, se le fue la vida.

El monitor se queda en una sola línea y en seguida llega el médico y las enfermeras, a tratar de revivir a Erick. Martina con la voz quebrada, les dice que se ha ido y que no dañen más su cuerpo. El médico sabe que las palabras de Martina son ciertas y con unas muecas da señal a las enfermeras, que paren de darle las maniobras de reanimación.

La muerte de Erick ha tomado desprevenida a Martina, no ha tenido tiempo de llorar a su esposo, ni de deprimirse; tiene que ser fuerte para su hijo. Los preparativos del sepelio la han desgastado tanto. Algunas veces, sola en la habitación deja derramar su tristeza, sin que su hijo se entere. Unas cuantas semanas tenía

Martina de haber iniciado sus clases de inglés y tuvo que suspenderlas.

El mundo le ha dado un giro de trescientos sesenta grados, el dolor lo lleva por dentro. El luto le marchita sus pétalos de vida y la única fuerza que la ha mantenido de pie, es el gran amor que le tiene a su hijo. Se asegura de mantenerlo con bien todo el tiempo; solo piensa en darle lo mejor, tal como lo planeaba a diario con su esposo.

Erick recién cumple dieciséis años y Martina vuelve a sentir el cosquilleo en el corazón que la inquieta. No termina el día, cuando llega a oídos de Martina la mala noticia, siente que el mundo se le vuelve a derribar. Le avisan que su abuelo Arturo ha fallecido. Ingrata la tía, que a sabiendas que él era su gran amor y que ella era la niña de sus ojos, no pudo avisarle cuando él cayó en cama. El resto de la familia se enteró demasiado tarde. Martina no sale de la habitación por varios días, se desploma en el sufrimiento de no poder ver a su viejito amado. Le han robado la posibilidad de irse a despedir de él. Cuando vuelve en razón, después de llorar su pérdida, les advierte a los familiares que, si no le avisan de cualquier cosa que suceda con su abuela, no tendrá piedad en hacerlos sufrir.

Por mucho tiempo no tuvo comunicación con su tía, ni con su madre por causas diferentes, pero con la misma intensidad de dolor.

Martina siente una fuerza que le grita que viaje a Guatemala, hace los preparativos para viajar. Desde que salió de su pueblo natal, es la primera vez que vuelve a pasar una navidad con su abuela. Erick no puede acompañarla, ha estado enfocado en exámenes finales. Ha deseado ir a conocer la patria de su madre. Sus recuerdos son muy vagos, porque era muy pequeño, cuando viajaba con ella.

Julia está sentada en la vieja butaca, viendo como hacen los tamales que, por tradición, ella hacía. Quiere levantarse a querer hacerlos ella, se escucha uno que otro regaño, diciendo que así no es. Martina la observa y derrama algunas lágrimas, al ver que ha perdido sus fuerzas, que, a su hermosa abuela, se le han venido los años. Pero no ha perdido el temple que siempre la ha caracterizado. A su ángel guardián, ya le pesan los años. Luisa le pregunta:

—¿Por qué llorás?

Ella le dice que no pasa nada, mientras se limpia los ojos. Luisa le dice a Martina:

—¿Te acordás de aquel sobrino de la abuela, el que te llevó a los Estados Unidos?

Martina no quiere saber de ese personaje. Pero su hermana continúa diciendo:

—Fijate que lo encontraron en una cuneta con varios tiros, dicen que por un saldo de cuentas.

Martina no dice palabra.

Luisa al ver a Martina en silencio, se calla en contarle que la señora Tere, quien un día le mencionó sobre su padre; murió en un incendio en su propia casa. La señora ya había salido de las llamas, pero se acordó que había dejado el dinero ahorrado por varios años y regresó a buscarlo. La codicia y la ambición por el dinero, le arrebataron la vida.

Después de la navidad, vuelve a despedirse. Es el día más triste que Martina sufre, cuando tiene que regresar. Estar en su tierra la llena de energía para seguir en la rutina del DESTINO MIGRANTE, que un día se propuso emprender.

Ha regresado a su casa y vuelve a la misma rutina, que la envuelve todos los días.

Han pasado los años y la costumbre del mismo ritmo se vuelve grávida. Martina ya está en casa, después de un día agotador en la tienda. De repente, vuelve a sentir ese cosquilleo en su corazón, ella no quiere ponerle atención. Martina se queda pensando en ese presentimiento y no ha pasado mucho tiempo, en que se ha perdido en sus recuerdos, cuando salta de susto al sonar el teléfono. La mala noticia brota del otro lado.

Viaja de emergencia… Su abuela está gravemente enferma; Erick no puede acompañarla, vuelve a coincidir en los exámenes finales.

Martina llega a tiempo y abraza a su ángel guardián; la anciana casi sin poder respirar le dice:

—¡Viniste! ¡Estás aquí! ¡Pensé que me iba a ir sin verte, mi niña hermosa!

Julia extiende su mano, para acariciar el rostro de su nieta. Martina sin detener el llanto, la abraza muy fuerte y le dice:

—¡Aquí estoy madrecita linda!, ¡Aquí estoy!

Y el llanto es inconsolable de toda la familia. El doctor ya ha anticipado, que no pasa de esa noche. Martina se recuesta a su lado y la acaricia como a una bebé. Entre sollozos, le agradece todo lo que hizo por ella y que la perdone por causarle algún dolor. Martina bañada en lágrimas le sigue diciendo:

—Le prometo mantener vivo su recuerdo a través de sus enseñanzas. ¡La amo mi viejita linda!

Mira los ojitos húmedos de su abuela. Julia le aprieta la mano y le susurra su bendición, le dice que la ama con todo su corazón y comienza a agitarse, perdiendo la respiración y de a poco sus ojos se van apagando. Martina en su desesperación comienza a dar gritos, toda la familia se había quedado en vela y rodean la cama de Julia. Los ojos de todos, miran como en un suspiro se les va Julia a sus noventa y cinco años.

El momento es desgarrador para toda la familia. Martina retoma sus fuerzas para estar pendiente de los preparativos del velorio; muy diferente a los que se realizan en Estados Unidos.

En el velorio Martina mira a una anciana que llora desconsoladamente, a los pies del ataúd y le pregunta a su hermana Luisa:

—¿Quién es la anciana que llora?

Ella le dice que es la hermana menor de la abuela. Martina se acerca a la anciana y le dice que ella es la nieta de Julia, la anciana no quiere levantarse de donde está tirada y Martina le ayuda a levantarse. Al ver a Martina, la anciana da un brinco como de susto y en un castellano mal pronunciado, le dice que se llama Chus y que es la hermana menor de Julia. Martina la lleva del brazo a sentarla en una de las sillas, que está en el salón de velación. Le alcanza un vaso de agua y le dice que nunca supo de ella. Chus le dice que, por algunos problemas familiares, nunca más volvió a ver a su hermana, hasta ese día. Le dice que está sorprendida, ya que es idéntica a la mamá de Julia. Martina le pregunta por qué le dice eso, si ella conoce la historia y ella no pudo haberla conocido, porque aún no nacía. María de Jesús le dice que la reconoció, por una foto que su papá mantenía en su altar. La Chus le confiesa a Martina, que al verla ha sentido el mismo escalofrío, que sentía cuando veía a su padre.

Julia ha sido enterrada junto a sus muertos; con una lápida que dice su nombre: Julia Yoc Umul. El apellido Meyer se pierde, cuando

Demesio registró a Julia con el segundo apellido de Martina.

Después del entierro Martina comienza a sentirse mareada. Visita al médico y él le dice que a simple vista se ve muy bien, pero que va a mandar a hacer unos análisis de sangre, para descartar cualquier duda. Los resultados no son tan favorables, Martina está con una anemia crónica y necesita una transfusión inmediata.

Martina no quiere ser internada, entonces el médico le dice, que bajo su responsabilidad tomará las medidas que él le indique. Ella contrata a un enfermero para que le haga el trabajo que ha indicado el médico. A las horas de terminarse el tratamiento, Martina desea ir al baño. Cuando sale del baño, pide que le alcancen una silla de inmediato, porque siente que se va a caer. Al sentarse, se desmaya, pero sigue consciente, escucha el alboroto que tienen; siente que le tocan el cuello y escucha un grito que dice: "Nooooooooooo".

Martina mira que a lo lejos hay un círculo, de donde sale una luz muy brillante, que poco a poco se va acercando a ella; pero a lo lejos escucha la voz de su madre que grita:

"¡Madre mía!, no se lleve a mi hija, lléveme a mi mejor, pero no a ella".

Martina comienza a sentirse aturdida, porque quiere decirle a su madre que ella la está escuchando, pero a la misma vez no puede levantarse; la luz la siente más cerca de ella. Va sintiendo que las voces se escuchan demasiado lejos y de pronto la luz pierde brillo, cuando la interrumpe una silueta. Ella quiere ver de quién se trata, solo logra distinguir que es una mujer que viste de blanco y de a poco se van uniendo otras siluetas. Martina extiende su mano como queriendo ir con ellas, pero una de las mujeres le da un empujón y Martina vuelve en sí. Martina mira que está rodeada de toda la familia sin parar de llorar y les pregunta qué ha pasado; toda la familia dice en coro, que ha sido un milagro.

Las abuelas y los abuelos todavía no la quieren con ellos; hay mucho camino que recorrer y la promesa aún no se cumple.

Deja Martina un pedazo de su corazón en el entierro de su abuela y vuelve a su vida rutinaria.

El tiempo no se detiene, ni la tristeza que la consume a diario, pero sigue la vida y con ella los éxitos de su hijo. Se siente orgullosa de que su hijo sea el primer universitario de la familia. Martina ha marcado en su generación el cambio, sin ella saberlo. Ha renacido un conducto de victoria, desde que las generaciones pasadas perdieran su cauce.

Se gradúa con honores de la licenciatura para maestro de historia.

Ella continúa con la tienda de antigüedades y

le dedica un poco más de tiempo a las ventas de productos del cuidado de la piel. Erick trabaja como maestro en una universidad del sur de California. Está indeciso con dos ofertas que llegan a su escritorio. No quiere dejar sola a su madre, pero ella le ha repetido muchas veces, que nada, ni nadie le impida volar a donde sea, para alcanzar sus sueños. Erick trae sangre de aventurero y se inclina por conocer otros lugares y acepta la plaza de maestro que le ofrecen en Corea del Sur. Martina está destrozada por la decisión de su hijo, sin embargo, lo apoya como una vez, lo hicieron sus abuelos con ella. Así como ella tomó la decisión de viajar tan lejos y seguramente sus abuelos quedaron destruidos sin decirle nada. De igual manera ella actúa con su hijo, dándole su bendición, para que su vida sea próspera.

Erick continúa los pasos de su madre, en busca de un DESTINO MIGRANTE diferente. A pesar de que su país Estados Unidos es codiciado por otros y de muchas oportunidades, él se arriesga a la aventura. Tal como lo hizo su pentabuelo, por parte de su madre. Se vuelve a alinear el destino.

Erick trabaja con adolescentes en la universidad nacional de Seúl. En su tiempo libre, decide continuar otra maestría en el lugar de su estadía. En la universidad conoce a Aysu, una joven turca, alta y delgada, cabello castaño hasta la cintura, ojos avellanados como los de Erick, con una piel de porcelana, tan suave como la seda, no necesita maquillaje. Los dos han dejado conectado el corazón, el uno con el otro. Son idénticos en muchos aspectos de su vida. Aysu viene de una familia de valores y principios, con el respeto y amor al prójimo, criada en un ambiente cristiano, tal como lo es Erick.

Martina vuelve a quedarse sola y dedica el tiempo a las causas nobles. Tiene una fundación con el fin de ayudar a la educación de los niños más necesitados, en la zona rural de su lugar de origen. Colabora con varias comunidades de habla hispana, especialmente con la de su país, le gusta apoyar en obras sociales.

En algunas ocasiones, ya no quiere volver a participar, por la mala actitud de algunos. Las mujeres de su propia tierra la han visto mal, blasfeman contra ella a sus espaldas, sin haberse dado la oportunidad de conocerla. Algunos hombres, con la dignidad dudosa, han abierto su boca para difamar su imagen. Ella sabe quiénes son, pero no usa sus poderes para aniquilarlos del planeta; tan solo con enojarse ya están sentenciados. Había vivido tranquila, con altas y bajas, resolviendo sus propias angustias, hasta que se involucró en las entrañas del mundo perverso, que vive en algunos seres humanos. Sin embargo, no quiere activar el ADN que corre en sus venas y deja que el destino tome el control. Martina sigue brillando con su propia luz y en los encuentros con estas personas, ella, les sonríe de oreja a oreja. Es la única manera que tiene de defenderse, sin que las masas puedan afectar su paz. Así también las aguas se apaciguan.

Martina es invitada a un evento de gala, luce más hermosa que nunca y a su paso la siguen los ojos de las envidiosas y de los hostigadores. Viste un hermoso vestido morado sin mangas, trae el cabello suelto. Por segunda vez usa los aretes de diamantes, que le regaló su esposo en el primer aniversario de bodas, no ha dejado de usar el anillo de matrimonio. En la mesa que le han designado, hay otras personas y un asiento vacío a su lado. Ella ha colocado su bolso de mano en la silla vacía. No ha pasado mucho tiempo, cuando escucha que alguien dice:

—¡Disculpe!... ¿Está ocupado este asiento?

Martina ligeramente quita el bolso y alza la mirada en dirección de aquella voz y dice:

—¡No, no!, mil disculpas.

Por unos segundos se quedan perdidos en su mirada y el caballero se presenta:

—Soy Ernesto González.

y él extiende su mano para saludar a Martina. Ella está patidifusa, ante el galán que tiene enfrente.

—¡Mucho gusto!, Martina.

Y le da la mano. Él la sostiene por un momento y al percatarse que no están solos, él dice:

—¡Mucho gusto!

Saludando con ademanes, a las demás personas. Martina no baila desde que tiene uso de razón y Ernesto es una perinola bailando en toda la pista. Intercambian los números de teléfono y comienza la comunicación. La conexión la ha tenido desde el instante que cruzaron miradas.

Ella en la soledad de la habitación, piensa en aquel caballero elegante, flaco y alto, con un tono de piel distinta, ni blanca ni oscura. Revela algunos hilos plateados en su cabellera y ciertos surcos en su rostro, con la sabiduría desarrollada a través de sus años. Sale de sus pensamientos cuando su mano roza la argolla de matrimonio. Ella cree que Erick le está mandando una señal. Le lleva flores al cementerio y le pide permiso para rehacer su vida. Desde que Erick murió, ella no pensó en volver a enamorarse. El viento comienza a soplar suavemente, dando la respuesta que Martina ha ido a buscar. Martina, frente al retrato de su esposo, enciende una vela blanca y agradece a Erick, por lo feliz que la hizo y el amor que le brindó.

La era cibernética se apodera de las mentes y muchas personas se refugian en las redes sociales. Muy poco es el afán de Martina, el estar usando las páginas sociales, pero por su trabajo ha abierto algunas. Allí puede darse cuenta, cómo la gente revienta su odio contra otra, todo lo que son, lo reflejan en esas páginas. Ella a veces quiere entrar en el juego, pero se recuerda de las palabras de Marco, cuando la educaba a ser un mejor ser humano:

"Martina, no podés discutir con alguien que no tiene la misma educación como la de nosotros, esa persona así fue criada y al salvajismo debés entenderlo y es mejor que te apartés, porque podrías salir lastimada, hay gente que no tiene escrúpulos y hace daño, porque así es su naturaleza; alguien más de su misma especie, les dará una lección".

Ella cada vez que se acuerda de Marco, da un fuerte suspiro y dice que donde quiera que se encuentre, que sepa que sus enseñanzas han dado fruto. Así que ella hace caso omiso, a lo que lee en las redes sociales y se enfoca en lo que verdaderamente importa. Ha hecho buenas amistades con personas de otras nacionalidades, desde los años que ha estado involucrada en sus negocios y en las nobles causas.

A causa de la ausencia de su hijo y la soledad que la abruma, ha comenzado a escribir poesía y a retomar la pintura. El arte le brota por los poros y le da rienda suelta a la imaginación, creando hermosos lienzos con pintura de aceite.

Comienza a salir con Ernesto, está encantada con él. En cada encuentro no falta un detalle, así sea el más sencillo, es una debilidad de Martina y un defecto a favor de Ernesto. Él la enamora a diario y los pensamientos de ambos, están colmados uno del otro. En la magia de sus encuentros, él le pregunta:

—¿Dónde estuviste todos estos años?

Ella con la sonrisa que le caracteriza le dice:

—Mi destino ya estaba escrito… porque mi deseo era quedarme en Los Ángeles y quizá nos hubiéramos encontrado en ese tiempo o tal vez nunca. Nada es tarde, cuando llega en el momento correcto y nada es temprano, cuando se ha soñado. Estamos juntos, justamente en el tiempo correcto.

Sus brazos se entrelazan en el romance que los enamora cada día y se profesan amor eterno.

Ernesto enviudó cuando su hijo tenía dos años y desde entonces ha sido padre y madre para Pablo. En sus encuentros hablan de la tierra que los vio nacer, de las costumbres y de la cultura, que caracteriza a su país. Están conectados con los mismos ideales. Por medio de Ernesto, ella conoce de cerca la cultura maya y siente una enorme conexión, con lo que le enseñan los guías espirituales. Ella les dice que siente que ya ha vivido esas experiencias. Los tatas le sugieren que averigüe sus raíces, para entender la relación que alborota las fibras de sus genes.

Ellos le explican cómo Dios ha dotado a la naturaleza con todos los elementos para alimentarnos, para sanarnos y protegernos. Es como la madre terrenal de donde nacemos, que nos da vida, nos alimenta y nos cuida. Le dan ejemplos; como las frutas y las verduras nos fortalecen y nos nutren; las hierbas nos curan; las semillas nos protegen. Todo tiene su razón de ser y no tiene nada que ver con brujería, como muchos fanáticos lo profanan. Ellos continúan diciendo:

—De que existe el mal existe, hay almas negras que solo nacieron para ser instrumentos de destrucción y debemos protegernos con las armas que [96]Ajaw nos ha dado, que son con la naturaleza y el conocimiento. El universo es infinito y Dios el creador. Si no entendemos la vida terrestre o la vida humana, cómo podremos entender la existencia de otros seres. Debemos cuidar lo que tenemos.

Al terminar de platicarles su sentir, ellos encienden candelas, para guiar el camino de la pareja.

Martina conoce al hijo de Ernesto, un joven de tez oscura, de ojos negros como la noche, de cabello rizado color negro, con un parecido impresionante a su difunta madre. Amante de la música y diplomado en la carrera de salud mental.

---

[96] *Ajaw: Es el creador de todo, según la cosmovisión maya*

Trabaja en un prestigioso hospital y en sus ratos libres se dedica a su pasión musical. Martina y él, se han acoplado muy bien y la empatía de ambos, los ha hecho muy buenos amigos.

Ernesto y Martina deciden casarse. La noticia ha tomado por sorpresa a Erick, pero viaja para estar con su madre en el día de su boda. La ceremonia es muy sencilla, siempre con el toque exquisito, que Martina les brinda a los actos especiales de su vida. Todo ha caído en un álveo de grandes coincidencias, para seguir construyendo alianzas para el mejoramiento de la humanidad.

Martina y Ernesto toman la decisión de rentar la casa de ella y viven en la casa de Ernesto.

Ernesto se sorprende de la habilidad que tiene Martina para cocinar, se admira tanto que ella sepa echar tortillas. Ella le dice que quizá está en sus genes y se carcajea como es su costumbre. Le cuenta paso a paso, cómo su abuela le enseñó. Todo lo que ella sabe y todo lo que ella es, ha sido gracias a los ángeles guardianes, que Dios le dio como abuelos. Ernesto después de muchos años, puede saborear auténtica comida chapina, excepto cuando viaja al país de la eterna primavera.

Erick le comenta a su madre las intenciones que tiene con Aysu y que, al casarse, posiblemente vivan en Corea del Sur o en Turquía. Ella le dice que donde quiera que él siembre su semilla y lo haga feliz, ella será feliz. Erick le dice que le escriba la receta de su platillo favorito, quiere compartirla con sus amigos en Corea del Sur. Martina escribe la receta del ceviche de camarón, que por tradición aprendió a elaborar y que tanto le gusta a su hijo. Se la entrega con su bendición, para cuando él vuelva a Corea del Sur. Él se despide de su madre diciéndole, que ahora estará más tranquilo, sabiendo que no está sola. Deja recomendaciones precisas a Ernesto y a Pablo. Dejando en manos de ellos a su tesoro más preciado.

Martina cuida a Pablo, tal como si fuese su propio hijo, él vive con su padre desde siempre y espera encontrar a una buena mujer, para hacer su propio hogar. Por lo tanto, Martina le dice, que busque con cuidado, porque las buenas mujeres están escasas y se ríen. Pablo por primera vez tiene una figura materna y la disfruta al máximo, hasta que Dios le ponga en su camino a la indicada. Pablo tiene la suficiente confianza con Martina para hablar de temas profundos, es como si se conocieran de toda la vida, tal como lo hacía con Erick. A través de los tiempos, han surgido protestas de todo tipo y en una de esas conversaciones que tienen Pablo y Martina, él le pregunta qué opina de las protestas. Ella le responde:

—Todos tenemos derecho a protestar, debes

saber ¿Por qué protestas?, te doy un ejemplo: Si yo te digo que hay que dejar las cosas en su lugar, creo que has entendido, porque ya sos un adulto y vas a hacer lo correcto, porque estás usando tu sentido común. Pero si pasa lo contrario e ignoras las reglas, ¿Qué pasaría?, obvio que me voy a enojar y por no discutir o estar repitiendo, una y otra vez las cosas como a un niño, mejor hago el trabajo y lo pongo todo en su lugar y así puedo pasar haciéndolo toda la vida... Pero si me molesta, tengo derecho a protestar y expongo mi molestia. Para las protestas, debe haber un motivo. En otras circunstancias más profundas, la gente protesta por un cambio y es aceptable. Ha habido cambios a través de la historia por las protestas, aunque en lo personal, pienso que el cambio se obtiene, protestando con un título universitario en la mano, demostrando que nuestra generación hace el giro del timón... Pero a veces la juventud y algún otro adulto que no ha madurado, hacen protestas destruyendo propiedad ajena, delinquiendo y en eso no estoy de acuerdo. Luego los tachan de delincuentes y para qué querés un récord criminal y más en este país. Este país mijo, es diverso en comportamiento social, con diferentes matices de multi culturas, perdemos la nuestra y adoptamos, las que no nos pertenecen. Debemos mantener nuestra identidad y respetar la de otros.

Pablo escucha atentamente las palabras de Martina, como las tantas veces que conversan de distintos temas. El tiempo se les pasa, como agua entre los dedos y siempre queda una conversación sin terminar. De igual manera sucede con Ernesto; esas largas pláticas que tienen y que al final dejan sin concluir. Platicando sobre temas migrantes; Martina tiene la mirada perdida y Ernesto le pregunta qué le sucede: ella le comenta que algún día desea conocer a su padre y así su vida estará completa. Cree que ese eslabón perdido, es necesario enlazarse en su vida, para cerrar el círculo de la mala suerte. Ernesto le dice que no es mala suerte, quizá son malas decisiones o circunstancias que no está en las manos para evitarlas y le promete que juntos van a encontrarlo. Sin ella saber, que lo ha tenido tan cerca y a la misma vez tan lejos.

Ernesto y Martina como matrimonio, están comprometidos a las necesidades del migrante y a los trabajos sociales que antes realizaban individualmente y que ahora, se han convertido en uno solo. A Martina le duele tanto, que la gente los difame y quieran destruir su imagen. Pero Ernesto en su sabiduría le dice, que no le ponga importancia en esas habladurías y que ellos deben estar enfocados, en seguir en las luchas que a diario se pronuncian, para el bienestar de sus connacionales y de otras nacionalidades. Martina piensa que su esposo tiene mucha razón y le dice:

—Tus palabras son sabias y por eso te amo y te admiro; el tiempo pondrá a cada persona en su lugar y lo único que podemos hacer es seguir trabajando, en dejar un legado de grandes acciones para nuestra generación.

Pero la mente de Martina divaga, pensando que tiene que haber una manera de detener la maldad de la gente, para que no la sigan pasando a sus generaciones y el mundo tenga un mejor balance. Sigue pensando:

«*¿Por qué a la gente le gusta difamar a otros? y como decía mi viejita que en paz descanse, tanto peca el que mata la vaca, como el que sostiene la pata; tanto peca el que difama, como el que comparte esa difamación, no entiendo por qué no averiguan si es verdad. Pero que Dios se apiade de sus vidas miserables y a nosotros nos proteja de esa gente*».

Sus pensamientos se van hilando uno tras otro, hasta creer que no solo se trata de rezar, prender candelas blancas o quemar copal, de unos cuantos; sino de crear conciencia y que el despertar tiene que ser de todos. Ella piensa:

«*Siento en mi corazón que los formadores del universo han creado una defensa para el planeta que todavía no ha despertado; por el corazón del cielo y por el corazón de la tierra, ojalá que nunca se despierte o estaremos confinados al destierro».*

Martina ha conectado de nuevo su vida al amor y emana una felicidad envidiable.

De la mano con su esposo construyen alianzas, para que los jóvenes encuentren su cauce y la vieja guardia utilice su conocimiento, para construir un buen futuro a las nuevas generaciones.

Los descendientes de cualquier generación se esparcen por el mundo y no se sabe quiénes poseen una gota de la misma sangre... con historias que contar.

A partir de hoy, se escribe otra historia de una nueva generación, dispersados por diferentes destinos y los genes vuelven a renacer.

Se tejen nuevas historias, con mezcla de diferentes herencias.... forjando su propio camino a un **DESTINO MIGRANTE.**

FIN

ISBN: 978-1-953207-03-6 (5o libro) Novela

ISBN: 978-1-953207-08-1 (4o libro) Poesía

ISBN: 978-1-5323-4713-9 (3er libro) Poesía

ISBN:978-9929-711-00-6 (2o libro) Poesía

ISBN: 978-1-6176-4357-6 (1er libro) Poesía